ATRIUM

AF197122

Donato Carrisi, geboren 1973 in einem Dorf in Apulien, lebt in Rom. Er studierte Jura und spezialisierte sich auf Kriminologie und Verhaltensforschung. Nach einer kurzen Tätigkeit als Anwalt arbeitet er heute als Autor und Regisseur. Nachdem bereits sein Thriller *Der Nebelmann* (Atrium, 2017) mit Jean Reno verfilmt wurde, kommt *Diener der Dunkelheit* mit Dustin Hoffman ins Kino.

DONATO CARRISI

DIENER DER DUNKELHEIT

THRILLER

Aus dem Italienischen
von Verena von Koskull

Atrium Verlag · Zürich

Für Antonio,
meinen Sohn, meine schönste Geschichte

1

Während für den Großteil der Menschheit an jenem 23. Februar ein Tag wie jeder andere begann, brach für Samantha Andretti der womöglich wichtigste Tag ihres jungen Lebens an.

Tony Baretta wollte mit ihr reden.

Wie die Teufelsbesessene aus einem Horrorfilm hatte sich Sam die ganze Nacht im Bett hin und her gewälzt und versucht, sich einen Reim darauf zu machen, was einen der süßesten Jungs der Schule – und der gesamten Schöpfung – dazu trieb, ausgerechnet mit ihr ein paar zusammenhängende Sätze wechseln zu wollen.

Angefangen hatte alles am Tag zuvor. Sie war natürlich nicht direkt und von ihm persönlich gefragt worden. Für gewisse Dinge galten unter Teenagern schließlich feste Regeln. Klar, die Initiative ging immer vom Interessenten aus. Doch dann folgte ein ganzer Rattenschwanz von Aktionen. Tony hatte sich an Mike aus seiner Clique gewandt, der es an Sams Banknachbarin Tina weitergegeben hatte. Und Tina hatte es ihr gesagt. Ein einfacher, klarer Satz, der jedoch im unergründlichen Universum der Mittelstufe alles Mögliche bedeuten konnte.

»Tony Baretta will mit dir reden«, hatte Tina ihr während der Sportstunde freudig hopsend mit leuchtenden Augen und strahlender Stimme ins Ohr geflüstert – eine wahre Freundin freut sich schließlich von ganzem Herzen, wenn einem etwas Schönes passiert.

»Woher weißt du das?«, hatte Sam gierig gefragt.

»Von Mike Levin, er hats mir gesagt, als ich vom Klo kam.«

Wenn Mike sich an Tina gewandt hatte, dann war die Sache vertraulich und sollte es auch bleiben.

»Was genau hat er denn gesagt?«, hatte Sam nachgehakt, um sicherzugehen, dass Tina ihn wirklich *richtig* verstanden hatte. Die gesamte Schule erinnerte sich noch allzu gut an die Geschichte von der armen Gina D'Abbraccio: Als ein Junge sie gefragt hatte, ob sie schon einen Begleiter für den Abschlussball habe, hatte sie seine Neugier mit einer Einladung verwechselt und dann in bodenlangem, pfirsichfarbenem Tüll in Tränen aufgelöst auf ein Phantom gewartet.

»Er hat gesagt: ›Sag Samantha, dass Tony mit ihr reden will‹«, hatte Tina wortgetreu wiederholt.

Und Samantha hatte sie den Satz wieder und wieder hersagen lassen, um sicherzugehen, dass Tina nichts verdrehte oder nicht irgendein Alien beschlossen hatte, ihre Freundin zu klonen, um sie reinzulegen.

Dass es über das »Wann« und »Wo« der Unterhaltung mit Tony keine Klarheit gab, machte Sam zusätzlich zu schaffen. Vielleicht würde sie im Chemielabor stattfinden oder in der Bibliothek, überlegte sie. Oder hinter der Tribüne der Sporthalle, in der Tony Baretta mit seiner Basketballmannschaft und Samantha mit ihrem Volleyballteam trainierten. Beim Betreten oder Verlassen der Schule passierte es ganz bestimmt nicht, und auch nicht in der Mensa oder auf den Fluren – zu viele neugierige Augen und Ohren. Doch die Qual, nichts Genaueres zu wissen, hatte auch etwas Schönes. Anders hätte Sam das seltsame Auf und Ab zwischen Euphorie und Herzensschwere, das diese schlichte Aufforderung ausgelöst hatte, nicht beschreiben können, denn immerhin konnte der Anlass des Treffens genauso gut eine Enttäuschung wie eine schöne

Überraschung sein. Dennoch war sie dankbar – ja, dankbar – für das, was ihr gerade widerfuhr.

Und es passierte ausgerechnet ihr, Samantha Andretti, und keiner anderen!

Ihre Mutter hatte unrecht, wenn sie sagte, gewisse Dinge, die man mit dreizehn erlebe, wisse man erst als Erwachsene richtig zu schätzen. Denn in diesem Moment wärmte sich Sam an einem Glück, das ganz allein ihr gehörte und das niemand sonst auf der Welt hätte empfinden oder begreifen können. Es machte sie zu einer Auserwählten … Oder vielleicht war sie nur eine törichte Träumerin, die kurz davor war, mit der Nase auf eine grausame Wahrheit gestoßen zu werden. Immerhin war Tony Baretta berüchtigt dafür, sich bei Mädchen wichtigzumachen.

Tatsächlich hatte Tony sie nie großartig interessiert. Zumindest nicht so. Die Natur hatte mit ihrem geheimnisvollen Werk an ihrem Körper begonnen, und Sam hatte sich schon an die kleine monatliche Strafe gewöhnt, die sie einen Großteil ihres Lebens würde abbüßen müssen, doch bis zu dem Moment waren ihr die positiven Seiten dieser »Wandlung« verborgen geblieben. Samantha empfand sich nicht als besonders hübsch – vielleicht ein bisschen, aber es hatte bislang keine Bedeutung gehabt. Die knospenden Rundungen, die die Jungs plötzlich neugierig machten, waren für sie selbst ebenso überraschend.

Waren sie Tony aufgefallen? Hatte er es darauf abgesehen? Wollte er ihr unters T-Shirt fassen oder sogar – *jesusvergibmir* – weiter unten hin?

Deshalb war Sam am Morgen des 23. Februar – dem Tag der Tage! –, während sie übermüdet von der schlaflosen Nacht zusah, wie das erste Morgenlicht über ihre Zimmerdecke kroch, zu dem Schluss gekommen, dass Tony Barettas Satz nicht wirklich gefallen war und Einbildung sein musste. Oder womöglich hatte sie zu viel darüber nachgedacht, und die Vorstellung hatte auf den verschlungenen Pfaden ihrer blühenden Teenagerfantasie an Glaubwürdigkeit verloren. Es gab allerdings nur eine Möglichkeit, der Sache auf den Grund zu gehen. Und so blieb ihr nichts anderes übrig, als ihre müden Glieder aus dem verschwitzten Bett zu quälen, sich fertig zu machen und zur Schule zu gehen.

Sam ignorierte die Vorwürfe ihrer Mutter, sie habe nicht genug gefrühstückt – sie konnte kaum atmen, geschweige denn etwas essen, verdammt! –, warf sich den Rucksack über die Schulter und schlüpfte hastig aus der Wohnungstür, um mit fatalistischer Furchtlosigkeit ihrem unausweichlichen Schicksal entgegenzugehen.

Um kurz vor acht waren die Straßen des Viertels, in dem die Familie Andretti lebte, so gut wie menschenleer. Wer einer Arbeit nachging, war schon vor einer ganzen Weile aufgebrochen, die Arbeitslosen waren damit beschäftigt, den Rausch der vergangenen Nacht auszuschlafen, die Alten warteten auf die wärmsten Stunden des Tages, um ihren gewohnten Spaziergang zu machen, und die Studenten würden sich erst in allerletzter Minute auf den Weg machen. Auch für Sam war es eine unübliche Zeit. Sie wäre gern bei Tina vorbeigegangen, wie sie es sonst häufig tat. Doch dann überlegte sie, dass ihre Freundin wahrscheinlich noch nicht fertig wäre und sie nicht die Geduld hatte, auf sie zu warten.

Nicht heute.

Auf ihrem Weg den grau gepflasterten Gehsteig entlang begegnete sie nur einem Postboten, der nach der richtigen Adresse suchte, um seine Lieferung loszuwerden. Sie bemerkte ihn nicht einmal, und der Mann sah das Mädchen kaum, das gelassen an ihm vorbeischlenderte – niemand hätte ihr den inneren Aufruhr angesehen. Sam ging an dem grünen Haus der

Macinskys mit dem grässlichen schwarzen Köter vorbei, der sich hinter die Hecke kauerte und sie jedes Mal zu Tode erschreckte, dann an der kleinen Villa, die früher einmal Frau Robinson gehört hatte und jetzt in sich zusammenfiel, weil die Angehörigen sich über das Erbe stritten. Sie passierte den Fußballplatz hinter der Kirche der Heiligen Barmherzigkeit. Dort gab es eine Grünanlage mit einem kleinen Spielplatz mit Schaukeln, einer Rutsche und einer großen Linde, an der Pater Edward die Bekanntmachungen mit den Gemeindeaktivitäten anschlug. Trotz der Stille ringsum konnte man am Ende der menschenleeren Straße bereits die mehrspurige Allee sehen, wo der Verkehr hektisch in Richtung Zentrum floss.

Doch Sam nahm all das nicht wahr.

Die Landschaft vor ihren Augen war wie eine Leinwand, auf die ihr Geist das lächelnde Gesicht von Tony Baretta projizierte. Ihre Füße folgten dem verinnerlichten, Hunderte Male gegangenen Schulweg wie von selbst.

Sie hatte die halbe Strecke bereits hinter sich, als Sam plötzlich der Zweifel ergriff, ob sie für das Treffen gut genug aussah. Sie trug ihre Lieblingsjeans – die mit dem Strass auf den hinteren Taschen und den kleinen Rissen über den Knien – und unter der ein paar Nummern zu großen schwarzen Bomberjacke das weiße Sweatshirt, das ihr Vater ihr von seiner letzten Dienstreise mitgebracht hatte. Doch das eigentliche Problem waren die Augenringe von der schlaflosen Nacht. Sie hatte versucht, sie mit dem Make-up ihrer Mutter zu kaschieren, doch so richtig überzeugt war sie nicht – sie durfte sich noch nicht schminken und hatte deshalb keine Übung darin.

Sie verlangsamte ihren Schritt und musterte die am Straßenrand geparkten Autos. Den metallicgrauen Dodge und den beigefarbenen Volvo schloss sie sofort aus, die waren zu dreckig. Dann entdeckte sie einen weißen Minivan mit verspiegelten Fenstern. Samantha überquerte die Straße und betrachtete sich. Nachdem sie festgestellt hatte, dass das Make-up die Augenringe gut verdeckte, verharrte sie noch vor dem Van und bewunderte ihr langes, kastanienbraunes Haar. Sie liebte ihre Haare. Und trotzdem fragte sie sich, ob sie wirklich hübsch genug für Tony war, und versuchte, sich mit seinen Augen zu sehen. *Was findet er an mir?* Und während sie noch darüber nachdachte, glitt ihr Blick für einen winzigen Moment durch das Spiegelglas.

Was ist das denn?, fragte sie sich. Sie schaute genauer hin.

Im Dunkel auf der anderen Seite der Scheibe hockte ein riesiger Hase und starrte sie reglos an.

Sicher, Samantha hätte weglaufen können – etwas in ihr drängte sie, die Beine in die Hand zu nehmen, und zwar schleunigst –, doch sie tat es nicht. Dieser abgrundtiefe, hypnotische Blick faszinierte sie. *Das kann doch nicht wahr sein*, sagte sie sich. *Das kann gar nicht wahr sein*, wiederholte sie mit der typischen Ungläubigkeit des Opfers, das von seinem Schicksal unerklärlich angezogen ist, statt ihm zu entfliehen.

Voll krankhafter Neugier starrten sich das junge Mädchen und der Hase eine endlose Weile lang an.

Dann, ganz plötzlich, glitt die Schiebetür des Minivans zur Seite, und Sams Spiegelbild entzog sich ihrem Blick. Während ihr Kindergesicht vor ihren Augen verschwand, konnte sie keine Angst darin entdecken. Allenfalls einen Funken Überraschung.

Als der Hase sie in seinen Bau zerrte, ahnte Sam nicht, dass sie sich für lange, lange Zeit zum allerletzten Mal gesehen haben sollte.

2

Das Erste, was aus dem Dunkel auftauchte, waren die Geräusche, wie ein Orchester, das vor einem Konzert seine Instrumente stimmt. Wirre und doch harmonische, sanfte Klänge. Gleichmäßige, mechanische Töne. Das Hin und Her von Rollwagen, das Klirren von aneinanderstoßendem Glas. Gedämpftes Telefonklingeln. Leichte, geschäftige Schritte. Dazwischen unverständliche, ferne, aber eindeutig menschliche Stimmen – Gott, wie lange hatte sie keine Stimmen mehr gehört? Und sie hörte ihren eigenen Atem. Rhythmisch und dumpf. Wie das Atmen in einer Höhle. Etwas drückte auf ihr Gesicht.

Das Zweite, was ihr matter Verstand wahrnahm, war der Geruch. Desinfektionsmittel. Und Medizin. *Ja, Medizin*, dachte sie.

Sie versuchte, sich zu orientieren. Sie hatte kein Körpergefühl, begriff nur, dass sie auf dem Rücken lag. Sie hielt die Augen geschlossen, denn ihre Lider waren schwer, so schwer. Doch sie musste sich zwingen, sie zu öffnen. Sie musste sich beeilen, ehe die Ereignisse sie einholten.

Die Gefahr kontrollieren. Das ist die einzige Möglichkeit.

Die Stimme, die gerade gesprochen hatte, kam irgendwo aus ihrem Inneren. Sie war keine Erinnerung. Sie war ein Instinkt, von der Zeit und der Erfahrung geschärft. Sie hatte lernen müssen zu überleben. Deshalb war ein Teil von ihr aller Benommenheit zum Trotz hellwach.

Mach die Augen auf – mach die verdammten Augen auf! Sieh dich um.

In ihrem Blickfeld öffnete sich ein winziger Schlitz. Tränen verschleierten die Iris – nicht aus Rührung, sondern aus Unwillen; inzwischen gönnte sie diesem Mistkerl nur noch selten die Genugtuung, sie weinen zu sehen. Einen Moment lang fürchtete sie, auf Dunkelheit zu treffen, doch dann nahm sie ein bläuliches Licht wahr, das den Raum um sie herum erfüllte.

Als wäre sie auf dem Grund des Ozeans. Ruhig und geborgen.

Das konnte ein mieser Trick sein, das wusste sie genau, sie hatte am eigenen Leib erfahren, wie gefährlich es war, einer Sache zu trauen. Kaum hatten sich ihre Augen an die fremden Einflüsse gewöhnt, bewegte sie sie hin und her, um die Umgebung zu erfassen.

Sie lag auf einem Bett. Das blaue Licht stammte von Neonröhren an der Decke. Um sie herum ein geräumiges Zimmer mit weißen Wänden. Kein Fenster. Doch dort auf der linken Seite war eine riesige Spiegelwand.

Er mag keine Spiegel, sagte ihre innere Stimme. Wie war das möglich?

Und dann sah sie eine angelehnte Tür, und dahinter einen erleuchteten Flur. Dorther rührten also die Geräusche.

Das war nicht real. Es ergab überhaupt keinen Sinn. *Wo bin ich?*

Vor der Tür stand, mit dem Rücken zum Zimmer, eine dunkel gekleidete menschliche Gestalt – sie konnte sie im schmalen Türspalt erkennen. Eine Pistole hing an ihrer Hüfte. *Was hat das zu bedeuten?*

Jetzt erst bemerkte sie, dass unweit des Bettes ein Tischchen mit einem Mikrofon und einem Aufnahmegerät stand. Daneben ein leerer Metallstuhl. Über der Rückenlehne hing ein

Herrenjackett. *Er ist hier,* dachte sie. *Er wird zurückkommen.* Eine Woge der Angst stieg in ihr auf.

Bloß keine Panik, sagte sie sich. *Die Angst ist der eigentliche Feind. Ich muss weg von hier.*

Das würde allerdings nicht einfach werden, bestimmt fehlte ihr die Kraft. Sie versuchte, die Arme zu bewegen, und bohrte die Ellenbogen in die Matratze, um sich aufzurichten. Langes, kastanienbraunes Haar fiel ihr über das Gesicht. Ihre Glieder waren schwer, sie hob den Oberkörper ein wenig an und sackte sofort wieder zurück. Etwas klammerte sich an ihr Gesicht: eine Sauerstoffmaske, die mit einem Wandanschluss verbunden war. An ihrem Arm hing ein Tropf. Sie zog an dem Schlauch, und die Nadel rutschte aus der Vene. Als sie sich von der Maske mit dem wohltuenden Gas befreite, blieb ihr der Atem weg. Hustend versuchte sie, die Luft einzusaugen, die viel dichter war als der frische Hauch, den sie eben noch geatmet hatte. Wimmelnde schwarze Pünktchen begannen vor ihren Augen zu tanzen.

Die Dunkelheit kehrte zurück, doch sie gab nicht auf.

Sie schob das Laken zur Seite, das sie von der Taille abwärts bedeckte, und konnte durch die Schattenflecken, die ihren Blick trübten, einen schmalen Schlauch erkennen, der von ihrer Leiste in einen durchsichtigen, mit gelblicher Flüssigkeit gefüllten Beutel führte.

Noch immer auf dem Rücken liegend, bewegte sie das rechte Bein, um aus dem Bett zu steigen. Doch etwas hielt das linke Bein zurück. Ein Gewicht. Überrascht von dem unerwarteten Ballast verlor sie das Gleichgewicht und stürzte. Sie landete auf einer harten, kalten Oberfläche und schlug mit dem Gesicht auf. Beim Aufprall des linken Beines ertönte ein dumpfes, hartes Poltern.

Irgendjemand musste den Lärm mitbekommen haben, denn

sie konnte hören, wie die Tür aufgestoßen und dann geschlossen wurde. Dann nahm sie eine Gestalt wahr, die hastig auf sie zukam. Etwas klimperte an deren Hüfte – ein Karabiner voller Schlüssel. Die Person griff ihr unter die Achseln. »Ganz ruhig«, sagte eine männliche Stimme, und dann zog der Mann sie hoch. »Ganz ruhig«, wiederholte er, ihren schlaffen Körper behutsam stützend. »Es ist nichts passiert.«

Sie meinte zu ersticken, ihr wurde schwarz vor Augen. Kraftlos ließ sie den Kopf gegen die Brust des Mannes sacken. Er roch nach Aftershave und trug einen Schlips, was ihr grausam und absurd vorkam.

Monster tragen keinen Schlips.

Der Mann hievte sie aufs Bett, strich ihr das Haar aus dem Gesicht und setzte ihr die Atemmaske wieder auf. Wohltuend strömte der Sauerstoff in ihre Lungen. Nachdem er sie sorgfältig hingelegt hatte, schob er ihr ein Kissen unter das linke Bein, das vom Knöchel bis über das Knie eingegipst war. »So ist es bequemer«, sagte er fürsorglich. Dann griff er nach der Infusionskanüle und schob die Nadel wieder in ihren Arm.

Verdattert folgte sie jedem seiner Handgriffe mit den Augen. Sie war Freundlichkeit nicht mehr gewohnt. Erst recht nicht die Gegenwart eines Menschen.

Sie versuchte, ihn richtig in den Blick zu bekommen. Kannte sie ihn? Sie meinte, ihn noch nie gesehen zu haben. Er war vielleicht um die sechzig, ein sportlicher Typ. Er trug eine runde Brille mit dunklem Gestell. Sein Haar war zerzaust. Außer dem am Gürtel baumelnden Karabiner fiel ihr die Ausweiskarte mit Foto auf, die an der Brusttasche seines blauen, bis zu den Ellenbogen aufgekrempelten Hemdes klemmte.

Als er fertig war, griff der Mann nach einer dampfenden Tasse, die er zuvor auf dem Fußboden abgestellt haben musste, und stellte sie auf den Nachttisch, auf dem auch ein weißes Telefon stand.

Ein Telefon? Das kann nicht sein!

»Wie fühlst du dich?«, fragte er.

Sie antwortete nicht.

»Kannst du sprechen?«

Sie schwieg und starrte ihn mit großen Augen an, bereit, ihm an die Kehle zu gehen.

Er beugte sich vor. »Verstehst du, was ich sage?«

»Ist das ein Spiel?« Der Satz kam heiser heraus, erstickt von der Sauerstoffmaske.

»Wie bitte?«, fragte er.

Sie räusperte sich. »Ist das ein Spiel?«, wiederholte sie.

»Tut mir leid, ich weiß nicht, was du meinst.« Dann fügte er hinzu: »Ich bin Doktor Green.«

Sie kannte keinen Doktor Green.

»Du bist im Saint Catherine, das ist ein Krankenhaus. Alles ist in Ordnung.«

Sie versuchte, das Gesagte zu begreifen, doch es gelang ihr nicht. Saint Catherine, Krankenhaus – Informationen, die außerhalb ihrer Reichweite lagen.

Nein, es ist nicht alles in Ordnung. Wer bist du? Was willst du von mir?

»Ich verstehe, dass das alles verwirrend für dich ist«, sagte der Mann. »Das ist ganz normal, es ist noch zu früh.« Einen Moment lang blickte er sie schweigend und voller Mitgefühl an.

Niemand schaut mich so an.

»Du wurdest vor zwei Tagen hierhergebracht«, fuhr er fort. »Du hast fast achtundvierzig Stunden geschlafen. Aber jetzt bist du wach, Sam.«

Sam? Wer ist Sam?

»Ist das ein Spiel?«, fragte sie zum dritten Mal.

Offenbar war dem Mann die Verstörtheit in ihrem Gesicht nicht entgangen, denn er wirkte besorgt. »Du weißt doch, wer du bist, oder?«

Sie überlegte einen Moment und wagte nicht zu antworten.

Der Mann zwang sich zu einem Lächeln. »Okay, eines nach dem anderen ... Wo, glaubst du, befindest du dich gerade?«

»Im Labyrinth.«

Green warf einen kurzen Blick in Richtung Spiegel und wandte sich ihr dann wieder zu. »Ich habe doch gesagt, dass wir in einem Krankenhaus sind, glaubst du mir nicht?«

»Ich weiß nicht.«

»Okay.« Er nahm auf dem Metallstuhl Platz, beugte sich vertraulich vor, stützte die Ellenbogen auf die Knie und verschränkte die Finger. »Wieso glaubst du, in einem Labyrinth zu sein?«

Sie blickte sich um. »Es gibt keine Fenster.«

»Du hast recht, das ist seltsam. Das liegt daran, dass dies hier ein Spezialzimmer ist. Wir sind auf der Station für Brandverletzungen. Du wurdest hierhergebracht, weil deine Augen das Tageslicht nicht mehr gewohnt sind, es könnte ähnlich heftige Auswirkungen für dich haben wie eine Verbrennung. Deshalb auch die UV-Lampen.«

Beide ließen den Blick zu den blauen Neonröhren an der Decke wandern.

Dann drehte sich der Mann zu der Spiegelwand. »Von dort können die Ärzte und Angehörigen den Patienten sehen, ohne ihn dem Risiko einer Infektion auszusetzen ... Ich weiß, es sieht aus wie ein Verhörraum bei der Polizei, wie man es aus dem Fernsehen oder dem Kino kennt«, sagte er scherzhaft. »Ich muss immer sofort daran denken.«

»Aber er mag keine Spiegel.«

Doktor Green wurde schlagartig ernst. »Er?«

»Spiegel sind verboten.« Tatsächlich hatte sie es bis zu diesem Augenblick vermieden, an die linke Wand zu sehen.

»Wer hat Spiegel verboten?«

Sie sagte nichts, das Schweigen musste genügen. Abermals schenkte der Mann ihr einen nachsichtigen Blick. Er war sanft wie eine Liebkosung, und trotzdem verspürte sie Wut. Sie wollte von diesem Mann nicht liebkost werden.

Ich lasse mich nicht verarschen.

»Na, dann gehen wir es mal anders an«, sagte Green, ohne eine Antwort abzuwarten. »Wenn Spiegel nicht mehr verboten sind und es hier einen gibt, dann bist du vielleicht nicht mehr im Labyrinth. Habe ich recht?«

Das klang einleuchtend. Doch nach so vielen Täuschungen – so vielen *Spielchen* – fiel es ihr schwer, das für möglich zu halten.

»Erinnerst du dich, wie du in das Labyrinth gekommen bist?«

Nein, nicht einmal daran erinnerte sie sich. Sie wusste, dass es ein »Draußen« gab, doch solange sie denken konnte, war sie immer dort drin gewesen.

»Sam.« Wieder sagte er diesen Namen. »Wir müssen jetzt ein paar Dinge besprechen, und wir haben leider nicht viel Zeit.«

Was meinte er?

»Auch wenn wir in einem Krankenhaus sind, bin ich kein richtiger Arzt. Ich bin nicht dafür zuständig, dich gesund zu machen, dafür gibt es hier sehr viel fähigere Leute, die sich um dich kümmern. Mein Job besteht darin, üble Kerle zu finden wie den, der dich entführt und im Labyrinth gefangen gehalten hat.«

Entführt? Wovon redet er?

Ihr drehte sich der Kopf, sie war sich nicht sicher, ob sie noch mehr hören wollte.

»Ich weiß, das ist schmerzhaft für dich, doch wir haben keine andere Wahl. Es ist unsere einzige Chance, ihn zu stoppen.«

Was sollte das heißen, »ihn stoppen«? Sie war sich nicht sicher, ob sie das wollte.

»Wie bin ich hierhergekommen?«

»Vermutlich konntest du fliehen«, entgegnete Green. »Vor zwei Tagen hat eine Streife dich in einer unbewohnten Gegend auf der Straße gefunden, unweit der Sümpfe. Du hattest ein gebrochenes Bein und warst unbekleidet.« Dann fügte er hinzu: »Deinen Schürfwunden nach zu urteilen, warst du vermutlich auf der Flucht.«

Sie musterte ihre mit kleinen Verletzungen übersäten Arme.

»Dass du es geschafft hast, ist ein wahres Wunder.«

Sie erinnerte sich an nichts.

»Du standst unter Schock. Die Beamten haben dich ins Krankenhaus gebracht und ihre Behörde verständigt. Sie haben die Vermisstenanzeigen durchsucht und sind auf deine Identität gestoßen – Samantha Andretti.«

Der Mann schob eine Hand in die Jacke über der Stuhllehne, zog einen Zettel hervor und hielt ihn ihr hin.

Sie musterte ihn. Es war ein Flyer mit dem Foto eines lächelnden Mädchens mit braunem Haar und braunen Augen. Unter dem Bild stand ein Wort in roten Druckbuchstaben.

VERMISST.

Ihr Magen zog sich zusammen. »Das bin ich nicht«, sagte sie und gab ihm den Zettel zurück.

»Es ist ganz normal, dass du so reagierst«, sagte Green. »Um dich gefügig zu machen und dich besser kontrollieren zu können, hat der Entführer dich mit Beruhigungsmitteln vollgepumpt, man hat eine erhebliche Menge davon in deinem

Blut gefunden. Aber keine Sorge, du hast schon große Fortschritte gemacht, seit man dich gefunden hat.« Er deutete auf den Tropf an ihrem Arm. »Du bekommst jetzt eine Art Gegenmittel. Und es funktioniert, denn jetzt bist du wach. Und bald wird auch die Erinnerung zurückkehren.«

Sie wollte ihm glauben – Gott, sie wollte es so sehr.

»Du bist in Sicherheit, Sam.«

Diese Worte erfüllten sie mit einer eigentümlichen Ruhe. »Sicher«, murmelte sie. In ihrem Augenwinkel sammelte sich eine winzige Träne. Sie hoffte, sie würde dort bleiben und sich nicht lösen, denn sie konnte sich nicht erlauben, die Deckung fallen zu lassen.

»Leider können wir nicht warten, bis die Behandlung ihre volle Wirkung entfaltet, und deshalb bin ich hier.« Er sah sie an. »Du musst mir helfen.«

»Ich?«, fragte sie verdattert. »Wie soll ich Ihnen helfen?«

»Indem du dich an möglichst viel erinnerst, selbst die banalsten Kleinigkeiten können helfen.« Wieder deutete er zur Spiegelwand. »Hinter der Scheibe sitzen Polizeibeamte, sie werden unsere Unterhaltung mitverfolgen und jedes Detail, das ihnen wichtig erscheint, an die Kollegen weiterleiten, die dort draußen alles daransetzen, deinen Entführer zu schnappen.«

»Ich weiß nicht, ob ich das schaffe.« Sie war müde und verängstigt und wollte nur schlafen.

»Hör zu, Sam. Du willst doch, dass dieser Kerl für das bezahlt, was er dir angetan hat, oder? Und vor allem möchtest du auf keinen Fall, dass er anderen das Gleiche antut ...«

Jetzt rann die Träne über ihre Wange und blieb am Rand der Atemmaske hängen.

»Ich sagte dir ja, ich bin kein Arzt, aber ich bin auch kein Polizist«, fuhr er fort. »Ich habe keine Pistole, und es ist auch nicht meine Aufgabe, Verbrechern nachzurennen oder mir eine

Kugel auf den Pelz brennen zu lassen. Ehrlich gesagt bin ich ein ziemlicher Schisser.« Er lachte über seinen eigenen Witz. »Aber eines kann ich dir versichern: Zusammen schnappen wir ihn, du und ich. Denn es gibt einen Ort, von dem er nicht entkommen kann, auch wenn er das nicht ahnt. Und genau dort jagen wir ihn: nicht da draußen, sondern in deinem Kopf.«

Doktor Greens letzter Satz ließ sie erschaudern. Auch wenn sie es sich nicht eingestehen wollte, hatte sie immer gewusst, dass *er* sich in ihren Kopf gefressen hatte – wie ein Parasit.

»Was meinst du, Sam: Kannst du mir vertrauen?«

Nach kurzem Zögern hielt sie ihm die Hand hin.

Green quittierte ihre Entscheidung mit einem Nicken und gab ihr das Flugblatt zurück. »Sehr gut.«

Während sie versuchte, sich mit dem Gesicht auf dem Foto vertraut zu machen, drehte sich Doktor Green zu dem Tischchen mit dem Mikrofon und dem Aufnahmegerät um und schaltete es ein.

»Wie alt bist du, Sam?«

Eingehend musterte sie das Foto. »Äh … Dreizehn? Vierzehn?«

»Sam, hast du eine Ahnung, wie lange du im Labyrinth warst?«

Sie schüttelte den Kopf. *Nein, ich weiß es nicht.*

Doktor Green machte sich eine Notiz. »Bist du sicher, dass du auf dem Foto nichts von dir wiedererkennst?«

Sie betrachtete das Bild noch genauer. »Die Haare«, sagte sie und strich sich mit der Hand über eine Strähne. »Ich liebe sie.«

Mein Haar zu streicheln, war meine Lieblingsbeschäftigung im Labyrinth.

Die Erinnerung traf sie urplötzlich, wie ein Blitz aus heiterem Himmel.

Ich kämme sie mit den Fingern, um mir die Zeit zu vertreiben, während ich auf ein neues Spiel warte.

»Sonst nichts?«

Ich hätte gern einen Spiegel. Aber er will mir keinen geben.

In ihr rührte sich ein Zweifel. »Bin ich ... hübsch?«, fragte sie bang.

»Ja, das bist du«, bestätigte Doktor Green sanft. »Aber ich will ehrlich mit dir sein ... Ich weiß, weshalb er dir Spiegel verboten hat.«

Sie bekam Angst.

»Ich möchte, dass du dich dort zu der Wand drehst und es selbst siehst ...« Er zeigte auf den großen Spiegel.

In der Stille, die folgte, nahm sie nur ihren schneller werdenden Atem wahr – ein keuchendes Ringen nach Sauerstoff. Sie blickte Doktor Green in die Augen, um zu begreifen, ob sie Angst haben musste. Doch er verzog keine Miene. Offenbar war dies eine Prüfung, um die sie nicht herumkam. Also drehte sie den Kopf auf dem Kissen zur Seite. Das Gummiband der Atemmaske schnitt ihr in die Wange.

Jetzt sehe ich das Mädchen von dem Flyer und werde mich nicht wiedererkennen, sagte sie sich. Doch die Wahrheit war tausendmal schlimmer.

Als sie auf ihr Spiegelbild traf, brauchte sie einen Moment, um das, was sie sah, zu erfassen.

»Du bist an einem Februarmorgen auf dem Weg zur Schule entführt worden«, erklärte der Doktor.

Das alte Kind mit dem kastanienbraunen Haar im Spiegel begann zu weinen.

»Es tut mir leid, Samantha«, sagte Green. »Das ist fünfzehn Jahre her.«

3

»... Fünfzehn Jahre ohne eine Neuigkeit, einen Hinweis, eine Hoffnung. Fünfzehn Jahre Schweigen. Ein endloser Albtraum, der ein unverhofft glückliches Ende gefunden hat. Denn bis vor zwei Tagen hätte es niemand für möglich gehalten, dass Samantha Andretti noch am Leben ist ...«

Bruno versuchte, dem Bericht der Nachrichtenkorrespondentin zu folgen, die vor dem Eingang des Saint Catherine stand, doch weil der alte Quimby mit einem Besenstiel auf die nicht minder betagte Klimaanlage der Bar eindrosch, um sie wieder zum Laufen zu kriegen, gingen ihre Worte in dem Radau unter.

»Himmel, Quimby, kannst du's mal lassen? Dein Geprügel macht sie auch nicht wieder heil«, rief Dauerstammgast Gomez aus seiner Sitznische am Ende des Raumes.

»Was verstehst du denn schon von Klimaanlagen?«, knurrte der Barmann zurück.

»Zum Beispiel, dass du Geld in die Hand nehmen müsstest, um deinen Gästen ein bisschen Frischluft zu verschaffen«, konterte der verschwitzte Fettwanst und griff sich aus der Sammlung vor ihm auf dem Tisch die Flasche heraus, in der noch Bier drin war.

»Klar, das könnte ich machen, wenn alle hier zahlen würden, wie es sich gehört.«

Das Hickhack zwischen Quimby und seinen Gästen war für die Besucher der Q-Bar nichts Neues. Es brauchte nicht viel, um den Wirt in Rage zu bringen. Doch abgesehen von Gomez war Bruno Genko augenblicklich der einzige Gast, und an diesem Nachmittag war er nicht in der Stimmung für dämliches Gepländel.

Ein Glas Tequila in der Hand, saß Genko auf einem Barhocker am Tresen und starrte unverwandt auf den Fernseher, der an der Wand hing. Die Ventilatorenflügel über ihm quirlten die warme, feuchte, von Zigarettenqualm gesättigte Luft. Vor einer halben Stunde hatte er sich in der Gasse am Hinterausgang die Seele aus dem Leib gekotzt, und noch immer hatte der Alkohol den galligen Geschmack nicht ganz vertreiben können. Er war zum Kotzen extra rausgehastet, weil niemand mitbekommen sollte, wie dreckig es ihm ging.

Trotzdem musste er furchterregend aussehen, und gerade wollte ihm wieder speiübel werden, als ihm der Inhalt der rechten Tasche seines Leinenjacketts durch den Kopf schoss.

Der Talisman.

Genko kippte den Schnaps in einem Zug hinunter, um das Bild zu verscheuchen. *Das ist nur die Hitze,* beschwichtigte er sich, während die Erinnerung verglomm. *Niemand darf davon wissen.* Also ignorierte er die Zänkerei, den hämmernden Besenstiel und das Ächzen der Klimaanlage und versuchte, sich auf die Fernsehnachrichten zu konzentrieren.

Die Neuigkeit von der wiederaufgetauchten Samantha Andretti hielt die lokalen und nationalen Sender seit achtundvierzig Stunden in Atem und hatte sogar die ungewöhnliche Hitzewelle, die die Region mit überdurchschnittlich hohen Temperaturen und ungekannter Luftfeuchtigkeit herausforderte, auf den zweiten Platz verdrängt.

»... *polizeilichen Angaben zufolge wird die achtundzwanzigjährige Samantha Andretti von der Profiling-Koryphäe Dr. Green psychologisch betreut. Die Ermittler hoffen, bald nütz-*

liche Hinweise zur Ergreifung des Mannes liefern zu können,
der sie entführt und fünfzehn Jahre lang gefangen gehalten
hat ... In Kürze sei in dem Fall mit entscheidenden Entwick-
lungen zu rechnen, heißt es ...«

»Pah, diese Nachrichtenfuzzis wissen einen Scheiß.« Quimby bedachte die Berichterstatterin auf dem Bildschirm mit
einer wegwerfenden Handbewegung, die sämtlichen Journa-
listen galt. Dann bezog er wieder seinen Posten hinter dem
Tresen. »Aber wenn man umschaltet, kommt die gleiche Lei-
er. Ich höre das jetzt schon zum fünften oder sechsten Mal:
Ständig wiederholen sie die Floskel mit den ›entscheidenden
Entwicklungen in Kürze‹, weil sie nicht wissen, was sie sonst
sagen sollen.«

»Trotzdem hätte ich wetten können, dass sich die Bullen darum prügeln, den Medien was zu stecken«, sagte Bruno.

»Der Hauptkommissar hält die Ermittlungen geheim, um
diesem Hurensohn keinen Vorsprung zu liefern ... Wenn sie
ihn nicht schnappen, wird irgendjemand die Polizei dafür bluten lassen, jahrelang ignoriert zu haben, dass Samantha Andretti noch lebt. Da würden die Bullen schön alt aussehen.«
Von einer plötzlichen Erkenntnis durchzuckt, hielt Quimby
inne. »Mein Gott, fünfzehn Jahre ... Unvorstellbar.«

»Absolut«, brummte Genko und winkte mit dem leeren
Glas.

Quimby griff nach der Tequilaflasche und verabreichte ihm
eine weitere Dosis der süßen Medizin. »Die Frage ist, wie sie
es geschafft hat, so lange zu überleben ...«

Bruno Genko kannte die Antwort, behielt sie jedoch für
sich. Vermutlich wollte Quimby sie auch gar nicht hören. Wie
die meisten normalen Menschen wollte der Barmann ebenfalls
an das Märchen der mutigen Heldin glauben, der es gelungen
war, am Leben zu bleiben und schließlich ihrem Peiniger zu

entkommen. Doch in Wirklichkeit hatte sie es nur geschafft, weil ihr Kerkermeister es so gewollt hatte. Sie nicht umzubringen, war ebenso sein Entschluss gewesen, wie sie zu ernähren und dafür zu sorgen, dass sie nicht krank wurde.

Mit anderen Worten, er hatte sich um sie gekümmert. Tag für Tag hatte er sie mit seiner kranken Fürsorge bedacht. *Genauso wie es die Menschen mit Zootieren machen,* überlegte Bruno und führte das Glas an die Lippen. *Selbst wenn wir gut zu ihnen sind, sind wir im Grunde unseres Herzens davon überzeugt, dass ihr Leben weniger wert ist als unseres.* Und Samantha Andretti hatte die Grausamkeit dieser Allmachtsfantasien zu spüren bekommen. Sie war das Tier im Käfig gewesen, die zu bestaunende Kreatur. Über ihr Leben oder ihren Tod bestimmen zu können, war die wahre Befriedigung, die den Sadismus ihres Entführers nährte. Jeden Tag hatte er aufs Neue beschlossen, sie leben zu lassen. Bestimmt hatte er sich deshalb edelmütig gefühlt, geradezu großherzig.

Doch all das konnten Quimby und all die anderen Leute, die sich jetzt ein Urteil bildeten, nicht wissen. Sie hatten die Höllenkreise nicht erlebt, die Bruno kennengelernt hatte. Deshalb taten sie ihm leid, und normalerweise ließ er sie einfach reden; in ihrem Geplapper konnten sich immer kostbare Informationen verbergen, die bei einer Ermittlung womöglich zum entscheidenden Durchbruch führten.

Bruno Genko war Privatermittler, und im Grunde bestand sein Job vor allem darin, die Ohren offen zu halten.

Die Q-Bar war der perfekte Ort, um Gerede, Klatsch und Hinweise aufzuschnappen. Sie war der Treff der Gesetzeshüter, seit Lieutenant Quimby während einer Routine-Razzia vor zwanzig Jahren eine Kugel in die Niere bekommen hatte. Vorzeitiger Ruhestand, Endstation. Doch mit dem Geld der Versicherung hatte er diesen Pub gekauft. Seitdem traf man sich jedes Mal, wenn es bei der Polizei etwas zu feiern gab – die Pensionierung eines Kollegen, die Geburt eines Erben, ein Diplom oder einen Jahrestag –, in der Q-Bar.

Obwohl er nie eine Uniform getragen hatte, schlug Bruno regelmäßig in der Kneipe auf und gehörte inzwischen zur Familie, auch wenn er von Frotzeleien und blöden Sprüchen nicht verschont blieb. Doch das ging in Ordnung, es war der Preis für die aufgeschnappten Informationen, die ihm bei seiner Arbeit nützlich werden konnten. Quimby war sein wichtigster Vertrauensmann. Jeder Bulle und selbst Exbullen wissen, dass man einem Privatschnüffler niemals trauen darf. Doch der Alte war nicht auf irgendeinen Vorteil bedacht. Er war einfach ein eitler Typ, dem oft langweilig war. Offenbar gab ihm das Ausplaudern geheimer Informationen das Gefühl, noch zur Truppe zu gehören. Und das kam Bruno wunderbar gelegen. Natürlich drängte er Quimby nie zum Reden, denn auf eine direkte Frage hätte auch dieser Exbulle kein Wort rausgelassen. Genko beschränkte sich einfach darauf, mitunter stundenlang in der Kneipe zu hocken und darauf zu warten, dass Quimby von alleine loslegte.

So auch heute. Der einzige Unterschied war, dass Bruno Genko heute weniger geduldig als normalerweise war.

Mir bleibt verdammt noch mal nicht viel Zeit.

Während er also auf weitere Informationen seiner unfreiwilligen Quelle wartete, steckte er die Hand in die Jackentasche, um ein Taschentuch hervorzuholen und sich damit den Schweiß aus dem Nacken zu wischen. Seine Finger streiften den zerknitterten Zettel – weil er sich nie davon trennte, hatte er ihn »Talisman« getauft. Sein Magen zog sich zusammen, und fast wäre ihm wieder schlecht geworden.

»Gestern Abend sind Bauer und Delacroix vor ihrer Extraschicht vorbeigekommen«, sagte Quimby plötzlich.

Bruno unterdrückte die Übelkeit und vergaß den Zettel. Bauer und Delacroix waren die beiden Bullen, die mit dem Fall Samantha Andretti betraut waren. *Na bitte, geht doch,* sagte er sich. Stundenlang hatte er auf diesen Moment gewartet, jetzt wurde er belohnt.

Unaufgefordert schenkte Quimby ihm noch einmal Tequila nach und stützte sich wichtigtuerisch auf den Tresen. Dann raunte er Genko zu: »Sie haben mir von dem Experten erzählt, der mit dem Mädchen spricht, diesem Dr. Green. Soll wohl ein knallharter Profiler sein. Ist auf die Ergreifung von Serienkillern spezialisiert, und sie haben ihn extra von irgendwoher einfliegen lassen«, erklärte er. »Muss ziemlich unorthodoxe Methoden haben ...«

Genko wusste, dass es statistisch unwahrscheinlich war, einem Psychopathen lebendig zu entkommen. Doch wenn es passierte, hatte die Polizei einen wertvollen Zeugen und damit eine Eintrittskarte zu den verschlungenen Irrwegen seiner Verbrecherseele, einem undurchdringlichen Gewirr aus Fantasien, unkontrollierten Trieben, Instinkten und abgründigen Perversionen. Deshalb hatten sie sich einen Profi dazugeholt, um Samantha Andrettis Verstand auszuloten.

Bruno fiel auf, dass Quimby von ihr noch immer wie von einer Dreizehnjährigen sprach. Damit war er nicht der Einzige. Auch im Fernsehen war permanent von »dem Mädchen« oder »der Kleinen« die Rede. Eine Folge der Berichterstattung: Die Menschen hatten noch immer ihr letztes Foto vor Augen, das unmittelbar nach ihrem Verschwinden verbreitet worden war und auch jetzt wieder im Fernsehen gezeigt wurde. So gelangte es nicht ins Bewusstsein der Menschen, dass das Mädchen inzwischen eine erwachsene Frau war.

»Die Kleine steht noch unter Schock«, sagte Quimby jetzt. »Aber beim Dezernat sind sie optimistisch.«

Bruno wollte nicht zu neugierig erscheinen, doch er hätte wetten können, dass Quimby etwas wusste. »Wie, optimistisch?«

»Du kennst doch Delacroix. Er ist maulfaul und lässt nie was durchblicken ... Aber Bauer ist überzeugt, dass sie das Schwein kriegen.«

»Bauer ist ein Angeber«, meinte Bruno gespielt gleichgültig und wandte sich wieder dem Fernseher zu.

Quimby biss an. »Schon, aber ich glaube, sie haben eine Spur ...«

Eine Spur? War es möglich, dass Samantha bereits entscheidende Hinweise geliefert hatte?

»Ich hab gehört, sie suchen nach dem Ort, wo er sie gefangen gehalten hat«, sagte Bruno beiläufig, um die Unterhaltung wieder ein wenig in Schwung zu bringen. »Sie haben unten bei den Sümpfen ziemlich weiträumig abgesperrt. Dort hat der Streifenwagen Samantha aufgegabelt, stimmts?«

»Richtig ... Sie haben eine Sicherheitszone eingerichtet und lassen niemanden rein, um sich die Gaffer vom Leib zu halten.«

»Die finden den Ort nie.« Bruno versuchte, skeptisch zu klingen, damit Quimby sich bemüßigt fühlte, ihm zu widersprechen. »Den haben sie in fünfzehn Jahren nicht gefunden, wer weiß, wie der sich tarnt.«

»Samantha Andretti war zu Fuß unterwegs und hat sich sogar ein Bein gebrochen, also kann sie nach der Flucht nicht besonders weit gekommen sein, meinst du nicht?« Brunos Skepsis schien Quimby gegen den Strich zu gehen.

Der Ermittler beschloss, dem verletzten Polizisten-Ego einen Knochen hinzuwerfen. »Ich glaube, der Schlüssel zu allem ist Samantha. Wenn sie kooperiert, dann gibt es Hoffnung, den Kerl zu schnappen.«

»Sie wird kooperieren«, sagte Quimby überzeugt. »Aber die haben auch noch anderes zu tun …«

Also hatte nicht das Mädchen die Spur geliefert. *Aber wer dann?* Bruno schwieg und nippte an seinem Glas. Die strategische Pause sollte dem Barmann Zeit geben zu entscheiden, ob er auch mit dem Rest herausrücken wollte.

»In Wirklichkeit deckt sich die Geschichte ihrer Auffindung nicht vollkommen mit der Version, die sie haben durchsickern lassen«, bestätigte Quimby. »Die Streife, die sie unbekleidet und mit einem gebrochenen Bein am Straßenrand aufgegabelt hat, ist da nicht zufällig vorbeigefahren …«

Blitzschnell überlegte Bruno, was diese Information zu bedeuten hatte. Wieso über die Umstände der Auffindung der Frau lügen? Was hielten sie damit zurück?

»Es gab einen Hinweis«, sagte er laut. »Jemand hat gemeldet, dass Samantha dort ist?«

Quimby beschränkte sich auf ein Nicken.

»Ein barmherziger Samariter also.«

»Ein anonymer Anruf«, verbesserte ihn der Barmann.

4

Kaum trat Genko aus der Q-Bar, machte sich die Schwüle über ihn her und drückte ihm die Kehle und den Brustkorb zusammen. Die Hitze war ein lebendiges Wesen, eine unsichtbare Bestie, vor der es kein Entrinnen gab. Obwohl er Mühe hatte zu atmen, steckte Bruno sich eine Zigarette zwischen die Lippen, zündete sie an und wartete, bis ihm das Nikotin ins Blut schoss.

Was konnte es ihm schon noch anhaben?

Er blickte sich um. Um drei Uhr nachmittags waren die Straßen der Innenstadt wie leer gefegt. Läden und Büros waren geschlossen. Kein einziger Fußgänger war zu sehen. Es herrschte gespenstische Stille. Nur die Ampeln regelten den nicht vorhandenen Verkehr in den verwaisten Straßen.

Aufgrund der dramatisch hohen Temperaturen hatten die Behörden zum Schutz der allgemeinen Gesundheit zu außergewöhnlichen Maßnahmen gegriffen. Der Bevölkerung wurde geraten, tagsüber zu schlafen und das Haus nur in den Nachtstunden zu verlassen. Um die Umstellung zu erleichtern, waren die Schichtpläne der Polizei, der Feuerwehr und des Krankenhauspersonals geändert worden. Die Behörden öffneten am späten Nachmittag und schlossen im Morgengrauen. Sogar die Gerichte nahmen ihre Arbeit erst in den Abendstunden auf. Die meisten Firmen und Betriebe hatten sich den Änderungen angepasst. Gegen zwanzig Uhr wimmelten die Straßen von Arbeitern und Angestellten, die wie zur normalen Rushhour auf dem Weg zur Arbeit waren. Niemand beschwerte sich. Kaufhäuser und Geschäfte hatten sogar einen Umsatzanstieg verzeichnet, weil die Leute es gar nicht abwarten konnten, ihre vier Wände zu verlassen, wenn die Hitze am Abend endlich etwas nachließ. Sobald die Sonne sank, kamen sie wie die Ratten aus ihren Löchern.

Seit rund einer Woche begannen die Tage bei Dämmerung.

Das Wetter spielt völlig verrückt, sagte sich Bruno und erinnerte sich an die Meldung aus Rom im Jahr zuvor, wo ein Sturm die Stadt heimgesucht und für einen Blackout und eine verheerende Überschwemmung gesorgt hatte. Folgen der Umweltverschmutzung, der Erderwärmung und des beschissenen Umgangs der Menschen mit diesem Planeten. Wer weiß, wie lange es dauern würde, bis die verdammte menschliche Spezies sich selbst ausrotten würde, ohne es überhaupt zu merken. Es war zum Heulen. Doch dann fiel ihm der Talisman in seiner Tasche wieder ein, und er fand, dass ihn das Problem nichts mehr anging.

Er konnte es sich erlauben, sich nicht mehr drum zu scheren und einen weiteren Beitrag zum allgemeinen Niedergang zu leisten. Er zog ein paarmal an seiner Zigarette, schnippte den Stummel auf den glühenden Asphalt und drückte ihn unter der Schuhsohle aus. Dann machte er sich auf den Weg zu seinem Auto.

Ein anonymer Anruf also.

Während er den alten Saab durch die leeren Straßen steuerte, grübelte Genko über das nach, was er von Quimby erfahren hatte. Weil die Klimaanlage im Auto seit Jahren nicht mehr funktionierte, hatte er sämtliche Fenster heruntergekurbelt. Plötzliche Hitzewellen wallten herein und verflüchtigten sich wieder, als würde er durch ein Feuer fahren. Bruno brauchte einen Rückzugsort – nicht nur, um vor der Hitze zu flüchten, sondern auch vor seinen rotierenden Gedanken.

Hör auf, darüber nachzudenken, es geht dich nichts an.

Doch der nagende Zweifel ließ ihn nicht los. Wer hatte den Anruf getätigt? Wieso hatte der Anrufer Samantha nicht selbst geholfen? Warum hatte er seine Personalien verschwiegen? Dieser Unbekannte hätte der Held der Stunde werden können, doch stattdessen hatte er es vorgezogen, im Dunkeln zu bleiben. Wovor hatte er Angst? Was wollte er verbergen? Oder wen schützen?

Genko wusste, dass er nicht klar genug denken konnte. Zu viel Tequila, oder vielleicht lag es auch einfach an diesem verdammten Zettel in seiner Tasche. Er hätte sich in dem Hotelzimmer verkriechen können, das er vor einer Woche angemietet hatte, um dort sein in der Q-Bar angefangenes Besäufnis zu vervollständigen und in der Hoffnung, nicht mehr aufzuwachen, in Tiefschlaf zu fallen.

So einfach gehts nicht, alter Freund, finde dich damit ab.

Es war besser, jetzt nicht allein zu sein. Und es gab genau einen Menschen auf der Welt, der ihn in diesem Zustand ertrug.

Als Linda ihm die Tür öffnete, konnte Bruno ihrer Miene ablesen, dass er grauenhaft aussah.

»Himmel, bist du verrückt, bei dieser Hitze unterwegs zu sein?«, sagte sie vorwurfsvoll und zog ihn in die Wohnung. »Und getrunken hast du auch.« Angewidert verzog sie das Gesicht. »Was ist denn mit dir los, Bruno?«

»Darf ich reinkommen?«

»Du bist doch schon drin.«

»Okay, ich meine, kann ich ein bisschen bleiben, oder hast du zu tun?« Seine Klamotten starrten vor Schweiß, und ihm war schwindelig.

»In einer Stunde habe ich einen Kunden«, sagte sie und

zog sich den blauen Seidenkimono über dem bronzefarbenen Dekolleté zurecht. Im Ausschnitt blitzten ihre kleinen, festen Brüste auf.

»Ich muss mich nur einen Moment ausruhen, mehr nicht.« Ohne ihre Antwort abzuwarten, steuerte er auf das Wohnzimmer zu. Im Gegensatz zur Q-Bar funktionierte hier die Klimaanlage, die Fensterläden waren geschlossen, und es herrschte ein angenehmes Dämmerlicht.

»Du stinkst nach Kotze, weißt du das?«, sagte Linda hinter ihm. »Wie wärs mit einer Dusche?«

»Ich will dir nicht lästig fallen.«

»Du fällst mir lästiger, wenn du mir die Wohnung verpestest.«

Bruno setzte sich auf das weiße Sofa, das farblich zum Teppichboden passte und in der Mitte des Wohnzimmers zwischen schwarz lackierten Möbeln und einer Sammlung von Einhörnern prangte, die in verschiedensten Ausführungen den Raum bevölkerten – als Poster, Standfiguren, Plüschtiere oder in Schneekugeln gefangen. Sie waren Lindas Leidenschaft. »Ich bin ein Einhorn«, hatte sie einmal verkündet. »Ein wunderschönes Fabelwesen. Kein vernünftig denkender Mensch würde jemals zugeben, dass er an Einhörner glaubt, und trotzdem sind die Menschen seit jeher hinter ihnen her und hoffen, mal eines zu treffen …«

In einer Sache hatte sie jedenfalls recht. Sie war wirklich wunderschön. Deshalb waren die Männer hinter ihr her. Und sie waren bereit, für das Privileg, mit ihr zusammen zu sein, teuer zu bezahlen.

»Komm, ich helfe dir«, sagte sie, als sie sah, dass er nicht einmal in der Lage war, sich das Jackett auszuziehen. Sie streifte ihm die Mokassins von den Füßen und wollte seine Beine aufs Sofa heben, aber er schüttelte den Kopf. Er wollte lieber sitzen, liegen konnte er überhaupt nicht mehr gut. Sie streichelte ihm über die Stirn und sah ihn alarmiert an. »Du hast ja Fieber.«

»Ach, was. Das ist nur die Hitze«, log er.

»Ich hol dir ein Glas Wasser, bei der Schwüle trocknet man leicht aus … Vor allem, wenn man nachmittags Tequila trinkt«, schob sie tadelnd hinterher. »Und diesen Lumpen hier werfe ich mal eben in den Trockner.« Sie griff sich das Leinenjackett und verschwand damit im Flur. »Vielleicht vertreibt das den Mief ein bisschen.«

Bruno atmete tief durch und lehnte sich mit rundem Rücken vornüber. Sein Kopf schmerzte, sein Herz stach, und überhaupt, alles tat ihm weh. Und obwohl er es sich nicht eingestehen wollte, hatte er Angst. Seit Wochen litt er an Schlafstörungen. Der Stress fraß ihn auf, und sobald sein Körper unter zu großer Anspannung stand, dämmerte er schlagartig weg. Aber es war kein Schlaf, der ihn überfiel, sondern eher eine Art Bewusstseinskapitulation. Nach höchstens einer halben Stunde im Nirwana holte ihn die Wirklichkeit wieder zurück und erinnerte ihn daran, dass sein Schicksal besiegelt war und er nichts dagegen unternehmen konnte.

Er hätte mit Linda darüber sprechen und diese Last mit ihr teilen können. Vielleicht wäre das sogar befreiend gewesen, denn genau deshalb hatte ein Teil von ihm stets ihre Nähe gesucht – wenn er jemandem vertrauen konnte, dann ihr. Sie war mehr als eine gute Freundin, und obwohl es zwischen ihnen eine Grenze gab, die sie nie überschritten hatten, war Linda für ihn fast so etwas wie eine Ehefrau.

Als sie ihn vor sechs Jahren um seine professionelle Hilfe gebeten hatte, ging sie schon seit einer ganzen Weile anschaffen, nannte sich aber noch Michael. Die Verwandlung war noch nicht vollkommen gewesen, die wunderschöne Frau war in einer männlichen Hülle gefangen, und ein Bartschatten umrahmte das engelsgleiche Gesicht – hohe Wangenknochen, volle Lippen, strahlend blaue Augen. Michael hatte sich an Bruno gewandt, um dem Stalking eines Kunden zu entkommen. Damals hatte er sich billig hergegeben und war mit jedem ins Bett gegangen. Er war an einen Typen geraten, der ihn erst fickte und dann verprügelte, um sich dafür zu rächen, zu einem widernatürlichen Akt gezwungen worden zu sein. Dann kam er reumütig wieder angekrochen, und die Geschichte ging von vorn los, jedes Mal mit demselben Ausgang.

Michael wusste nicht, wie viel länger er das noch ertragen würde. Erfolglos hatte er versucht, von seinem Freier loszukommen. Es wurde immer schwieriger, die blauen Flecke der Schläge zu kaschieren, und er war zu Tode verängstigt. Bruno machte sich da nichts vor, hätte er damals nicht eingegriffen, wäre dieser zerbrechliche, verängstigte Engel schon längst tot.

Bruno konnte sich leider nur allzu gut vorstellen, wie die Sache enden würde. Transsexuelle waren bevorzugte Opfer für brutale, hemmungslose Hassattacken von verstockten Typen wie diesem Freier. Ein tiefer Blick in Michaels Augen hatte dem Privatermittler genügt, um zu begreifen, dass die Situation ernst war und kein Polizist ihm würde helfen können.

Und auch er musste sich eine gute Strategie überlegen. Um den Stalker in die Flucht zu schlagen, würden Drohungen und Schläge nichts nützen; eine Obsession mit physischer Gewalt austreiben zu wollen, ist ungefähr so, als wollte man ein Feuer mit Überredungskunst löschen. Die sicherste Art, den Kerl zu stoppen, war, ihn kaltzumachen, doch Genko war kein Mörder. Seine Methoden waren subtiler, und deshalb oft umso wirkungsvoller. Weil der Typ als Broker für eine bekannte Investmentbank arbeitete, hatte Bruno einen Hacker geschmiert, um in das Computersystem des Unternehmens einzudringen und beträchtliche Summen der Investoren auf das Privatkonto des Mannes zu transferieren. Danach hatte er nur abwarten müssen, bis jemand den Diebstahl bemerkte. Der Mann hatte wegen Betrugs und Veruntreuung zehn Jahre gekriegt. Im Knast würde er seinen Trieben freien Lauf lassen können oder wäre denen der anderen ausgeliefert. Und Michael war endlich frei.

»Was hat das zu bedeuten?«

Lindas Stimme zitterte unmerklich, und Bruno musste gar nicht hinsehen, um zu wissen, was der Grund dafür war. Er wandte leicht den Kopf und sah sie reglos in der Tür stehen, mit seiner Jacke über dem Arm und einem Zettel zwischen den Fingern. Ehe sie das Jackett in den Trockner gesteckt hatte, hatte sie vorsorglich die Taschen geleert.

»Was ist das?«, fragte sie wieder, hielt ihm den Zettel entgegen und klang jetzt fast zornig.

Genko richtete sich ein wenig auf. *Dann ist es jetzt also so weit,* dachte er. Er hatte mit niemandem darüber gesprochen, weil er gefürchtet hatte, der Gedanke könnte dadurch erst Wirklichkeit werden. Wenn die Worte auf dem Papier gefangen blieben, gab es vielleicht noch Hoffnung, ihnen zu entgehen.

Nein, Bruno, es gibt keine Hoffnung.

»Das ist ein Talisman.«

Linda war wie vor den Kopf geschlagen.

»Weißt du, was ein Talisman ist?«, fragte er sie. »Das ist ein Gegenstand, dem wir die Macht zuschreiben, uns zu beschützen. Ein bisschen so wie deine Einhörner.«

»Was redest du da für einen Scheiß, Genko?«, sagte sie ungehalten. »Hier steht, dass du sterben wirst …«

Er stellte sich vor, wie sie vor dem Trockner gestanden und den Bericht gelesen hatte. Nachdem sie erkannt hatte, dass sie einen ärztlichen Befund in den Händen hielt, hatte sie den Inhalt hastig überflogen und nur Bahnhof verstanden. Erst in der letzten Zeile war sie auf etwas gestoßen, das unmissverständlich war. Da war sie, die Antwort auf eine schreckliche Frage. Zwei Worte.

»*Prognose: letal.*«

Genko war es genauso gegangen, als er das Dokument gesehen hatte. Alles, was der letzten Zeile voranging, zählte nicht. Es hätte wer weiß was dort stehen können. Man verstand es ohnehin nicht. Und welchen Unterschied machte es auch schon? Es gehörte zu einer Zeit, die unwiederbringlich vorüber war, und inzwischen hatte die gesamte Vergangenheit ihren Wert verloren, das Leben, das diesem Moment vorausgegangen war, war sinnlos geworden. Diese zwei kalten, nüchternen Worte bildeten eine Zäsur. Nichts würde mehr sein wie vorher.

»Was ist los?«, fragte Linda bang. »Was hast du für eine Krankheit?«

Weil sie unfähig war, sich zu rühren, stand Bruno auf und ging zu ihr. Er nahm ihr den Befund aus den Fingern und führte sie zum Sofa. »Hör zu, ich will versuchen, es dir zu erklären, so gut ich kann. Aber dafür musst du dich ein bisschen beruhigen, okay?«

Sie nickte, kurz vor den Tränen.

»Ich habe eine Art Infektion.« Er deutete auf seinen Brustkorb. »Ein Erreger ist in meinen Herzbeutel eingedrungen, keine Ahnung, wie, die Ärzte wissen es auch nicht.« Jetzt hatte er ein Panzerherz, das seinen Körper nicht mehr vernünftig versorgen konnte. »Sie meinen, es gibt kein Mittel dagegen, weil es zu spät entdeckt wurde.«

Linda war verwirrt. »Aber … Wieso bist du nicht im Krankenhaus? Du solltest im Krankenhaus sein. Die müssen doch wenigstens irgendwas versuchen ... Sie können dich doch nicht einfach sterben lassen, ohne was zu tun.« Ihre Stimme überschlug sich fast.

Bruno drückte ihre Hände und schüttelte den Kopf. Er hatte nicht die Kraft, ihr zu sagen, dass der Arzt ihm auf seine Frage nach einer möglichen Behandlung geraten hatte, sich in ein Hospiz zu begeben. Linda würde das vermutlich befürworten. Aber Genko hatte keine Lust, sich an einem Ort zu verkriechen, den man nur zum Sterben aufsuchte.

»Das Erfreuliche ist, dass es ganz plötzlich passieren wird, ich kriege es gar nicht mit. Eine winzige Explosion in der Brust, und in ein paar Sekunden bin ich weg. Wie ein Pistolenschuss.« Eine unsichtbare Kugel direkt ins Herz – die Vorstellung war gar nicht mal übel.

»Und wie lange ...« Sie brachte die Frage nicht über die Lippen. »Also, wie viel Zeit ...«

»Zwei Monate.«

»Was?« Sie war erschüttert. »Und seit wann weißt du das?«

»Seit zwei Monaten«, sagte er, ohne darüber nachzudenken.

Die Neuigkeit verschlug ihr die Sprache.

»Der Termin ist heute verstrichen.« Bruno lachte matt, doch die Panik fuhr ihm wie ätzendes Gift in den Magen. »Es ist schon komisch. Bis gestern hatte ich einen Zielpunkt vor Augen, ich musste nur auf das Ende des Countdowns warten. Aber heute ... Was passiert ab heute?« Er senkte den Kopf und stierte auf den Teppich. »Ich fühle mich wie ein zum Tode Verurteilter, dessen Henker sich verspätet.« Er lachte abermals, und diesmal war es ehrlich. »Gestern Abend habe ich auf die Uhr gestarrt und damit gerechnet, dass um Mitternacht etwas passiert. Wie Aschenputtel, ist das zu fassen? Völlig bescheuert ...« In Wirklichkeit war er wütend. Sechzig Tage lang hatte er sich auf den entscheidenden Augenblick vorbereitet.

Und nun galten plötzlich keine Regeln mehr. Eine lautlose Anarchie beherrschte die Ereignisse seiner abgezählten Tage. »Deshalb ist dieser Zettel ein Talisman«, sagte er und faltete den Bericht sorgfältig zusammen. »Er schützt mich vor dem Chaos. Das Warten auf den Tod kann einen echt in den Wahnsinn treiben.«

Linda war nicht zu Scherzen aufgelegt. »Warum hast du mir nichts erzählt?«

»Ich konnte es ja nicht einmal mir selbst eingestehen ... Hätte ich es dir erzählt, wäre es wahr geworden, und ich wäre gestorben.« Er verbesserte sich: »Ich *sterbe*, Linda. Oder vielleicht bin ich schon tot, kommt drauf an, wie man es sieht.« Das wäre eine interessante philosophische Frage. Wann endet das Leben? Wenn die tödliche Krankheit gesiegt hat oder wenn man sie entdeckt?

Linda stand vom Sofa auf. »Ich mache jetzt ein paar Anrufe und sage meine Termine ab. Heute bewegst du dich von hier nicht mehr weg«, sagte sie mit wiedergefundener Entschiedenheit.

Behutsam ergriff Bruno ihre Hand und zog sie wieder aufs Sofa. »Ich bin nicht hierhergekommen, um zu sterben, auch wenn das jeden Moment passieren kann«, sagte er zärtlich. Er wollte die Spannung lindern und vermeiden, dass Linda sich verantwortlich fühlte.

»Und warum dann? Um mir Lebewohl zu sagen?« Sie war wütend.

Er beugte sich zu ihr und küsste sie auf die Stirn. »Ich weiß, du hast Angst, ich könnte mir eine Pistole in den Mund stecken und kurzen Prozess machen. Und ich muss zugeben: Ich habe darüber nachgedacht, und sollte sich die Sache allzu sehr in die Länge ziehen, greife ich vielleicht darauf zurück. Aber wenn du mich hier festhältst, wirst du das Schlimmste nicht verhindern, denn das Schlimmste steht bereits auf diesem Zettel.«

»Du kannst nicht erwarten, dass ich einfach die Hände in den Schoß lege, verstehst du?«

Natürlich verstand er das, denn er wusste, dass sie ihn liebte.

»Hast du in den Nachrichten von der Frau gehört, die vor achtundvierzig Stunden ihrem Kerkermeister nach fünfzehn Jahren Gefangenschaft entfliehen konnte?«

»Ja, und? Was hat das mit dir zu tun?«

»Dieser Fall gibt mir eine letzte Aufgabe.«

Sie blickte ihn verständnislos an.

»Vielleicht ist es kein Zufall, dass das alles jetzt passiert ...«

»Bruno, wovon redest du?«

»Ich hab viel nachgedacht in den letzten zwei Monaten. Du weißt besser als ich, dass ich mich nicht nur mit Ruhm bekleckert habe in meinem Leben. Dieser Fall, das Wiederauftauchen dieses Mädchens ... Das gibt mir die Gelegenheit, etwas ins Reine zu bringen, bevor ich den Löffel abgebe.«

»Aha ... Also, hör mal, ich weiß nicht ... Wieso willst du jetzt deine Zeit mit Arbeit verschwenden? Wäre es nicht besser, du schonst dich?«

»Das kann ich nicht«, sagte er schroff und wechselte das Thema. »Linda. Du musst mir einen Gefallen tun.« Er sah sie an. »Vor einer Woche habe ich ein Zimmer im Ambrus Hotel angemietet, das ist eine kleine Absteige hinten bei der Eisenbahnbrücke.« Er holte seine Brieftasche hervor und zog ein Kärtchen heraus. »Es ist das Zimmer Nummer 115, und es ist für weitere sieben Tage bezahlt.« In Wirklichkeit glaubte er nicht, es so lange zu brauchen. Er hatte es bezogen, weil er fürchtete, dass niemand ihn finden würde, wenn er zu Hause krepierte. Ihm graute vor der Vorstellung, langsam auf dem

Fußboden zu verrotten, weil er weder Freunde noch Angehörigen hatte, die sich für ihn interessierten. Im Hotel würde sich dieses Problem wenigstens nicht stellen. Eher früher als später würde das Zimmermädchen hereinkommen und ihn finden. Doch diesen Teil des Plans behielt er für sich. »Im Zimmer ist ein Safe, die Kombination lautet: elf-null-sieben.«

»Das ist mein Geburtsdatum«, bemerkte Linda überrascht.

»Ich weiß, deshalb hab ich's ja genommen. Doch jetzt hör mir gut zu: Wenn du erfährst, dass ...« Er brachte es nicht über die Lippen. »Also, na ja, wenn passiert, was passieren muss, dann gehst du dorthin und holst den Inhalt aus dem Safe ... okay? Dort findest du einen versiegelten Umschlag.«

»Was ist da drin?«

»Das tut nichts zur Sache. Du darfst ihn auf keinen Fall öffnen. Du musst ihn nur für mich entsorgen, verstanden? Und wirf ihn nicht einfach weg, du musst ihn zerstören und sichergehen, dass nichts davon übrig bleibt.«

Sie sah ihn skeptisch an. »Wieso machst du das nicht selbst, wenn es so wichtig ist?«

Er ignorierte die Frage. »Der Portier wird dich reinlassen, ich habe alles veranlasst.«

Linda fragte nicht weiter, doch Genko war sich sicher, dass sie ihm die Bitte nicht verwehren würde. Er stand auf, schlüpfte in das Leinenjackett und sah auf die Uhr. Gleich vier – er musste los.

»Rufst du mich später an?«, fragte Linda mit Bambiblick.

Bruno beugte sich zu ihr und streichelte ihr Gesicht. »Vielleicht vergesse ich es, und dann glaubst du, ich sei krepiert ...«

»Du solltest lieber nicht vergessen, dass du noch am Leben bist.« Sie griff nach seiner Hand und zog sie an ihre Lippen. »Denk dran: Solange du noch Luft in den Lungen hast, ist es noch nicht vorbei.«

Ihm gefiel diese schlichte und dennoch erhellende Wahrheit: Solange er Luft in den Lungen hatte, würde er wissen, dass er noch am Leben war. »Keine Sorge. Ich muss noch etwas erledigen, bevor das Unvermeidliche passiert …« Er ging zur Wohnungstür.

»Wo gehst du hin?«, fragte Linda ratlos.

Bruno drehte sich um und lächelte. »Eine alte Rechnung begleichen.«

5

»Das Haus der Dinge« war eine Gewerbehalle in einem Industriegebiet vor den Toren der Stadt. Irgendjemand hatte ein verwaistes Areal mit Lagergebäuden in ein riesiges Depot für Privatleute umgewandelt. Für eine bescheidene Jahresgebühr konnte man eine Box mieten und darin das ganze Zeug unterstellen, für das man keine Verwendung mehr hatte – alte Möbel und alle Arten von sonstigem Krempel.

Als Bruno sich der Einfahrt näherte, lehnte er sich zum Handschuhfach hinüber und kramte nach dem Schlüssel für die automatische Schranke. Schließlich bekam er ihn zwischen die Finger, steckte ihn in das dafür vorgesehene Schlüsselloch an einer kleinen Säule und hoffte, dass er noch funktionierte. Er war lange nicht hier gewesen.

Die Schranke öffnete sich.

Während er die Wege abfuhr, die rechtwinklig zwischen den aneinandergereihten Boxen entlangführten, stellte er fest, dass an diesem Ort inzwischen nicht mehr nur Gegenstände aufbewahrt wurden. Einige der Rolltore waren halb hochgezogen, und dahinter konnte man eindeutige Zeichen menschlichen Lebens erkennen. Die Mieter hatten ihre Lagercontainer offenbar in improvisierte Wohnungen umgewandelt. Bruno wunderte das nicht, er kannte das Phänomen. Die Bewohnerschaft im »Haus der Dinge« schien im Wesentlichen aus männlichen Individuen zu bestehen. Alleinstehende Männer, die wegen der Krise ihren Job verloren hatten, oder geschiedene

Männer, die sich wegen der Unterhaltszahlungen keine Wohnung und nicht mal mehr ein Zimmer leisten konnten. Alle miteinander arm und verzweifelt. Und verbittert. Genko konnte ihre scheuen, missgünstigen Blicke spüren – versteckt im Schatten ihrer Höhlen folgten sie dem vorüberfahrenden Saab argwöhnisch mit den Augen. Doch im Grunde hatten sie vor allem Angst, denn nach diesem Ort kam nur noch die Straße.

Als er die Box erreichte, die er vor vielen Jahren angemietet hatte, parkte er den Saab, stieg aus und bückte sich zu dem schweren Schloss hinunter. Der Rollladen war seit allzu langer Zeit nicht mehr geöffnet worden und ließ sich nur unter ächzendem Quietschen und Rasseln bis in Kopfhöhe aufziehen. Das blendende Sonnenlicht verharrte genau auf der Schwelle, als hätte es nicht den Mut, sie zu übertreten. Während der scheppernde Krach verhallte und der aufgewirbelte Staub verflog, wischte Genko sich die von Schmiere schwarzen Hände an der Leinenjacke ab und wartete, bis sich seine Augen an das Dämmerlicht gewöhnt hatten.

Nach und nach gewannen die deckenhohen Regale vor ihm an Kontur. Auf einem Bord waren fünf graue Pappkartons ordentlich nebeneinander aufgereiht, jeder trug ein Etikett mit einer Jahreszahl und einem Code darauf notiert.

Bruno kam nicht gern hierher. In dieses Loch hatte er die unrühmlichen Beweise seiner wenigen Niederlagen verbannt. So enthielten diese Kartons auch einen wesentlichen Teil seines Lebens. Es waren die Fehler, die er nicht mehr gutmachen konnte, die vertanen Chancen, die Sünden, die niemand vergeben konnte oder wollte.

Aber jetzt hatte er die Möglichkeit, einen Fehler wiedergutzumachen, und die würde er sich nicht entgehen lassen. Und wenn es das Letzte war, was er auf dieser Welt unternahm, dachte er bitter.

Er zog einen Karton aus dem Mosaik der anderen hervor, den mittleren, hob den Deckel und blätterte die Unterlagen darin durch. Schließlich fand er, was er brauchte.

Ein schmaler Hefter, der ein einziges Blatt Papier enthielt.

Doch wie er Linda bereits gesagt hatte, konnte dieses Stück Papier ihm dabei helfen, eine offene Rechnung zu begleichen.

6

Diese Hände. Ihre Hände kamen ihr so unbekannt vor. *Das sind doch nicht meine. Diese Hände gehören einer anderen.*

Und doch war sie es, die die Finger bewegte, es musste also eine Erklärung dafür geben. Zu der Wand mit dem großen Spiegel hatte sie sich nicht mehr umgedreht, ihr fehlte der Mut. Stattdessen starrte sie unermüdlich auf ihre Hände und versuchte zu begreifen, wie sie sich selbst so fremd sein konnte.

Fünfzehn Jahre waren vergangen. Wie konnte es sein, dass sie nicht bemerkt hatte, wie viel Zeit vergangen war?

»Sam.« Doktor Greens Stimme durchbrach die stille Wüste in ihrem Kopf und holte sie aus ihren Gedanken zurück. »Sam, du musst mir vertrauen.«

Sie ließ den Blick zum Aufnahmegerät wandern. *Ja, ich bin hier.*

»Ich weiß, dass dir dies alles gerade absurd vorkommt. Aber wenn du mich meine Arbeit machen lässt, bringen wir gemeinsam Licht ins Dunkel, das verspreche ich dir.« Der Mann saß noch immer neben ihrem Bett und hatte ihr ein wenig Zeit gelassen, um die Erkenntnis, dass sie nicht mehr dreizehn Jahre alt war, zu verarbeiten. »Die Therapie schlägt an, dein Organismus befreit sich langsam von der Droge, die dir verabreicht wurde. Deine Erinnerung kehrt bereits zurück.«

Sie bewegte die Augen zu dem Tropf, der an ihrem Arm hing. In dieser träge tröpfelnden Flüssigkeit lagen die Antworten, die Puzzleteile eines endlosen Albtraums verborgen.

Ich weiß gar nicht, ob ich mich erinnern will.

Aber Doktor Green schien so große Erwartungen in sie zu setzen. Und seltsamerweise verspürte sie den Drang, ihn nicht zu enttäuschen. War das ein gutes Zeichen? Schließlich kannte sie ihn kaum. Ja, doch, das war gut. Denn jedes Mal, wenn er sie aufforderte, ihm zu vertrauen, gelang es ihr ein bisschen mehr.

»In Ordnung«, sagte sie.

Green wirkte erleichtert. »Wir machen das ganz langsam«, ermunterte er sie. »Weißt du, das Gedächtnis eines Menschen ist ein seltsamer Mechanismus. Es ist nicht wie dieses Aufnahmegerät, man kann nicht einfach das Band zurückspulen und sich alles noch einmal anhören. Ziemlich häufig überlagern sich die Erinnerungen und vermischen sich. Oder die Aufnahme ist nicht vollständig, und es gibt Lücken oder Mängel. Dann flickt das Gedächtnis sie auf seine Weise und stopft sie mit falschen, mitunter verwirrenden Erinnerungen. Deshalb muss man ein paar Regeln befolgen, um das, was wirklich ist, von dem, was nicht wirklich ist, zu unterscheiden. Kannst du mir so weit folgen?«

Sie nickte.

Green wartete einen Augenblick, dann fuhr er fort. »Gut, Sam, dann möchte ich, dass du jetzt mit mir in das Labyrinth zurückkehrst.«

Die Aufforderung versetzte sie in Panik. Sie wollte nicht dorthin zurück. Nie mehr. Sie wollte in diesem bequemen Bett liegen bleiben, umgeben von den Klängen der geschäftigen Welt, die sich hinter der Zimmertür verbarg, den Krankenhausgeräuschen und den gedämpften Stimmen der Menschen.

Ich bitte dich, bring mich nicht in die Stille zurück.

»Ganz ruhig, diesmal werde ich bei dir sein«, beschwichtigte Doktor Green sie. »Ich lasse dich nicht allein.«

»In Ordnung ... Gehen wir.«

»Fangen wir mit etwas Einfachem an ... Ich möchte, dass du an die Farbe der Wände denkst.«

Sie schloss die Augen. »Grau«, sagte sie, ohne zu zögern. »Die Mauern des Labyrinths sind grau.« Das Bild war flüchtig in ihrem Blickfeld aufgeflackert.

»Was für ein Grau ist das? Hell oder dunkel? Ist es einheitlich, oder gibt es so etwas wie Risse oder Feuchtigkeitsflecken?«

»Es ist immer gleich. Und die Wände sind glatt.« Sie hatte das Gefühl, sie unter ihren Fingerkuppen spüren zu können. Sie blinzelte kurz und bemerkte, dass Green sich Notizen machte. Seine Gegenwart beruhigte sie. Genau wie die weißen Wände des Krankenhauszimmers, gedämpft vom blauen Neonlicht, das an den Grund des Ozeans erinnerte.

»Kannst du mir sagen, ob es Geräusche gibt?«

Sie schüttelte den Kopf. »Geräusche kommen ins Labyrinth nicht hinein.«

»Gerüche?«

Sie versuchte, die Eindrücke, die von wer weiß woher in ihrer Erinnerung zusammenflossen, zu benennen. »Erde ... Es riecht nach feuchter Erde. Und Schimmel ...« Dann brachte sie die Informationen zusammen: keine Fenster, keine Geräusche, Geruch nach Feuchtigkeit. »Es ist eine Höhle.«

»Willst du damit sagen, das Labyrinth liegt unter der Erde?«

»Ja ... Ich glaube schon ... Ich bin mir sogar sicher«, bekräftigte sie schließlich.

»Wer hat es so genannt? Höhle?«

»Ich war das«, sagte sie sofort.

»Warum?«

Sie sah sich selbst wieder den langen Gang entlanggehen, an dem mehrere Zimmer lagen.

Der Raum ist von den Neonlampen an der Decke gut aus-
geleuchtet. Ihr ist nicht kalt, aber auch nicht warm. Sie geht
barfuß und erforscht ihre Umgebung. Zwei parallele Reihen
von Eisentüren. Manche sind geöffnet und führen in leere
Zimmer. Andere sind abgeschlossen. Sie erreicht das Ende des
Korridors und biegt nach rechts, das gleiche Bild. Noch mehr
Türen, noch mehr graue Zimmer. Alle sind gleich. Sie geht
weiter und gelangt an eine Gabelung. Egal, welche Richtung
sie nimmt, sie ist bald wieder am Ausgangspunkt. So scheint
es zumindest. Unmöglich, sich zu orientieren. Sie findet kei-
nen Ausgang. Und auch keinen Eingang. Wie bin ich hierher-
gekommen?

»Der Ort, an dem ich mich befinde, hat kein Ende. Und
auch keinen Anfang.«

»Also lebt dort niemand außer dir«, schlussfolgerte Doktor
Green.

»Nein, es ist nicht wie ein Haus«, erwiderte sie nachdrück-
lich.

Ich habe dir doch schon gesagt, es ist ein Labyrinth.

Aber Green wollte es noch genauer wissen. »Gibt es bei-
spielsweise ein Bad?«

Es ist ein kleines, enges Kabuff. Und es gibt nur ein Klo da-
rin. Und es stinkt. Es stinkt fürchterlich. Man kann noch nicht
einmal spülen. Dort will sie nicht hineinmachen.

»Ich will dort nicht hineinmachen«, sagte sie leicht befan-
gen und beobachtete Greens Reaktion. »Also halte ich ein. Ich
halte die ganze Zeit ein.«

Aber man kann nicht so lange einhalten. Sie hält sich den
Bauch, und dann spürt sie, wie die ersten heißen Tropfen ihre
Unterhose durchnässen.

»Wieso machst du es nicht einfach?«, fragte Doktor Green.
»Was hält dich davon ab?«

»Ich schäme mich«, gestand sie.

*Sie steht da und starrt auf das Klo – das vergilbte, abge-
stoßene Porzellan, ein Rinnsal Rost, das in den Ausfluss läuft.
Das stehende Wasser ist von einem matten Film überzogen.
Ihr schaudert. Sie hüpft von einem Fuß auf den anderen, sie
hält es nicht mehr aus.*

»Wieso schämst du dich?« Er hielt kurz inne und hakte
dann nach: »Bist du wirklich allein?«

Die Frage ließ sie erstarren.

*Schwankend kauert sie auf der Kloschüssel, die Blase leert
sich mit einem heftigen Strahl. Das Geräusch des laufenden
Urins verhallt in der Leere.*

»Kannst du jemanden sehen oder hören?«

»Nein.«

Green nahm die Information kommentarlos zur Kenntnis.

»Das Labyrinth beobachtet mich«, stieß sie hervor und bemerkte, dass er sofort wieder hellhörig wurde. Unmerklich
drehte sich der Doktor zum Spiegel, als wollte er den Polizisten dahinter ein Zeichen geben. »Das Labyrinth kennt alles«,
bekräftigte sie.

»Gibt es Kameras?«

Sie schüttelte den Kopf.

»Und wie funktioniert es dann? Versuch, es mir zu erklären ...«

»Der Würfel«, sagte sie.

Er sah sie erwartungsvoll an. Wie sollte er das auch verstehen.

»Er war das erste Spiel«, erklärte sie.

»Erzähl mir davon.«

*Nachdem sie stundenlang Hilfe suchend umhergeirrt ist,
betritt sie eines der Zimmer und legt sich auf den Boden. Erschöpft schläft sie ein. Als sie die Augen wieder aufschlägt,*

braucht sie einen Moment, bis sie wieder weiß, wo sie ist –
ein paar friedliche Sekunden, ehe die Angst zurückkehrt.
Dann sieht sie den Gegenstand auf dem Boden, einen Meter
von ihrem Gesicht entfernt. Ein vertrauter Anblick, der der
Vergangenheit angehört. Ein bunter Würfel. Grün, gelb, rot,
weiß, orange und blau.

Ich weiß, was das ist. Ein Zauberwürfel.

»Sechs Seiten. Jede mit neun kleinen Quadraten. Jedes Quadrat hat eine andere Farbe.«

»Den kenne ich. In meiner Kindheit war dieses Spielzeug sehr angesagt. Du wirst es nicht glauben, aber die Leute sind schier durchgedreht, um ihn zu lösen.«

»Und ob ich das glaube«, sagte sie, denn sie drehte auch durch. Doch das, was sie mit dem Gegenstand verband, war alles andere als lustig.

Green schien ihre Verstörung zu bemerken. »Erzähl weiter, bitte …«, sagte er fast entschuldigend.

»Als ich ihn gefunden habe, waren die Farben komplett durcheinandergewürfelt.«

Was soll sie damit machen? Sich die Zeit vertreiben? Das ist
absurd. Sie weiß nicht, wo sie ist, wer sie hierhergebracht hat.
Sie hat Angst. Sie hat Hunger. »Bitte, ich will nach Hause …«,
sagt sie.

Aber niemand antwortet.

»Ich bin zusammengekauert in meiner Ecke geblieben und habe dieses Ding wer weiß wie lange angestarrt. Ich wollte es nicht einmal anfassen. Wenn ich es getan hätte, wäre etwas Schlimmes passiert – das spürte ich. Aber ein Gedanke ließ mich nicht los: dass ich dort war und nicht hinauskonnte. Und dieser Gedanke tat weh. Ich wurde ihn einfach nicht los.« Sie machte eine Pause. »Oder vielleicht doch. Irgendwann.«

»Und was hast du dann gemacht?«

Mit tränennassen Augen blickte sie ihn an. »Ich habe den Würfel genommen.«

Sie betrachtet ihn, dann fängt sie an, die bunten Seiten zu drehen. Alles ist recht, um die quälende Zeit zu vertreiben, die einfach nicht vergehen will. Der Verstand kann sich nicht konzentrieren, die Furcht lenkt ihn ab. Doch nach und nach schwindet der Druck, die Angst rückt ab – sie weicht zurück und bleibt dennoch ganz in ihrer Nähe. Aber jetzt kann sie sie in Schach halten. Die Aufmerksamkeit ist gänzlich von diesen Farben eingenommen, die sich miteinander kombinieren lassen. Und nach ein paar Minuten hat sie eine Seite fertig, die orangefarbene. Sie legt den Würfel wieder hin, und die Angst nimmt sie wieder ein. Sie mustert das Objekt auf dem Boden. Einen Teil des Durcheinanders hat sie behoben. Die fertige Seite ist ordentlich und sauber. Sie gibt ihr Sicherheit. Es muss für das, was ihr widerfährt, eine Erklärung geben.

Und in dem Moment nehmen ihre geschärften Sinne etwas wahr.

Eine Veränderung.

Ihr Verstand braucht ein paar Sekunden, um das neue Signal zu entschlüsseln. Ein Geruch. Er ist ebenfalls vertraut, genau wie der Würfel. Sie verlässt ihre Ecke und geht in den Flur hinaus. Blickt sich um. Entdeckt niemanden. Vorsichtig fängt sie an zu suchen. Sie lässt sich von ihrem Geruchssinn leiten und fürchtet zugleich, dass es nur Einbildung ist. Aber nein. Der Geruch ist real. Vor einem der Zimmer bleibt sie stehen. Die Eisentür ist angelehnt. Mit der Hand drückt sie sie auf. In der Mitte des Raumes steht eine Papiertüte.

McDonald's.

»Hamburger, Coca-Cola und Pommes«, zählte sie auf. »Große Pommes«, präzisierte sie für Green.

Sie denkt nicht daran, vorsichtig zu sein, der Hunger ent-

scheidet für sie. Sie stürzt sich auf das Essen und verschlingt es gierig. Sie fragt sich nicht, wie es dorthin gekommen ist, wer es gekauft hat. Sie lernt ihre erste Lektion.

Das Überleben.

Erst als sie satt ist, fängt das Gehirn an, das Geschehene zu verarbeiten. Sie kehrt in das Zimmer zurück, in dem sie den Zauberwürfel zurückgelassen hat. Sie muss das Geduldsspiel lösen. Sie wandert die langen Flure entlang, den Kopf über den Würfel gebeugt. Mit ein bisschen Mühe hat sie noch eine zweite Seite gelöst – die grüne – und widmet sich nun der drit-ten – rot. Drei Farben gleichzeitig hinzubekommen, ist alles andere als leicht. Als sie an einem der Zimmer vorbeikommt, nimmt sie aus dem Augenwinkel etwas wahr. Sie kehrt zurück und bleibt stehen.

Die Belohnung für die Fertigstellung der zweiten Würfel-seite ist eine Matratze mit Decke und Kissen.

In kurzer Zeit hat sie enorme Fortschritte gemacht. Sie hat einen vollen Magen und muss nicht mehr auf der Erde schla-fen. Doch die dritte Seite zu komplettieren, ist kniffliger als gedacht.

»Es sind vielleicht drei Tage vergangen, bis ich begriffen habe, dass ich die rote Seite nicht schaffen würde. Ich war nicht so gut, wie ich dachte. Und in der ganzen Zeit gab es weder Essen noch Wasser.«

»Und was ist dann passiert?«, fragte Green. »Wie hast du überlebt?«

Sie liegt auf der Matratze. Die Kleider werden ihr allmäh-lich weit, und sie hat kaum noch Kraft. Seit wann hat sie nicht mehr getrunken und gegessen? Sie schläft fast die gan-ze Zeit, ein Albtraum jagt den nächsten. Manchmal weiß sie nicht einmal, ob sie schläft oder wach ist. Das Quälendste ist gar nicht der Hunger selbst, der sich nicht als Verlangen nach

Nahrung äußert. Es sind die jähen Krämpfe im Unterleib, als wollte der Magen aus ihr heraus und würde sich in ihr einen Tunnel graben.

Nach einer Weile, ein paar Tagen vielleicht, lassen die Krämpfe nach. Doch dann wird es noch schlimmer. Denn jetzt kommt der Durst dazu. Niemand hat ihr je gesagt, dass Durst so schrecklich ist. Weil er einen um den Verstand bringt. Denn während man allmählich austrocknet, kann man an nichts anderes denken als an Trinken. Und am liebsten würde man sich die Pulsadern mit den Zähnen aufreißen und sein eigenes Blut trinken, um ihn zu stillen ...

Sie weiß, dass es eine Methode gibt, um das Verlangen loszuwerden, doch noch hat sie sie nicht umgesetzt. Allein der Gedanke widert sie an.

Aber wenn sie überleben will, bleibt ihr nichts anderes übrig.

Also schleppt sie sich mit letzten Kräften zum Kabuff. Sie betrachtet die schlammige, stinkende Brühe in der Kloschüssel. Zuerst steckt sie die Hand hinein. Fühlt die Konsistenz. Dann schließt sie die Augen und hebt die Hand an den Mund, und ein Brechreiz schüttelt sie.

Denk nicht darüber nach. Du darfst nicht darüber nachdenken. Wie früher, wenn sie sich das Knie aufgeschlagen hat und der Schmerz nachließ, wenn sie sich ganz darauf konzentrierte. Jetzt muss sie den Geschmack vergessen. Also versenkt sie den Mund in der gewölbten Handfläche. Sie fängt an zu schlucken. Die Flüssigkeit sickert zwischen den Lippen und Zähnen hindurch, sie schluckt, ohne sie im Mund behalten zu können, spuckt, röchelt ...

Als sie in das Zimmer zurückkehrt, fühlt sie sich innerlich schmutzig. Sie lebt noch. Doch Erleichterung spürt sie nicht, weil sie schon weiß, dass sie es wieder tun muss.

Der verdammte Würfel liegt auf ihrem Kissen und scheint sie anzustarren.

Doch sie ist so wütend, dass sie ihn packt und die bereits fertiggestellten Seiten wieder kaputt macht …

»Fast augenblicklich habe ich es bereut und angefangen zu weinen. Ich war völlig verzweifelt und habe versucht, die Farben wieder ganz zu machen.«

»Das tut mir leid«, sagte Green und klang ehrlich.

»Ich habe nur die grüne Seite geschafft, dann bin ich eingeschlafen … Und als ich die Augen wieder aufschlug, stand ein Korb mit einer kalten Suppe und einer Flasche warmer Limonade im Zimmer.«

Der Doktor nickte. »Und wie hast du dir dieses Geschenk erklärt?«

»Das war kein Geschenk«, korrigierte sie ihn. »Jedes Mal, wenn ich etwas ganz Einfaches brauchte – Essen, saubere Unterwäsche oder eine Zahnbürste –, musste ich nur die erste Seite fertigstellen. Ich wusste nicht, was für ein Vergnügen darin lag, mich zu diesem dämlichen Spiel zu zwingen, denn eine einzige Seite zu vervollständigen, war ziemlich einfach. Aber dann wurde es mir irgendwann klar …« Sie schloss die Augen, und eine Träne rann ihr über die Wange und sickerte unter die Sauerstoffmaske. »Wenn ich alle sechs Seiten geschafft hätte, würde es mich gehen lassen.«

»Es?«

»Das Labyrinth.«

»Und so kam es dann? Du hast das Spiel gelöst, und das Labyrinth hat dich freigelassen?«

Sie schüttelte den Kopf, weinte jetzt. »Ich bin nie über die vierte Seite hinausgekommen.«

7

Für die Welt war das Wiederauftauchen von Samantha Andretti die Nachricht des Tages. Für Bruno Genko hingegen bedeutete es, dass das Ende der Welt für ihn noch nicht gekommen war.

Während er mit heruntergekurbelten Fenstern das »Haus der Dinge« wieder verließ, lief im Radio *Take The Money And Run* von der Steve Miller Band. Trotz seiner verzweifelten Lage machte ihm das Stück gute Laune. Doch lange hielt sie nicht vor. Dieses Lied richtete sich nicht an ihn, sondern an all diejenigen, die sich noch eine Zukunft vorstellen konnten. Bruno aber steckte in der Gegenwart fest. Die schon bald Vergangenheit sein würde. Die Leute glaubten gemeinhin, ein Todgeweihter trauere dem nach, was er nicht getan und im Laufe des Lebens aufgeschoben hat. Doch das Schwierigste für Bruno war, die kleinen Freuden nicht mehr genießen zu können. Zum Beispiel, unbeschwert ein schönes Lied im Radio zu hören.

Denn jedes Mal konnte das letzte Mal sein.

Gallig vor Neid stellte Genko das Radio ab und konzentrierte sich auf die Straße. Er hatte die Stadt verlassen, um landeinwärts zu fahren, Richtung Sümpfe. Je weiter er sich von der Küste entfernte, desto drückender wurde die Hitze. Doch Bruno wurde sich bewusst, dass er trotz seiner Niedergeschlagenheit keine Angst mehr verspürte.

Samantha Andretti hatte alles geändert.

In Wirklichkeit war die zusätzliche Zeit, die ihm ungefragt gewährt wurde, kein Geschenk, sondern Folter. Deshalb brauchte er etwas, das dieser Pause vor dem unausweichlichen Ende einen Sinn geben konnte.

Eine letzte Aufgabe ... Etwas richten ... Solange noch Luft in den Lungen ist ..., sagte er sich in Gedanken an Lindas Worte.

Neben ihm auf dem Beifahrersitz ließ der Wind den Deckel des Hefters flattern, den er aus dem Lager geholt hatte. Das Dokument darin war die einzige Hoffnung, die er hatte.

Schon bald wäre er am Ziel, es fehlte nicht mehr viel. Wer weiß, ob der Profiler, der sich mit Sam befasste, ihr bereits eröffnet hatte, wie sehr sich die Welt während ihrer langen Abwesenheit verändert hatte. Wer weiß, ob sie nach ihrer Familie gefragt hatte. Hatte man ihr gesagt, dass die Mutter den Schmerz nicht ertragen hatte? Hatte irgendjemand den Mut gefunden, ihr beizubringen, dass eine schwere Krankheit sie vor sechs Jahren dahingerafft hatte?

Dank einer in der Vermisstenakte enthaltenen DNA-Probe konnte die im Saint Catherine eingelieferte Patientin offiziell als Samantha Andretti identifiziert werden. Andernfalls hätte die Polizei ein echtes Problem gehabt, denn Samanthas Vater war nach dem Tod der Mutter fortgezogen, um ein neues Leben anzufangen, und war offenbar nicht im Melderegister verzeichnet, wie Quimby ihm erzählt hatte. Man hatte den Mann noch immer nicht ausfindig machen können, um ihm mitzuteilen, dass seine einzige Tochter am Leben war. Und auch nachdem die Nachricht unermüdlich im Fernsehen gesendet wurde, hatte er sich nicht gemeldet.

Auf seinem Weg über die Bundesstraße begegneten Genko nur wenige Fahrzeuge, die in die Gegenrichtung unterwegs waren. Als die Straße allmählich ins Sumpfgebiet vordrang, war endgültig keine Menschenseele mehr zu sehen. Alles ringsum war grüner Morast, der ebenso unbewegt dalag wie die niedrige Vegetation, die darauf wucherte. Er durchquerte einen dichten Wald aus abgestorbenen Birken. Zitternd spiegelten sich die geschwärzten Stämme auf der fauligen Wasseroberfläche und vollführten darauf einen Geistertanz.

Dann erblickte Bruno in der Ferne den ersten Streifenwagen, die erste von vielen Straßensperren, mit denen die Gegend abgeriegelt worden war, in der man Samantha gefunden hatte. Im Wagen saßen zwei Beamte, und als Bruno sich näherte, stieg einer der beiden aus, hielt die Kelle hoch und forderte ihn zum Kehrtmachen auf. Doch Genko fuhr weiter. Um keinen unnötigen Alarm auszulösen, drosselte er allerdings die Geschwindigkeit und legte beide Hände gut sichtbar aufs Lenkrad. Als er auf der Höhe der Streife angekommen war, wartete er ab, bis der Polizist mit der Kelle zu ihm ans Autofenster trat.

»Sie können hier nicht durch, kehren Sie bitte um.«

»Ich weiß, Officer. Aber es ist wichtig, lassen Sie es mich bitte erklären.« Er wusste, dass ein versöhnlicher Ton immer Balsam in den Ohren der Gesetzeshüter war. Bruno Genko hasste sich allerdings selbst, wenn er gezwungen war, einem Polizisten in den Arsch zu kriechen.

»Ihre Erklärungen interessieren mich nicht. Sie tun besser, was ich gesagt habe.« Die Hand des Beamten wanderte zum Pistolenhalfter an seiner Hüfte.

Der Typ war offenbar ein ganz gewissenhafter. Verspannt noch dazu. Innerlich atmete Bruno tief durch, bevor er weitersäuselte: »Ich bin Privatermittler, mein Name ist Genko. Wenn Sie möchten, kann ich Ihnen meinen Ausweis zeigen, er ist in meiner Brieftasche.«

»Niemand ist hier zur Durchfahrt befugt«, gab der Uniformierte stumpf zurück.

»Aber ich will gar nicht durch«, entgegnete Genko und brachte sein Gegenüber damit kurz aus dem Konzept. »Ich bin nur gekommen, um mit den Beamten Bauer und Delacroix zu sprechen. Könnten Sie sie bitte herholen?«

»Ich glaube nicht, dass sie gestört werden wollen.«

»Verzeihen Sie, wenn ich mir erlaube, Ihnen zu widersprechen.« Manchmal waren hochgestochene Floskeln nützlich, um Leute mit geringem Urteilsvermögen zu verunsichern. »Ich glaube, Informationen zum Fall Samantha Andretti zu besitzen, die den von mir soeben genannten Beamten zweifellos überaus dienlich sein werden.« Mit einem Kopfnicken deutete er auf den Hefter auf dem Beifahrersitz. »Ich habe einige Unterlagen bei mir, die die Herren meines Erachtens unverzüglich einsehen sollten.«

Der Beamte streckte die Hand aus. »Geben Sie her, ich bringe sie ihnen.«

»Das geht nicht, sie sind streng geheim.«

»Wenn sie wichtig sind, müssen Sie sie mir geben.«

»Wie gesagt, das geht nicht.«

Der Bulle verlor langsam die Geduld. »Ich könnte Sie wegen Behinderung der Justiz festnehmen, ist Ihnen das klar?«

»Nein, das können Sie nicht«, versetzte Bruno, ließ die Fassade des braven Bürgers fallen und durchbohrte das Würstchen mit seinem Blick. »Laut Gesetz ist ein Privatermittler im Besitz von zur Lösung eines polizeilichen Falles dienlichem Material bis zu dessen Aushändigung an die für die Ermittlung zuständigen Behörden persönlich dafür verantwortlich. Ich kann es nicht dem erstbesten Beamten in die Hand drücken, der mir über den Weg läuft – bei allem Respekt.«

Der Holzkopf schwieg einen Moment, ohne seine martialische Haltung aufzugeben. Dann ging er steifen Schrittes zu seinem Dienstwagen und zückte das Funkgerät.

Es folgte eine lange, schweigsame Viertelstunde, in der Genko an den Kofferraum seines Saab gelehnt ein paar Zigaretten rauchte und die Beamten ihn von der anderen Straßenseite her wortlos anstierten. Nur die Zikaden im Sumpf waren zu hören.

Dann geriet der Horizont am Ende der Straße in Bewegung.

Kurz darauf tauchte aus der hitzeflirrenden Luft wie eine Fata Morgana die Schnauze einer braunen Limousine auf. Es war noch kein Motorengeräusch zu hören, aber das Auto bewegte sich sehr schnell und zog eine Staubwolke hinter sich her.

Die Insassen mussten ziemlich angepisst sein, vermutete Genko.

Bei ihnen angekommen, bremste der Wagen abrupt, und zwei kräftige Kerle in Hemd und Krawatte stiegen aus. Ein Blonder, der aussah, als wäre er einer Modezeitschrift entstiegen, und ein Farbiger mit betont coolem Auftreten – ein Bullen-Pärchen wie aus dem Film, dachte Genko mal wieder.

»Ich weiß nicht, ob ich dir in den Arsch treten oder die Fresse polieren soll«, wetterte Bauer sofort los. »Wenn du uns Beweismaterial vorenthalten hast, kann ich dich einlochen, ohne auch nur einen Richter zu fragen«, drohte er.

Delacroix ließ seinen Kollegen machen und beschränkte sich darauf, die Situation im Auge zu behalten und gegebenenfalls sofort einzuschreiten, falls Bauer es übertreiben sollte. Belustigt verfolgten die beiden Streifenbeamten die Szene. Bruno wusste, was sie dachten: *Jetzt sitzt du in der Scheiße, Schnüffler.*

»Immer mit der Ruhe, Jungs.« Genko setzte sein versöhnlichstes Lächeln auf. »Ich hab euch gar nichts vorenthalten, klar? Ich tue nur meine Pflicht als anständiger Bürger.« Er wusste, dass Unverfrorenheit für Polizisten ein rotes Tuch war.

Doch er musste sie glauben lassen, dass er etwas Wichtiges in der Hand hatte.

»Du kommst besser sofort mit dem rüber, was du hast, Genko. Gib es uns und verschwinde«, schaltete sich Delacroix jetzt doch ein. »Der Tag ist auch ohne dich schon mies genug.«

»Gebt mir nur fünf Minuten.«

»Wir haben keine Zeit zu verlieren.«

»Bitte«, sagte Bruno gespielt flehentlich.

Bauers Gesicht war zornesrot und schweißnass. »Ich hoffe für dich, dass es sich lohnt.«

Bruno ging zur Beifahrerseite des Saab, griff durchs geöffnete Fenster und holte den Hefter vom Sitz. Während er zu den beiden zurückkehrte, schlug er die Mappe auf und zog das Blatt hervor. Er hielt es Delacroix hin.

»Was soll das sein?«, fragte der abfällig, ohne einen Blick darauf zu werfen.

»Ein Vertrag.«

Mit ratlosem Gesicht stierten die beiden Cops auf das Blatt Papier und lasen die wenigen Zeilen.

Genko kam gleich zum Kern der Sache. »Vor fünfzehn Jahren, als ihr zwei Hübschen noch Schmetterlinge fangen wart, haben sich Samantha Andrettis Eltern an mich gewandt, damit ich ihnen helfe, Licht in das Verschwinden ihrer einzigen Tochter zu bringen.«

Er konnte sich noch genau an den Tag erinnern, an dem er in der Sitznische eines überfüllten Diners mit ihnen zusammengesessen hatte, es war ein Montagmorgen gewesen. Samantha war seit Wochen verschwunden, und sie hatten seit unzähligen Nächten nicht geschlafen. Sie hielten einander bei der Hand. Sie hatten ihm erklärt, ein Polizist hätte ihnen seine Kontaktdaten gegeben und durchblicken lassen, wenn sie sich ausschließlich auf den offiziellen Weg verließen, könnten sie die Hoffnung begraben, jemals herauszufinden, was mit ihrer Tochter geschehen war.

Der mitfühlende Polizist hatte recht gehabt: Die Chance, einen Vermisstenfall zu lösen, schmolz mit jeder Stunde nach dem Verschwinden der Person dahin. Nach drei Tagen tendierte sie schon gegen null. Es sei denn, es gab eine Spur. Doch bei Samantha gab es weder Hinweise noch Zeugen. Es war, als hätte die blasse Sonne eines winterlich kalten Februarmorgens sie auf dem Weg zur Schule eingesogen.

Bruno befasste sich eigentlich nicht mit der Auffindung vermisster Kinder, und außerdem war bereits zu viel Zeit vergangen. Wochen nach dem Verschwinden waren die Beweise kontaminiert und die Erinnerungen der Zeugen verfälscht. Er hatte versucht, das Samanthas Eltern zu erklären, doch sie hatten nicht lockergelassen. »Wir wissen, dass Sie sehr gut sind, man hat Sie sehr empfohlen. Lassen Sie uns mit diesem Zweifel nicht allein, wir flehen Sie an«, hatte Samanthas Vater gesagt.

Eine goldene Privatermittler-Grundregel lautet: Keine Empathie mit den Mandanten.

Es klang zynisch, doch Genko wusste, wie wichtig es war, sich von den emotionalen Beweggründen seiner Auftraggeber nicht beeinflussen zu lassen. Hass oder Mitleid sind ansteckend. Häufig beeinträchtigen sie die Urteilskraft, die jedoch scharf und unparteiisch bleiben muss. Und manchmal sind Gefühle sogar gefährlich.

Das zeigte zum Beispiel die Geschichte von dem Typen, der seinem Chef Geld geklaut hatte, um seine krebskranke Frau zu versorgen. Bruno war ihm auf die Spur gekommen, hatte ihm aus Mitleid jedoch Zeit gewährt, um die gestohlene Summe wieder aufzutreiben und sie dem rechtmäßigen Besitzer zurückzugeben. Allerdings hatte er die Entschlossenheit des

Diebes unterschätzt, der ihn, ohne zu zögern, übers Ohr gehauen und sich wieder aus dem Staub gemacht hatte, nur um seine geliebte Frau zu retten.

Genko war klar, dass er mit dem Fall der Andrettis ein großes Risiko einging. Deshalb hatte er klare Bedingungen gestellt, als er den Auftrag annahm. »Ich will das Doppelte des normalen Honorars, und zwar im Voraus. Sie rufen mich nicht an, um zu fragen, wie die Ermittlungen vorangehen, ich habe keinerlei Verpflichtung, Sie regelmäßig auf dem Laufenden zu halten. Ich setze mich mit Ihnen in Verbindung, wenn ich Ihnen etwas mitzuteilen habe. Wenn ich binnen eines Monats nichts von mir hören lasse, wissen Sie, dass ich nichts gefunden habe.«

Seine unverschämten Bedingungen schienen die beiden sprachlos zu machen, und Genko hoffte, sie von ihrem Vorhaben abgebracht zu haben. Doch zu seiner großen Überraschung hatten sie widerspruchslos den Vertrag unterschrieben, den Bauer und Delacroix nun nach all den Jahren vor der Nase hatten.

»Was soll der Scheiß heißen?« Der Blonde sah Genko fuchsig an.

»Das heißt, dass ich beauftragt bin, dem Fall nachzugehen.«

»Der Vertrag ist uralt, das ist ewig her«, sagte Delacroix seelenruhig und reichte ihm das Blatt zurück.

Doch Bruno griff nicht danach. »Du weißt so gut wie ich, dass das keine Rolle spielt. Da gibts kein Verfallsdatum. Der Auftrag gilt so lange, bis er widerrufen wird.«

Wieder wollte Bauer auf ihn los, doch Delacroix hielt ihn mit einer Handbewegung zurück. »Tja, jetzt, da Samantha Andretti gefunden wurde, scheint man dich wohl nicht mehr zu brauchen. Aber wenn du weiterhin nach ihr suchen willst, bitte …«

Auf die spöttische Bemerkung hin machte sich der Blonde

locker und lachte. Abermals versuchte Delacroix, Genko das Blatt in die Hand zu drücken.

Aber Bruno ignorierte ihn. »In den Zeitungen heißt es, Samantha wurde zufällig von einer Streife aufgegriffen, die hier in der Gegend unterwegs war. Wie kann es dann sein, dass ich von einem anonymen Hinweis weiß?«

Schlagartig verschwand das Grinsen aus Bauers Gesicht. Delacroix hingegen zeigte keine Regung.

»Wir wollen ja nicht, dass die Glaubwürdigkeit der Polizei in den Keller rutscht, weil sie damals nicht richtig nach dem Mädchen gesucht hat«, lud Bruno nach. »Aber jetzt auch noch die Lorbeeren ihrer Wiederauffindung einzusacken und aus zwei zufällig dahergekommenen Beamten Helden zu machen, scheint mir doch ein bisschen übertrieben.« Sein Blick wanderte zu den beiden Polizisten neben dem Streifenwagen, die sich angesprochen fühlten und verlegen wegsahen.

»Wir müssen gar nichts bestätigen und auch keine vertraulichen Informationen mit dir teilen.« Mit stoischem Blick wollte Delacroix ihm zu verstehen geben, dass der Spaß allmählich vorbei war.

»Und genau da irrst du dich«, gab Genko zurück und deutete auf den Vertrag. »Laut Paragraf 11 Absatz b haben Samantha Andrettis Eltern mich damit betraut, sie gegenüber der Polizei zu vertreten, und mich sogar zum Vormund ihrer Tochter ernannt, sofern keine Familienangehörigen zugegen sind.« Die Klausel sollte seinerzeit klarstellen, dass Genko im Falle eines Wiederauffindens für die Unversehrtheit der damals Minderjährigen verantwortlich wäre, bis er sie nach Hause gebracht hätte. Dazu war es zwar nie gekommen, doch jetzt konnte sich diese Spitzfindigkeit vielleicht noch als nützlich erweisen.

»Diese Vereinbarung gilt nicht mehr«, protestierte Bauer.

»Samantha ist erwachsen. Außerdem ist die Mutter gestorben und der Vater unauffindbar.«

»Auch wenn sie nicht mehr minderjährig ist, muss doch festgestellt werden, ob sie voll zurechnungsfähig ist. Ehrlich gesagt bezweifele ich das, schließlich dürfte sie gehörig unter Schock stehen … Bleibt nur der Vater. Doch bis ihr den nicht aufgetrieben habt und er mir den Auftrag persönlich entzogen hat, besteht meine Aufgabe darin, die Interessen meiner Mandantin Samantha Andretti nach Kräften zu vertreten.«

Delacroix war weniger aufbrausend als sein Kollege und sehr viel pragmatischer. »Dann gehen wir zu einem Richter und lassen den Vertrag annullieren. Der lässt sich bestimmt schnell überzeugen, ein kurzer Blick auf diesen Wisch sollte da genügen.«

Er hatte recht, und Genko wusste das. Ein Richter hätte seine guten Absichten mit dem Versuch verwechselt, den Fall nach fünfzehn Jahren auszuschlachten. Deshalb tat er so, als würde er darüber nachdenken, obwohl er sich den nächsten Schritt längst überlegt hatte.

»Na schön, dann schlage ich euch einen Pakt vor«, sagte er schließlich.

Die beiden Beamten schwiegen abwartend.

»In meinem Archiv liegt eine schöne fette Akte mit den Ergebnissen meiner damaligen Ermittlungen.« Er hoffte, dass eine so überzeugende Lüge bei den beiden Bullen Wirkung zeigen würde. In Wirklichkeit enthielt die vermeintliche Akte nur das Schriftstück, das sie vor der Nase hatten. Denn der Fall Samantha Andretti war der mieseste Fall, der ihm jemals untergekommen war. Genau wie die Polizei hatte Genko damals nichts gefunden.

Dabei wusste er genau, dass jede menschliche Tat eine Spur hinterlässt. Und ein Verbrechen erst recht. Das war eine weitere Grundlektion eines jeden Privatermittlers. Man konnte sogar sagen, dass der Beruf auf dieser einfachen Wahrheit basierte, die mit einer anderen goldenen Regel einherging. Es gibt kein perfektes Verbrechen, nur fehlerhafte Ermittlungen.

Deshalb stellte der Fall Andretti unter den wenigen Niederlagen in Bruno Genkos Karriere die wohl eklatanteste dar.

Dieser Entführer war so unauffindbar, dass Bruno irgendwann sogar zu zweifeln begonnen hatte, dass es überhaupt einen Entführer gab.

»Schlägst du einen Tauschhandel vor?«, fragte Bauer. »Habe ich das richtig verstanden? Du gibst uns deine Akte, wenn wir dich deine Nase in unsere Ermittlungen stecken lassen, ist es das, was du willst?«

»Nein«, korrigierte ihn Delacroix, der sofort begriffen hatte, um welche Art Pakt es ging. »Er bietet uns an, uns den Arsch zu retten …«

Genko nickte. »Meine Akte enthält Aussagen von Zeugen, die von der Polizei nie befragt wurden, nie aufgenommene Indizien, eine Reihe interessanter Spuren, die damals unerklärlicherweise ignoriert wurden … Also sämtliche Beweise dafür, dass euer Laden den Fall viel zu schnell fallen gelassen hat.« Er hatte seinen Trumpf ausgespielt. »Es wäre ein echter Jammer, wenn diese Unterlagen in die Hände der Medien gerieten. Außerdem bin ich als Samanthas rechtlicher Vormund dazu verpflichtet, sämtliche fragwürdigen Aspekte dieser unerfreulichen Angelegenheit zu durchleuchten.«

Die zwei verfielen in grimmiges Schweigen.

Bruno wusste, dass es nie ratsam war, Bullen mit dem Rücken an die Wand zu stellen, früher oder später zahlten sie es einem heim. Und Bauers und Delacroix' Reaktion ließ nichts Gutes erahnen. Es war reiner Wahnsinn, von ihnen zu verlangen, ihn in die polizeilichen Ermittlungen miteinzubeziehen.

Das war nicht nur unzulässig, sondern würde ihm auch eine Menge Ärger einbringen. Zumal seine Erpressung auf einem Bluff basierte. Er beschloss, sich wieder aufs Verhandeln zu verlegen.

»Ich habe nicht die geringste Absicht, das in meinem Besitz befindliche Material zu veröffentlichen«, versicherte er ruhig. »Wenn ich es täte, hätte ich nichts mehr in der Hand, um euch davon abzuhalten, mich kaltzumachen, das ist mir sonnenklar. So blöd bin ich nicht ... Ich bitte euch lediglich um einen kleinen Gefallen, dann verschwinde ich, versprochen.«

»Einen Scheiß würde ich ihm geben«, sagte Bauer zu seinem Kollegen. »Der kleine Wichser hat eh nicht die Eier, zu singen.«

Der Blonde wäre offenbar nur zu gern auf ihn losgegangen. *Du kannst mir gar nichts,* dachte Genko und sah ihm direkt in seine Glotzaugen. Das war einer der wenigen Vorteile, wenn man kurz vorm Abkratzen war. Das unmittelbar bevorstehende Ende war wie eine Superkraft. Es machte unverwundbar.

»In Ordnung«, sagte Delacroix unvermittelt. »Was willst du?«

Bruno sah ihn an. »Ich will die Aufzeichnung des anonymen Anrufes hören.«

8

Das Basislager, von dem aus die Suche nach Samantha Andrettis Gefängnis koordiniert wurde, lag mitten im Sumpf auf einer asphaltierten Fläche, auf der die Ruine einer verlassenen Tankstelle stand.

Trotz der Polizeipräsenz hatte der Ort etwas Furchteinflößendes. Jedes Jahr verleibte sich der Sumpf ein weiteres Stück Land ein und vertrieb jeden, der versuchte, sich der Feindseligkeit der Gegend zu widersetzen.

Als Bruno aus dem Auto stieg und sich umblickte, war er beeindruckt von dem hektischen Treiben der Spurensicherung und der Polizisten, die zwischen den Zelten und Wohnwagen hin und her hasteten.

Diverse Suchtrupps waren mit Amphibienfahrzeugen und Spürhunden in den Sümpfen unterwegs. Zu den Einsatzkräften vor Ort gesellten sich Spezialisten-Teams, die jedes gesammelte Indiz in mobilen Labors untersuchten. Wo einst die Zapfsäulen standen, wartete jetzt ein Helikopter darauf, die Gegend aus der Luft abzuscannen.

Bauer und Delacroix, die vorweggefahren waren, stiegen aus dem Auto und kamen auf ihn zu.

»Du weißt, dass du dich verdammt glücklich schätzen kannst, hier zu sein, oder?«, sagte der Blonde. »Polizisten sollten sich echt nicht mit miesen Erpressern einlassen.«

Genko grinste und wollte gerade kontern, als jemand sie unterbrach.

»Delacroix«, rief eine verärgerte Stimme.

Bruno drehte sich um und sah einen Mann in dunkelblauem Anzug mit passender Krawatte, der mit wenig freundlicher Miene auf sie zukam. Ein großer, pelziger Hund trottete neben ihm her und fing an zu bellen, als sie näher kamen.

»Ruhig, Hitchcock«, befahl sein Herrchen.

»Bin sofort wieder da«, versicherte Delacroix und ging dem Unbekannten entgegen.

Bauer zupfte Genko am Ärmel. »Gehen wir.«

Während sie sich entfernten, behielt Bruno die anderen beiden im Auge.

»Keiner reagiert hier mehr auf meine Anrufe«, beschwerte sich der Unbekannte. »Mann, seit zwei Tagen kein Lebenszeichen. Wann fangt ihr endlich an, sie zu suchen?«

Genko überlegte kurz, wen er meinen könnte. Wieso suchen? Samantha Andretti war gefunden worden. Doch dann fing der Hund an zu bellen und übertönte die beiden Stimmen. Er konnte nur noch sehen, wie Delacroix beruhigend auf den Anzugträger einredete.

Genko wurde langsamer und beobachtete die hitziger werdende Diskussion.

Ungeduldig wartend stand Bauer auf dem Treppchen eines Wohnwagens. »Wirds heute noch was?«

Das Innere des Campers war mit hochmoderner Technik ausgestattet, die zur Auswertung des anonymen Anrufs eingesetzt wurde. Die Audiodatei war auf Computerbildschirmen in verschiedenfarbige Diagramme zerlegt worden. Vier Techniker suchten das Grundrauschen nach versteckten Geräuschen ab, in der Hoffnung, irgendeinen Hinweis auf den Mann zu bekommen, der den Anruf getätigt hatte.

In einem x-beliebigen Ausschlag der Grafik konnten sich

eine fremde Stimme oder die Klänge einer Kirchenglocke oder, wenn man ganz viel Glück hatte, sogar ein Name verbergen. Ziel der Ermittlung war, den Ort des Anrufs zu lokalisieren und eventuelle Zeugen ausfindig zu machen, die eine Beschreibung des Unbekannten liefern konnten.

Seit geschlagenen fünf Minuten hockte Genko mit verschränkten Armen wippend auf dem Drehstuhl – er hasste nichts mehr, als wenn man ihn warten ließ. Bauer stand neben ihm, ohne ihn aus den Augen zu lassen, die Zappelei ging ihm ganz offensichtlich auf die Nerven. Keiner von beiden sagte etwas, bis Delacroix wiederauftauchte.

»Entschuldigt«, sagte der Bulle und betrat schweißnass den Wohnwagen. Er ließ sich ein Glas Wasser an einem automatischen Spender ein und wandte sich an seinen Kollegen. »Hast du schon mit ihm geredet?«

»Noch nicht.«

Delacroix griff sich einen Stuhl und nahm direkt vor Genko Platz. »Natürlich muss das, was wir dir sagen, unter uns bleiben.« Er ließ sich von Bauer einen Vordruck und einen Stift reichen. »Sollte auch nur ein Sterbenswörtchen durchsickern, stehe ich sofort bei dir auf der Matte.«

»Dann kann ich nur hoffen, dass sich keiner der Kollegen hier von der Journaille bestechen lässt«, stichelte Bruno, unterschrieb das Formular und drückte es dem Blonden in die Hand.

»Es wurde ein als gestohlen gemeldetes Handy benutzt«, fing Delacroix an. »Danach wurde es abgeschaltet oder vielleicht zerstört, deshalb ist es unmöglich, den Anrufer zurückzuverfolgen.«

»Samantha Andretti befand sich allerdings rund zwölf Kilometer von der Funkzelle entfernt, die den Anruf empfangen hat«, fügte Bauer hinzu. »Die Frage ist: Warum hat der Typ so lange gewartet, bis er den Notruf abgesetzt hat?«

»Dann glaubt ihr nicht, dass es der Entführer war?«, fragte Bruno, obwohl er die Hypothese, das Monster könnte einen Anflug von Mitleid bekommen haben, nachdem er das Mädchen fünfzehn Jahre lang isoliert und misshandelt hatte, selbst bereits verworfen hatte.

»Das haben wir ausgeschlossen, weil die Stimmfrequenzen auf einen jungen Menschen schließen lassen, der zum Zeitpunkt der Entführung allenfalls im Teenageralter war«, erklärte Delacroix. »Es könnte sich aber auch um einen Komplizen handeln, der die Seite gewechselt hat oder nicht auffliegen wollte.«

Bruno war überrascht, wie mitteilungsfreudig die beiden Beamten plötzlich waren. Wer weiß, ob das nur Taktik war und sie ihm womöglich etwas Entscheidendes verschwiegen.

»Kann ich jetzt den Anruf hören?«

Bauer machte einem der Techniker ein Zeichen, der die Aufzeichnung ablaufen ließ. Aus den Lautsprechern war ein Rauschen zu hören, dann Telefonläuten.

»*Notruf*«, sagte die Telefonistin.

»*Ähm … Ich möchte mit der Polizei sprechen …*«, sagte eine unsichere Männerstimme.

»*Worum geht es?*«, erwiderte die Frau ungerührt. »*Sagen Sie mir, um welche Art Notfall es sich handelt, und ich stelle Sie zur entsprechenden Stelle durch.*«

Auf der anderen Seite folgte ein kurzes Schweigen. »*Da war eine nackte Frau, ich glaube, sie ist verletzt. Vielleicht ist ihr Bein gebrochen. Auf jeden Fall braucht sie Hilfe.*«

Die Telefonistin, die Routine darin hatte, Ruhe zu bewahren, antwortete in neutralem Ton. »*Hatte sie einen Unfall?*«

»*Ich weiß es nicht, ich glaube nicht … Da war kein Auto.*«

»*Kennen Sie die Frau? Ist sie eine Angehörige?*«

»*Nein.*«

»*Wissen Sie, wie sie heißt?*«

»*Nein ...*«

»*Wo befindet sich die hilfsbedürftige Person?*«

»*Ähm ... Auf der Siebenundfünfzig, ich weiß nicht genau, welche Höhe. Das ist die Straße, die durch die Sümpfe führt, Richtung Norden.*«

»*Ist sie bei Bewusstsein?*«

»*Ich glaube schon, es sah so aus ...*«

»*Sind Sie in diesem Moment bei ihr?*«

Schweigen.

»*Haben Sie mich gehört? Sind Sie gerade bei dieser Frau?*«

Es folgte ein kurzes Zögern. »*Nein.*«

»*Würden Sie mir bitte Ihre Personalien geben?*«

Das Telefonat brach jäh ab. Der Mann hatte aufgelegt.

Der Techniker stoppte die Aufnahme. Bauer und Delacroix drehten sich zu Bruno um, als wollten sie ihm zu verstehen geben, dass er bekommen hatte, was er wollte, und es damit nichts mehr zu sagen gab.

Doch Genko reichte das nicht. »Wenn es nicht der Entführer ist und auch kein Komplize, wieso hat er sich nicht zu erkennen gegeben?«

»Wenn wir das wüssten, würden wir es dir bestimmt nicht auf die Nase binden«, entgegnete Bauer.

Bruno ging nicht auf ihn ein, denn Delacroix schien im Gegensatz zu seinem Kollegen daran interessiert zu sein, was er zu sagen hatte. Er sah ihn aufmerksam an.

»Sie wurde mitten in der Nacht gefunden«, fuhr der Privatermittler fort. »Aber wer ist da in den Sümpfen unterwegs? Und noch dazu mit einem geklauten Handy?« Es waren nur zwei Kategorien von Leuten denkbar. »Drogendealer und Wilderer.«

Die Blicke der Anwesenden im Wohnwagen zeigten ihm, dass die Polizei zum gleichen Schluss gekommen war.

»Jemand, der etwas zu verbergen hat und dem viel daran liegt, beim Notruf seinen Namen nicht zu nennen«, bestätigte Delacroix.

Doch die Antwort überzeugte Bruno noch nicht vollständig. Er hatte noch etwas anderes herausgehört.

»Kann ich die Aufnahme noch einmal hören?«, fragte er zur allgemeinen Verblüffung.

»Wieso?«, knurrte Bauer, der zu keinen weiteren Zugeständnissen bereit war.

Genko wandte sich an Delacroix und breitete die Arme aus. Der Kollege war vernünftiger und nickte dem Techniker zu.

Die Aufnahme begann von vorn.

Diesmal versuchte Bruno, die Stimme des Unbekannten so gut wie möglich zu verinnerlichen und sich jedes Detail, jede Eigenheit und Färbung zu merken.

Lokaler Akzent, typische Heiserkeit eines starken Rauchers, stark verschluckte Palatale.

Er hatte sich nicht geirrt. Da schwang etwas Eindringliches mit in der Art zu reden. Ein Beiklang, den keine Technik der Welt hätte herausfiltern können, denn dazu brauchte man Menschenverstand und Erfahrung. Das war keine Furcht, wegen Drogenhandel oder Wilderei aufzufliegen. Da war noch etwas anderes, Genko war sich ganz sicher.

Es war nackte Angst.

9

»Und, wie geht es dir?«

»Gut.«

»Sicher?«

»Seit vorhin hat sich jedenfalls nichts verändert ...«

Mit Anbruch des Abends hatten die Grillen die Zikaden abgelöst. Die Hitze war noch immer unerträglich. Der Saab stand am Straßenrand, versteckt zwischen den langen Laubkaskaden einer Weide. Bruno hatte den Halt genutzt, um Linda anzurufen.

»Hast du wenigstens was gegessen?«

»Noch nicht, aber mach ich gleich, versprochen.«

Die Anteilnahme seiner Freundin war eine angenehme Neuigkeit für Genko, niemand hatte sich je um ihn gekümmert. Vielleicht, weil er immer alle auf Abstand gehalten hatte. Er hatte das nie bereut, nicht einmal, nachdem er von den Ärzten erfuhr, dass er keine Chance mehr hatte. Aber er fragte sich doch, was er der Welt nun hinterlassen würde.

»Was ist im Safe von Zimmer Nummer 115 im Hotel Ambrus?«, fragte Linda wie aus heiterem Himmel.

Bruno schwieg, am liebsten hätte er das Telefonat auf der Stelle beendet. Doch am anderen Ende der Leitung bestand nicht die geringste Absicht, das Thema fallen zu lassen.

»Den ganzen Tag habe ich darüber nachgedacht ... Wenn ich es vernichten soll, solltest du es mir sagen: Was ist in diesem versiegelten Umschlag?«

Der Ermittler legte eine Hand auf das Lenkrad, mit der anderen hielt er das Handy, mit einem Mal war es bleischwer geworden.

»Niemand zwingt dich, es zu tun«, sagte er mit gewohnter Härte. »Ich dachte nur, dass ich dir vertrauen kann.«

»Ich kenne die Zimmernummer und die Kombination. Ich könnte auch jetzt hingehen und das Paket öffnen«, erwiderte sie störrisch.

»Dieser Umschlag hat nichts mit dir zu tun.«

»Wieso habe ich das Gefühl, dass du mir noch sehr viel mehr verheimlichst?«

Weil es stimmt, dachte er. Doch er sagte es nicht, sondern schloss die Augen und atmete tief durch. Er hörte, wie Linda zu weinen anfing.

»Du hast mir das Leben gerettet, hast du eine Ahnung, was das bedeutet? Und jetzt kann ich nicht das Gleiche für dich tun … Kannst du dir vorstellen, wie ich mich fühle?«

Nein, das konnte er sich beim besten Willen nicht vorstellen. Gefühle waren noch nie seine Stärke gewesen.

In dem Moment fuhr ein schwarzer Lieferwagen vorbei. Sofort warf Genko einen Blick auf die Uhr und machte sich eine gedankliche Notiz: 21:06 Uhr.

»Ich muss Schluss machen«, sagte er ins Telefon.

»Solange du noch Luft in den Lungen hast …«, erinnerte Linda ihn und zog die Nase hoch.

Er meinte sie vor sich zu sehen, in den Seidenkimono gewickelt, zusammengekauert auf dem Bett, im schummrigen Licht einer Kerze.

»Klar«, beschwichtigte er sie sanft und legte auf. Er hob den Kopf, sein Blick ging durch die Windschutzscheibe.

Rund hundert Meter vor ihm lag das Duran, ein Lokal mit Neonschildern, die Billardtische und Satellitenfernsehen für

Sportevents versprachen. Auf dem Parkplatz standen ungefähr zwanzig Fahrzeuge, vor allem Geländewagen und Pick-ups.

Es schien brechend voll zu sein.

Genko hatte die letzten Stunden damit zugebracht, das Kommen und Gehen zu beobachten. Beschattungen vom Auto aus gehörten zu den anstrengendsten Tätigkeiten seiner Arbeit. Man musste hellwach sein, um die entscheidende Regung nicht zu verpassen. Um die Zeit totzuschlagen, deckten sich Privatdetektive in Filmen immer mit Kreuzworträtseln und Thermoskannen voller Kaffee ein. Doch die echten Profis wussten, dass stundenlange Überwachungsarbeit durch die winzigste Ablenkung zunichtegemacht werden konnte und Koffein den Harndrang förderte.

Mit Geduld war es nicht getan, es brauchte Disziplin. Denn das Problem war nicht Langeweile, sondern Routine. Eine halbe Ewigkeit dieselbe Szene vor Augen zu haben, konnte einen gefährlich abstumpfen lassen.

Genko hätte sich niemals träumen lassen, dass er einen Teil der Zeit, die sein krankes Herz ihm noch zugestand, mit einer Überwachung verplempern würde. Der durchgesessene Sitz des Saab war der Beweis dafür, wie viel Lebenszeit er wartend in seinem Auto vergeudet hatte.

Einmal sollte er einen Schuldner auftreiben. Im Gegensatz zu den Gläubigern, die ihn beauftragt hatten, war Bruno überzeugt gewesen, dass der Mann die Stadt nie verlassen hatte. Also hatte er sich vor seinem Haus postiert und zwanzig lange Tage nichts anderes getan, als die Fenster und die Eingangstür anzustarren. Die Angehörigen des Mannes kamen und gingen zu jeder Tages- und Nachtzeit, doch von ihm selbst keine Spur. Bruno beschloss, ihn aus dem Bau zu locken. Es gibt Dinge, von denen die meisten Menschen sich ködern lassen. Sex zum Beispiel. Oder Geld. Ein Anruf bei der Frau des Schuldners, bei dem sich Genko als Beamter einer ausländischen Botschaft ausgab, hatte genügt. Er teilte der Frau mit, ihr Mann habe von einem entfernten Verwandten, der vor Jahren ins Ausland gegangen war, Geld geerbt. Allerdings müsse der Bedachte persönlich in der Botschaft erscheinen, um die Erbschaft antreten und die entsprechenden bürokratischen Schritte einleiten zu können. Eine Stunde später kam der Schuldner aus seinem Haus.

Während er an den Fall zurückdachte, kam ihm der schwarze Lieferwagen, der kurz zuvor an ihm vorbeigefahren war, aus der entgegengesetzten Richtung entgegen. Vor dem Parkplatz des Duran drosselte er die Geschwindigkeit, bis er fast stehen blieb, beschleunigte nach wenigen Sekunden wieder und brauste davon. Als er am Saab vorbeizog, blickte Bruno auf die Uhr: 21:31 Uhr.

Er hatte also fünfundzwanzig Minuten.

Er parkte vor dem Duran, stieg aus und betrat das Lokal.

Mindestens dreißig Augenpaare richteten sich auf ihn und nahmen ihn argwöhnisch unter die Lupe. Das war verständlich. Neben all den karierten Hemden, Stiefeln und Baseballkappen wirkte Genko in seinem schmuddeligen Leinenanzug geradezu exotisch.

Über dem Tresen der Bar schwebte eine graue Wolke aus Zigarettenqualm. In den Folksong, der aus der Stereoanlage schallte, mischte sich das träge Klicken der Billardkugeln.

Um dem Unbekannten, der Samantha Andretti gefunden hatte, einen Namen zu geben, würde die Polizei mit ihrer Suche sicher bei denen anfangen, die sich für gewöhnlich in den Sümpfen herumtrieben. Bei dem Treffen mit Bauer und Delacroix hatte sich die Vermutung erhärtet, dass es sich um einen Drogendealer oder einen Wilderer handeln musste. Genko tippte auf Letzteres. Ein Drogendealer wäre für die Rettung einer Frau sicher nicht das Risiko eingegangen, aufzufliegen und für Jahre in den Bau zu wandern.

»Was darf ich dir bringen?«, fragte eine junge Kellnerin. Sie trug ein Top in Camouflage-Optik und war von oben bis unten tätowiert.

»Weißbier und Tequila«, antwortete Bruno, ohne sich zu setzen. Er stellte sich vor den großen Bildschirm, auf dem ein Fußballspiel übertragen wurde. Der Ton war abgedreht, er konnte also Interesse für das Spiel heucheln und trotzdem mitbekommen, was um ihn herum passierte, und den Gästen Gelegenheit geben, sich an ihn zu gewöhnen, ohne sich zu offensiv umzusehen. Er hörte sich stattdessen in die Szene ein. Wenig später kehrte die Kellnerin mit seiner Bestellung zurück. Bruno kippte den Tequila sofort hinunter, zahlte und fing an, mit dem Bierglas in der Hand durch das Lokal zu schlendern.

Die Feindseligkeit der anderen Gäste war spürbar, Sumpfbewohner, die es gewohnt waren, mit den Härten des Lebens fertigzuwerden, und für gute Manieren nicht viel übrighatten, erst recht nicht Fremden gegenüber. Genko umrundete die Billardtische und schaute bei ein paar Stößen zu, wobei ihn vor allem die Gesichter und die Stimmen der Spieler interessierten.

Das Duran war nicht nur die einzige Abwechslung weit und breit, sondern auch der Treffpunkt der Wilderer und Wildfischer. Bruno war sich dennoch alles andere als sicher, dass sich der Mann, den er suchte, in diesem Raum befand. Allerdings war der schwarze Lieferwagen, der zweimal an dem Lokal vorbeigefahren war, eine Art Bestätigung dafür, dass er auf der richtigen Spur war.

»Die Stimmfrequenzen lassen auf einen jungen Menschen schließen, der zur Zeit der Entführung allenfalls im Teenageralter war«, hatte Delacroix gesagt. Also fing Genko an, alle Anwesenden, die älter als fünfunddreißig waren, auszusieben. Die Zahl der Kandidaten reduzierte sich dadurch auf ein Dutzend, doch das waren immer noch zu viele. Um den Kreis zusätzlich einzuschränken, streifte er an ein paar plaudernden Grüppchen vorbei und spitzte die Ohren nach einer vertrauten Stimme.

Da er die Aufnahme nur zweimal gehört hatte, konnte er sich bei seiner Suche nicht ausschließlich auf sein Gehör verlassen. Aber eine Stimme gab zum Glück Auskunft über eine Menge Dinge, die ihm jetzt als Anhaltspunkte dienten.

Lokaler Akzent, typische Kettenraucher-Heiserkeit, verschluckte Palatallaute, rief sich Genko noch einmal ins Gedächtnis. Die ersten beiden Merkmale halfen kaum weiter, immerhin waren die meisten der Kneipenbesucher vermutlich in dieser Gegend geboren und aufgewachsen, und der Prozentsatz an Rauchern war extrem hoch. Auch auf den dritten Anhaltspunkt durfte er sich nicht zu sehr verlassen. Der Sprachfehler konnte von ein paar fehlenden Zähnen herrühren – oder von der einfachen Tatsache, dass der Mann während des Telefonats Kaugummi gekaut hatte.

Aber dann drehte Genko sich zu einem der Tischchen am Fenster um und sah, was er suchte. Ein kräftiger junger Kerl hockte allein und abseits da und starrte gedankenverloren aus dem Fenster. Auf den ersten Blick schien er noch keine dreißig zu sein. Vor sich hatte er eine Flasche Bier und einen halb leer gegessenen Teller Pommes. Mit einem Zahnstocher, den er in den Ketchup stippte, malte er Muster auf den Teller.

Es waren seine Hände, die die Aufmerksamkeit des Ermittlers erregten. Sie waren über und über mit alten Narben bedeckt. Die Haut erinnerte an Wachs. *Eine Verbrennung,* durchschoss es Genko. Eine noch größere Narbe zog sich über den Hals bis zur unteren Gesichtshälfte des Mannes hinauf, wo schüttere Bartflecken die Verbrennung kaschieren sollten.

Genko beschloss, alles auf eine Karte zu setzen.

»Darf ich mich setzen?«, fragte er und stellte sein Bierglas auf dem Tisch ab.

Der junge Mann sah auf. »Kennen wir uns?«, fragte er heiser. Daran war nicht der Tabak zu vieler Zigaretten schuld, revidierte Genko seine Vermutung. Der Mann hatte bei einem Brand zu viel Qualm geschluckt. Das erklärte auch die verstümmelten Palatale der aufgezeichneten Stimme – vermutlich setzte sich die Narbe in der Mundhöhle bis zum Kehlkopf fort.

Er hat Flammen eingeatmet, sagte sich Bruno. Nur Kerosin konnte einen Mann so zurichten. Wilderer benutzten es, um Feuer zu legen und Enten aus dem Dickicht aufzuscheuchen.

Unaufgefordert nahm Genko Platz. Und ehe der Junge protestieren konnte, nagelte er ihn mit knappen, präzisen Worten fest. »Die Polizei weiß, dass du den Anruf getätigt hast.«

»Was für ein …«, wehrte der Junge ab.

Bruno schnitt ihm das Wort ab. »Sie werden dich wegen Beihilfe zur Entführung dieser Frau festnehmen, ist dir das klar?«

Der Junge antwortete nicht, er war sprachlos.

Bruno wusste, dass er ins Schwarze getroffen hatte. »Eine Zivilstreife ist schon ein paarmal hier draußen vorbeigefahren. Das bedeutet, dass die Bullen das Duran beobachten. Es würde mich nicht wundern, wenn der Schuppen komplett verwanzt wäre. Sie haben die Aufzeichnung des Anrufs und die technischen Mittel, um eine Stimme in einer Menschenmenge herauszuhören. Wenn sie wissen, dass du hier bist, und davon gehe ich aus, dann haben die Spezialeinheiten den Laden bereits umstellt und platzen jeden Moment herein.« Er drehte sich zum Eingang um.

Der Junge folgte seinem Blick, und die Vorstellung einer Razzia genügte, um ihn erstarren zu lassen.

»Wenn der schwarze Lieferwagen das nächste Mal vorbeikommt, ist das der Startschuss für die Blitzaktion«, fuhr Genko mit einer Geste zur Fensterfront fort. Dann blickte er auf die Uhr. »Wir haben weniger als zehn Minuten.«

Der Junge wirkte benommen wie ein Boxer, der gerade eine Ladung Uppercuts kassiert hatte.

Gut, er durfte ihm keine Zeit zum Nachdenken lassen. »Dein Name interessiert mich nicht, nur das, was du mir über Samantha Andretti erzählen kannst.«

»Was wollen Sie von mir?«, erwiderte der Junge und starrte noch immer wie vom Donner gerührt auf die Fensterfront.

Bruno musste ihn glauben lassen, dass er seine einzige Hoffnung war. »Ich stelle dir ein paar einfache Fragen, und du musst mir nur bestätigen, ob das, was ich sage, den Tatsachen entspricht oder nicht.«

Der Junge blickte ihn verstört an.

»Neulich nachts bist du von einer Jagd in den Sümpfen zurückgekehrt, als du eine Frau auf der Straße bemerkt hast.«

Der Junge nickte.

»Du hast angehalten und bist aus dem Auto gestiegen.«

»Aus dem Pick-up«, präzisierte der Junge, obwohl es nichts zur Sache tat.

»In Ordnung, aus dem Pick-up. Du hast sie angesprochen, sie war völlig neben sich.«

»Sie bat mich, bei ihr zu bleiben.«

Bruno stellte sich die Szene vor. Er sah Samantha – nackt, zerbrechlich und verängstigt –, die sich an das erstbeste menschliche Wesen klammerte, das ihr nach all der Zeit über den Weg lief. Wer weiß, ob sie überhaupt noch an den Fortbestand der Welt außerhalb ihres Gefängnisses geglaubt hatte.

»Sie war mit Schrammen übersät und hatte ein gebrochenes Bein«, fuhr der Junge fort. »Ich dachte, sie hätte einen Unfall gehabt.«

»Einen Unfall?«, wiederholte Genko, um ihm zu verstehen zu geben, dass er ihm das nicht abkaufte. »Und warum bist du dann abgehauen und hast sie in diesem Zustand alleingelassen?«

»Ich habe Vorstrafen«, versuchte der Junge sich zu rechtfertigen und blickte zu Boden. »Ich wollte keinen Ärger.«

Das war mehr als eine einfache Lüge, dachte Bruno. Der Kerl schämte sich.

»Und was soll das für ein Unfall sein, bei dem man sich ein Bein bricht und seine Klamotten loswird?«, fragte Bruno nach. Er erinnerte sich an den unheilvollen Unterton, den er in dem aufgezeichneten Notruf in der Stimme des Mannes wahrgenommen hatte.

Angst.

»Du erzählst mir einen Haufen Scheiße«, fuhr er ihn an. »Die Wahrheit ist, dass du dir in die Hosen gemacht hast.« Noch während er das sagte, durchfuhr ihn ein seltsamer Stich. Mit diesem Gesicht, das aussah wie ein Grilltoast, hatte der Kerl bestimmt kein einfaches Leben.

Der Junge blickte sich verängstigt um. »Hören Sie, ich habe nicht ...«

Die Minuten verrannen unaufhaltsam, Bruno konnte sich kein Mitleid erlauben. »Du hattest Angst, weil die Frau dir gesagt hat, jemand sei hinter ihr her.«

Der Junge schwieg einen Moment, und Genko glaubte schon, einen Treffer gelandet zu haben.

Doch dann schüttelte der Junge den Kopf.

»Irgendjemand war aber hinter ihr her, stimmts?«, hakte Bruno nach, um sich zu vergewissern, dass er richtiglag. Sein Adrenalinpegel stieg.

Noch immer Schweigen. Doch diesmal kam das Zögern einem Geständnis gleich.

Damit hatte Bruno nicht gerechnet. Hatte der Junge etwa dem Kerl, der Samantha Andretti entführt hatte, ins Gesicht gesehen? Dem Mann, dessen Identität fünfzehn Jahre lang ein Rätsel geblieben war? Genko spürte das wilde Pochen seines kranken Herzens und hoffte, dass es ihn nicht ausgerechnet jetzt im Stich ließ. Er musste seine Gefühle unterdrücken, versuchen, ruhig zu bleiben und die Situation möglichst im Griff zu behalten.

»Könntest du ihn beschreiben?« Noch während er die Frage stellte, zog er einen Stift aus der Brusttasche seiner Jacke. Dann kramte er den ärztlichen Befund hervor, das einzige Stück Papier, das er dabeihatte.

Der Junge wirkte nervös.

»Ganz ruhig, wir machen das ganz langsam«, sagte Genko mit gezücktem Stift. »Hatte er langes oder kurzes Haar?«

»Ich weiß nicht …«

»War er groß, klein, dünn oder dick? Wie war er angezogen?«

Der Junge zuckte die Schultern und wich seinem Blick aus.

Die Zeit rannte ihm davon. Schon bald würde Bruno das Lokal verlassen müssen, wenn er nicht in die Blitzaktion einer Spezialeinheit geraten wollte. »Wie kann es sein, dass du dich nicht an ihn erinnerst? Die Polizei wird dir den Arsch aufreißen, ist dir das klar?«

Der Junge war völlig verängstigt. Allerdings nicht wegen der Bullen, das war Bruno klar. Tränen stiegen seinem Gegenüber in die Augen. *Nackte Angst,* sagte sich Genko noch einmal. Er musste herausfinden, was passiert war – *unbedingt.*

»War der Mann bewaffnet?«

»Ich weiß nicht …«

»Aber du hattest eine Waffe, oder?« Das lag nahe, schließlich war er ein Wilderer.

»Ein Gewehr«, flüsterte der Junge.

»Schlimmstenfalls hättest du dich also verteidigen können. Wieso bist du dann abgehauen?«

Der Junge hüllte sich in beharrliches Schweigen.

Bruno sah auf die Uhr. Die zehn Minuten waren fast um. Wenn Bauer und Delacroix ihn hier erwischten, würde es Stunk geben. Doch er konnte nicht gehen, ohne Gewissheit zu haben. »Hör zu, du hast eine arme Frau im Stich gelassen, die dich um Hilfe angefleht hat, und allein deshalb solltest du zwanzig Jahre im Knast schmoren. Jetzt sei nicht noch mal so feige ... Hast du geglaubt, du könntest dir das Gewissen mit einem anonymen Anruf reinwaschen? Selbst das übelste Arschloch vergisst nie, dass es ein Mensch ist, und ich versichere dir, ich habe so einige getroffen. Das hier ist also womöglich die allerletzte Chance, die dir bleibt, um die Dinge geradezurücken.«

»Wenn ich es Ihnen sage, werden Sie es eh nicht glauben ...«, Der Junge sah flehentlich zu ihm auf.

»Was soll ich nicht glauben? Spucks aus, verdammt noch mal ...« Langsam verlor er die Geduld. Drei Minuten. Noch war die Straße vor der Fensterfront verwaist.

»Er kam aus dem Wald. Mir wurde klar, dass er nach der Frau sucht. Als er uns gesehen hat, ist er abrupt stehen geblieben.«

»Und dann?«

»Nix. Er stand einfach nur da. Und hat uns angestarrt ... Mir ist das Blut in den Adern gefroren.«

»Wieso?«

»Weil dieser Typ ...«

»Was war mit ihm?«

Der Junge wand sich. »Das konnte ich dem Notruf nicht sagen, die hätten mich für verrückt erklärt, und niemand hätte der Frau geholfen.«

Wovon redete er? Was konnte er nicht sagen? Während Bruno überlegte, wie er ihm die Information aus der Nase ziehen könnte, nahm er aus dem Augenwinkel den schwarzen Wagen wahr, der draußen am Duran vorbeifuhr.

Die Zivilstreife. Die Zeit war um.

Genko sprang auf, um möglichst schnell zu verschwinden. Er wollte sich den Zettel mit dem Befund und den Stift gerade in die Tasche stecken, als der Junge ihn am Arm packte.

»Sind Sie hier, um mir zu helfen?«, fragte er mit zitternder Unterlippe.

»Nein«, gestand Genko seinen Bluff.

Enttäuschung und Angst machten sich auf dem Gesicht des jungen Wilderers breit, doch das interessierte Bruno nicht mehr. Er starrte zur Tür des Duran und überschlug im Geiste, wie viel Zeit ihm blieb, ehe in der Kneipe die Lichter ausgingen und der Krach zerberstenden Glases den ohrenbetäubenden Lärm der Blendgranaten ankündigte, mit denen die Spezialeinheiten potenzielle Gegner zu verwirren und eventuelle Bedrohungen auszuschalten versuchten.

»Es war ein Hase.«

Gerade wollte Bruno Genko seinen Arm aus dem Griff des Jungen befreien, da erstarrte er in der Bewegung. »Was?«, hörte er sich fragen.

Der Junge riss ihm den ärztlichen Befund und den Stift aus der Hand und fing an zu zeichnen. Es war eine ungelenke, kindliche Skizze. Dann gab er ihm mit zitternder Hand den Zettel zurück.

Verwirrt starrte Genko darauf.

Es war ein Mann mit einem Hasenkopf und herzförmigen Augen.

10

Doktor Green beugte sich vor, um ihr die Sauerstoffmaske abzunehmen. Dann blickte er sie lächelnd an. »Wie geht es jetzt?«

Das Atmen ohne Hilfsmittel bereitete ihr immer noch Mühe.

»Deine Lungen müssen sich erst daran gewöhnen.« Er legte die Hände auf seine Brust und zeigte ihr, wie sie atmen sollte.

Tatsächlich ging es mit jedem Atemzug besser. »Danke«, sagte sie und blickte zum Nachttisch.

Das Telefon stand noch immer dort, sie hatte es nicht geträumt.

»Möchtest du jemanden anrufen?«, fragte Green, der ihren Blick bemerkt hatte.

»Darf ich?«, fragte sie ungläubig.

Green lachte. »Klar darfst du, Samantha.«

Sie versuchte, sich ein wenig aufzusetzen.

»Warte, ich helfe dir.« Er stützte sie und schob ihr ein Kissen in den Rücken. Dann nahm er das Telefon und stellte es ihr in den Schoß.

Sie hob den Hörer und legte ihn ans Ohr. Es war nichts zu hören.

»Für externe Gespräche musst du die Neun drücken«, erklärte er.

Sie tat es, und das Freizeichen ertönte. Das Geräusch war schön, ein freudiges Gefühl von Freiheit durchschoss sie. Dann musterte sie das Tastenfeld mit den Zahlen und ihr Blick verdüsterte sich.

»Was ist los?«, fragte Green.

»Ich kann mich an keine einzige Telefonnummer erinnern.«

»Das ist verständlich. Nach all der Zeit. Und vielleicht haben sich die Nummern auch geändert, weißt du?«

Der Gedanke tröstete sie.

»Während du weg warst, sind so viele Dinge in der Welt passiert, Samantha.«

»Zum Beispiel?«

»Du hast noch jede Menge Zeit, das herauszufinden, glaub mir.« Er nahm den Apparat und stellte ihn auf seinen Platz zurück. »Er steht direkt neben dir. Sobald dir eine Nummer einfällt, musst du sie nur wählen.«

Sie nickte. Sie war ihm dankbar dafür, wie er ihr die Dinge erklärte – einfühlsam und beruhigend.

»Sie haben mich auch vergessen, nicht wahr?« Sie meinte ihre Angehörigen und Freunde, an die sie sich ebenfalls kaum mehr erinnerte.

»Na ja, es war für niemanden einfach«, sagte Green und setzte sich wieder auf seinen Platz. »Mit dem Tod arrangiert man sich. Nach einer Weile verdrängt die Erinnerung den Schmerz. Doch wenn man nicht weiß, was aus einem geliebten Menschen geworden ist, bleibt einem nur der Zweifel. Und er lässt einen nicht los, bis man eine Antwort bekommen hat.«

»Und wieso sind meine Eltern dann nicht hier?«

»Dein Vater wird bald da sein. Er ist fortgezogen, doch man sucht nach ihm, um ihm die gute Neuigkeit zu überbringen. Was deine Mutter angeht …« Greens Miene verdunkelte sich. »Es tut mir leid, Sam, aber deine Mutter ist vor sechs Jahren gestorben.«

Sie hätte darüber traurig sein sollen. *Denn das ist eine Tochter doch, wenn sie erfährt, dass die Mutter nicht mehr lebt, oder?* Doch sie empfand nichts. »Okay«, hörte sie sich mit ungerührter Sachlichkeit sagen, als wollte sie zeigen, dass ihr Herz sich mit dem Tod der Frau, die sie zur Welt gebracht hatte, nicht »arrangieren« musste und die Sache für sie bereits abgehakt war.

»Wenn deine Erinnerungen zurückkehren, wirst du auch den Schmerz wiederfinden«, versicherte ihr Green.

»Wäre es nicht besser, wenn nicht? Sie sagen das so, als würde es mir sogar guttun.«

»Niemand kann dem Leid entfliehen, Sam. Das wäre nicht gesund.«

»Aber meinen Sie nicht, dass ich genug gelitten habe?« Sie wurde plötzlich wütend. »Und was wissen Sie schon davon? Was wissen Sie schon, hm? Bestimmt haben Sie eine tolle Familie, Frau und Kinder. Und ich? Fünfzehn Jahre hat man mir gestohlen. Schlimmer noch, jemand hat mir einen Teil meines Selbst genommen.«

»Sagt dir der Name Tony Baretta etwas?«

Wer soll das sein? Und was hat der jetzt damit zu tun?

»Wahrscheinlich nicht«, nahm Green die Antwort vorweg. »Als du verschwunden bist, hat deine Freundin Tina – deine Banknachbarin, an die du dich wahrscheinlich auch nicht erinnern wirst – der Polizei erzählt, dass du an jenem Februartag eine Verabredung mit Tony hattest. Ihr wart auf derselben Schule, und er hatte dich wissen lassen, dass er dir etwas sagen wolle.«

Sie ahnte bereits, dass der Rest der Geschichte ihr nicht gefallen würde.

»Nur deshalb ist der Junge ganz oben auf der Liste der Verdächtigen gelandet«, fuhr Green fort. »Die Polizei hat wegen

Mordes gegen ihn ermittelt.« Unverwandt und ernst blickte er sie an. »Ich glaube allerdings, dass Tony Baretta schlicht ein Auge auf dich geworfen hatte und dir eine Liebeserklärung machen wollte … Er war erst dreizehn, genau wie du.«

Sie schwiegen ein paar Sekunden.

»Ich wollte dich nicht verstören, entschuldige. Du kannst natürlich nichts dafür. Doch das, was dir passiert ist, hat eine Menge Leute in Mitleidenschaft gezogen. Sie sind unschuldige Opfer, genau wie du. Und sie verdienen unser Mitgefühl. Auch deines, glaub mir.«

In einem Anflug von Reue zog sich ihr Magen zusammen. »Und was kann ich jetzt noch für sie tun?«

»Hilf mir, das Monster zu schnappen.« Green wechselte das Tonband des Aufnahmegerätes. »Du musst dich ein bisschen mehr anstrengen, Sam«, sagte er unerwartet streng. »Wir haben nicht viel Zeit, und ich brauche wirklich dringend deine Hilfe … Das verstehst du doch, oder?«

»Ich weiß nicht …« Der Satz verklang in Unsicherheit.

»Es ist womöglich noch zu früh, um sich an alles zu erinnern, aber vielleicht fallen dir wenigstens Bruchstücke ein. Wie groß war er, was für eine Stimme hatte er …«

Sie blickte ihn an. »Er redet nie mit mir.«

Green antwortete nicht sofort. Zuerst schaltete er den Rekorder ein. »In fünfzehn Jahren nicht ein einziges Wort?«

»Sie glauben, ich sei verrückt, stimmts?«

»Ganz und gar nicht«, gab Green hastig zurück. Er sah ihr in die Augen. »Schau mal, Sam, viele Menschen sind überzeugt, eine höhere Macht würde ständig über ihr Leben wachen. Sie nennen sie Gott und schreiben ihr einen Einfluss auf die weltlichen Dinge zu. Und obwohl sie ihn nicht sehen können, wissen sie, dass es ihn gibt. Sie sind überzeugt, Gott habe etwas mit ihrer Existenz auf Erden und dem Zweck ihres Lebens zu tun. Ohne ihn würden sie sich alleingelassen und verloren fühlen. Gott ist ein Bedürfnis.«

»Wollen Sie damit sagen, dass ich dieses Monster brauche? Dass ich es schütze?«

»Nein. Du verlangst von mir, an die Existenz von jemandem zu glauben, den du weder je gesehen noch gehört hast, und ich tue es. Ich glaube dir. Doch manche Dinge brauchen eine rationale Erklärung. Zum Beispiel, wie es dir gelungen ist, nach so langer Zeit zu fliehen.«

Sie begriff nicht, was Doktor Green von ihr wollte. Worauf wollte er hinaus? In dem Moment erklang ein gedämpftes Summen.

Der Mann zog ein Handy aus der Jacke über der Stuhllehne. Er hatte eine SMS erhalten. »In Kürze werden die Antipsychotika, die man dir verabreicht, deine Erinnerungen zurückkehren lassen«, sagte er, während er die Nachricht las. »Doch jetzt musst du mich einen Moment entschuldigen.«

Er stand auf, warf einen Blick auf den Tropf an Samanthas Arm und ging zur Tür.

»Doktor Green …«, rief sie ihm nach. »Könnten Sie die Tür offen lassen?«

Er lächelte. »Ich lehne sie an, ist das in Ordnung?«

Sie nickte. Der Arzt ließ einen schmalen Spalt offen, durch den sie den Flur der Abteilung erkennen konnte. Es war nicht zu sagen, ob es Tag oder Nacht war. Doch der Wachpolizist war noch immer dort, er saß neben der Tür und wandte ihr den Rücken zu. Es herrschte eine angenehme Stille – die Krankenhausgeräusche waren hörbar und dennoch fern. Sie hätte gern die Augen geschlossen, doch sie fürchtete sich davor, einzuschlafen. *Er* würde im Traum zurückkehren, da war sie sich sicher.

In dem Moment klingelte das weiße Telefon.

Angst durchfuhr ihren Körper und presste sie auf das Bett, als läge ein riesiger Magnet darunter. Langsam wandte sie den Kopf zum Nachttisch.

Der Apparat klingelte unerbittlich.

Aus dem Augenwinkel spähte sie nach der Reaktion des Polizisten vor der Tür. Er hatte sich nicht einmal gerührt. Sie wollte nach ihm rufen, ihn um Hilfe bitten. Doch die Angst drückte ihr die Kehle zu, sie brachte kein Wort heraus.

Unermüdlich gellte das Klingeln durch die gedämpfte Stille. Wie eine Aufforderung. Oder eine Drohung.

Ein Teil von ihr wollte es nicht wahrhaben. Doch der andere Teil raunte ihr etwas zu, auch wenn sie es nicht hören wollte. Nämlich, dass am anderen Ende der Leitung ein alter Bekannter war – ein alter Freund, der sie anrief, um sie wissen zu lassen, dass er sie bald besuchen käme.

Um sie nach Hause ins Labyrinth zu bringen.

Sie wollte aufstehen, vor dem Telefon fliehen. Doch das eingegipste Bein machte jede Bewegung unmöglich. Also drehte sie sich zu der Wand mit dem Spiegel. Green hatte gesagt, dahinter seien Polizisten, die jedes Wort mithörten. War es möglich, dass jetzt niemand dort war? Sie hob die Hand, um auf sich aufmerksam zu machen. Dann blickte sie zur Tür, und endlich gelang es ihr, mit tonloser Stimme nach dem Polizisten zu rufen. »Entschuldigung … Entschuldigen Sie …«, sagte sie panisch und schüchtern zugleich, wohl wissend, dass Angst dumm macht.

Und dann brach das Klingeln genauso plötzlich ab, wie es angefangen hatte.

Sie konnte nur noch ihren keuchenden Atem hören. Und ein Pfeifen in den Ohren, einen lästigen Nachklang des teuflischen Geräusches. Wieder drehte sie sich zum Telefon, um sicherzugehen, dass es wirklich verstummt war. Es schwieg.

Zum Glück war jetzt ein vertrautes Geräusch zu hören. Sie erkannte das Klimpern der Schlüssel, die Doktor Green an dem Karabiner am Gürtel trug. Gleich darauf ging die Tür auf, und der Mann kehrte ins Zimmer zurück.

»Alles in Ordnung, Sam?«

»Das Telefon«, sagte sie und zeigte darauf. »Es hat geklingelt.«

Green trat ans Bett. »Ganz ruhig, das war bestimmt ein Irrtum. Da hat sich jemand verwählt.«

Doch sie ließ sich davon nicht beruhigen. Sie hörte gar nicht zu. Ein nebelhafter Gedanke formte sich in ihrem Kopf. Das Klingeln des Telefons hatte einen Spalt in ihrem Gedächtnis aufgetan, durch den etwas durchsickerte – ein vages Echo. Die Erinnerung an ein Geräusch.

»*Entschuldigung ... Entschuldigen Sie ...*«

Das war ihre Stimme, es waren die gleichen Worte, mit denen sie kurz zuvor versucht hatte, den Wachpolizisten auf sich aufmerksam zu machen. Doch jetzt waren sie ein Widerklang in ihrem Kopf, sie hatte sie selbst ausgesprochen, zu einer anderen Zeit, an einem anderen Ort ...

Sie geht durch das Labyrinth. Der lange, graue Flur endet an einer Eisentür. Die Tür ist geschlossen. Sie war es immer – da ist sie sich absolut sicher. Doch jetzt ist auf der anderen Seite ein Geräusch zu hören.

Als würde jemand an der Metalloberfläche kratzen.

Ein unbedeutendes Geräusch, wie von einer nagenden Maus. In der Stille des Labyrinths wird jedoch selbst das kleinste Geräusch riesig. Sie hat es bis in ihr Zimmer gehört. Und ist sofort gekommen, um ihm nachzuspüren.

Während sie sich langsam der Eisentür nähert, fragt sie sich, was das sein könnte. Sie hat Angst, es herauszufinden, doch zugleich weiß sie, dass sie sich ihm nicht entziehen kann.

Das ist nicht nur Neugier. Sie hat gelernt, jeder Kleinigkeit auf den Grund zu gehen, jede noch so winzige Veränderung in der Gefängnisroutine zu untersuchen.

Denn sie weiß nie, wann und wie ein neues Spiel beginnt.

Ihr Instinkt sagt ihr, dass hinter dieser Türschwelle etwas auf sie wartet. »Entschuldigung … Entschuldigen Sie …«, ruft sie immer wieder absurd freundlich und hofft, eine Antwort zu bekommen.

»Ich war nicht allein«, sagte sie schließlich und sah Doktor Green an. »Da war noch jemand.«

11

Er war gerade noch rechtzeitig aus dem Duran rausgekommen, um durch den Rückspiegel seines Saab den Auftakt der Razzia mitzukriegen.

Er hatte nicht einmal die Außenbezirke der Stadt erreicht, als das Radio bereits von der Festnahme eines ersten Verdächtigen im Entführungsfall Samantha Andretti berichtete. Beim Fahren grübelte Genko über das nach, was in der Kneipe passiert war. Er konnte die Geschichte des Mannes mit dem Hasenkopf noch immer nicht glauben.

»*Bislang ist nicht bekannt, aus welchen Gründen Tom Creedy verhaftet wurde*«, sagte der Sprecher. »*Zur Stunde wird er an einen geheimen Ort gebracht, wo er schon bald von der Polizei vernommen wird.*«

Der Junge hieß also Tom Creedy. *Sie werden sich auf ihn stürzen,* dachte Genko. *Er ist ein gefundenes Fressen, um die Medien und damit die Öffentlichkeit von der Jagd nach dem wahren Entführer abzulenken.* Sollten sie scheitern, würde der Wilderer dafür bezahlen müssen.

Doch wenn Creedy Bauer und Delacroix ebenfalls die Geschichte von dem Hasenmann auftischen würde, käme er vielleicht mit Unzurechnungsfähigkeit davon. Genko stellte sich die Gesichter der beiden Polizisten vor, wenn sie herausfanden, dass der arme Kerl nicht als Sündenbock taugte, und er musste lachen.

Sein Lachen wurde von einem Hustenanfall erstickt. Etwas

drückte sein Brustbein zusammen. Der Saab geriet gefährlich
ins Schlingern und driftete auf die Gegenfahrbahn, auf der ihm
ein anderes Auto entgegenkam. Genko konnte gerade noch
zurücksteuern. Als er schon glaubte, es sei so weit, hörte der
Schmerz genauso plötzlich auf, wie er gekommen war.

Ein Warnschuss. Sein Herz wollte ihn daran erinnern, sich
zu schonen. Und vielleicht stimmte es – es war doch recht aus-
sichtslos, was er sich hier in den Kopf gesetzt hatte. Und die
einzige Spur, die er hatte, hatte sich mit Tom Creedy und seinen irren Visionen erschöpft.

Plötzlich fühlte er sich unendlich leer und verloren. Er hatte
kein Ziel mehr. Ihm blieb nur der Tod.

Gegen ein Uhr morgens erreichte er die Stadt. In den Straßen
staute sich der Verkehr. Die wegen der Hitze nachtaktiv ge-
wordenen Menschen waren auf der Suche nach Zerstreuung
aus den Häusern geströmt. Und auch in den hell erleuchteten
Bürotürmen herrschte rege Geschäftigkeit.

Genko überlegte, dass alle außer ihm etwas zu tun hatten.
Und er wusste nicht einmal, wohin mit sich. Er konnte zu
Quimby in die Q-Bar fahren, sich ablenken, mit irgendjeman-
dem ein Glas trinken und plaudern. Oder er konnte ins Ambrus Hotel zurückkehren, sich auf die fleckige Tagesdecke
werfen und einfach warten – auf den Schlaf oder den Tod.
Und dann war da noch Linda. Inmitten ihrer Einhörner hätte
er menschliche Wärme gefunden. Aber sie war voller Schmerz
und Vorwürfe und schien jetzt schon um ihn zu trauern, und
er wollte nicht trauern. Nicht heute Nacht. Er wollte irgendeinen x-beliebigen Tag seines alten Lebens zurückhaben, einen
Tag wie viele andere, einen von denen, die man am nächsten
Morgen schon wieder vergessen hat. Einen ganz banalen Tag,
an dem man gar nicht merkt, dass man am Leben ist. Wie

viele solcher Tage hatte er erlebt? Um sie dann abzuhaken, ohne sich zu fragen, ob sie zu irgendetwas gut gewesen waren. Dennoch hätte es in diesem Moment nichts Schöneres geben können. Hätte er nur einen einzigen Tag seines alten Lebens noch einmal leben können, er hätte sich nicht für den schönsten, sondern für den normalsten entschieden.

Ich will nach Hause, entschied er. Und es war ihm inzwischen scheißegal, ob jemand seine Leiche fand oder nicht.

Wie üblich parkte er den Saab zwei Blocks entfernt. Dann ging er zu Fuß weiter und vergewisserte sich, dass ihm niemand folgte – eine Umsicht, die sich im Laufe der Jahre als notwendig erwiesen hatte. Manche Kunden oder Zielpersonen konnten unangenehm werden. Besser, es wusste keiner, wo er wohnte.

Die Gegend lag jenseits des Zentrums und hatte sich einen morbiden Charme bewahrt, der von den Neureichen noch nicht entdeckt worden war. Früher oder später würde ihr Geld die Straßen von dem Abschaum befreien, der sie bevölkerte, doch bisher wurde das einzige Geld, das hier zirkulierte, mit Drogendeals gemacht.

Genko erreichte das Mietshaus, in dem er seit fast zwanzig Jahren wohnte, und musste im Hauseingang einem besoffenen Obdachlosen ausweichen. Da der Fahrstuhl ständig stecken blieb, nahm er die Treppe. Er war erschöpft. Alle fünf bis sechs Stufen zwang ihn die drückende Hitze, innezuhalten und Atem zu schöpfen.

In jedem Stockwerk herrschte Zank und Krach. Zum Glück zogen es seine Nachbarn vor, sich hinter verschlossenen Türen an die Gurgel zu gehen. Hin und wieder kam die Polizei und nahm jemanden mit, aber um Genko scherte sich hier niemand. Er wurde kaum wahrgenommen. Alles in allem der ideale Ort, um sich zu verstecken.

Im vierten Stock steckte Bruno den Schlüssel ins Schloss, trat über die Schwelle und schloss rasch die Tür. Ein paar Sekunden lang stand er reglos im Dunkeln und genoss die klimatisierte Luft, die ihn umfing. Er atmete tief ein und ließ sich von dem Geruch der Wohnung einhüllen.

Geruch nach Ordnung, nach Sauberkeit.

Er schaltete das Licht ein, und die spärliche Möblierung wurde sichtbar. Nicht mehr als das Nötigste. Ein Sofa, ein Fernseher, ein Esstisch. In der offenen Küche stand jeder Gegenstand an der richtigen Stelle – die Küchengeräte, die Espressokanne, ein Entsafter mit einer Schüssel für Obst und Gemüse daneben. Die Vorräte reihten sich auf den Borden, der Kühlschrank war gefüllt mit haltbaren Lebensmitteln.

Noch im Eingang schälte sich Genko aus den Schuhen, den Kleidern und der Unterwäsche, bis er vollkommen nackt war. Er hängte den zerknitterten Leinenanzug und das nach Schweiß riechende Hemd auf einen Bügel und diesen auf einen Haken.

Barfuß lief er über das Parkett und betrat das Schlafzimmer. Dort standen auch die Fitnessgeräte, ein Laufband und eine Hantelbank mit Gewichten. Er konnte es gar nicht abwarten, sich zwischen den frisch gewaschenen Laken auf der breiten orthopädischen Matratze auszustrecken. Doch zuerst ging er ins Bad und stellte sich unter die Dusche.

Vor dem Haus herrschte Verkommenheit und Verfall, doch in diesen vier Wänden wurde Genko wieder eins mit seinem wahren Ich.

Es stimmte nicht, dass ein Privatermittler vor allem unscheinbar sein musste, ganz im Gegenteil. Das Image war entscheidend. Die Aufmerksamkeit der Leute sollte sich auf seine nachlässige, nach Schweiß und Nikotin stinkende Kleidung und den ungepflegten Dreitagebart richten. Das schlampige

Äußere diente Genko als Rüstung. Wenn die Menschen einen abgerissenen Typen vor sich hatten, hielten sie sich normalerweise für cleverer und ließen unweigerlich die Deckung fallen.

Der Trick bestand in der Täuschung.

Während das laue Duschwasser den Schweiß und die Erschöpfung wegspülte, schloss Bruno die Augen und versuchte, seiner Unruhe Herr zu werden.

Ich bin ein zweites Mal gescheitert, sagte er sich. Nach fünfzehn Jahren war der Gedanke an Samantha Andretti zurückgekehrt, um ihn zu quälen. Wieso ausgerechnet jetzt? Er hatte sie vergessen und zusammen mit den anderen ungelösten Fällen im Container im »Haus der Dinge« begraben. Wäre sie nur eine Woche später wiederaufgetaucht, hätte er es höchstwahrscheinlich nicht mehr erfahren. Wie dumm von ihm zu denken, er könnte die Dinge geraderücken. Was sollte er denn schon ausrichten können? Das Monster schnappen? Und wem würde das jetzt noch etwas nützen?

Samantha bestimmt nicht, sie hatte ihn jedenfalls nicht gebraucht, um sich zu retten. Das hatte sie allein geschafft.

Glaubte er tatsächlich, ihren Entführer zu finden, könnte sein Versagen wiedergutmachen? Denn was ihn in diesem Moment am meisten umtrieb, war, dass er sich im Grunde zum Komplizen des Entführers gemacht hatte. Als Samanthas Eltern zu ihm gekommen waren, um ihn um Hilfe zu bitten, hätte er ablehnen können. Stattdessen hatte er den Auftrag angenommen. Er hatte ihr Geld eingesackt und den harten Kerl markiert. Dabei hatte Genko von Anfang an keine Hoffnungen gehabt, das Geheimnis von Samantha Andrettis Verschwinden lösen zu können.

Wieso hatte er dann den Fall angenommen? Hatte er sich nur ein weiteres Mal den absurden Beweis liefern wollen, wie gut er seine Willenskraft und mitunter auch seine Seele im Griff hatte? Und hätte er die Prüfung bestanden, sobald es ihm gelungen wäre, sich vom Mitleid für ein dreizehnjähriges Mädchen und ihre um Hilfe flehenden Eltern zu befreien? War das alles? Brauchte er nur eine weitere Trophäe für seine verdammte Selbstkontrolle?

Er öffnete die Augen, um den Duschkacheln einen Faustschlag zu versetzen. Doch er hielt inne. *Nein,* sagte er sich. *Genau das Gegenteil ist der Fall.*

Ich habe nicht an die Sache geglaubt. Das ist meine einzige Verfehlung.

Es stimmt. Ich hätte den Auftrag nicht annehmen dürfen, mir fehlte der Klarblick. Habe ich vor fünfzehn Jahren genug getan? Ich weiß es nicht. Und jetzt ist es zu spät. Ich muss es akzeptieren: Ich kann nichts mehr tun.

Ein Mann mit einem Hasenkopf war die höhnische Antwort, die er verdiente.

Er hätte mit jemandem darüber lachen können – Gott, wäre das schön gewesen, an diesem Abend jemanden bei sich zu haben. Eine Frau, einen Freund. Doch niemand hatte je einen Fuß in diese Wohnung gesetzt. Er bedauerte es nicht, das war der Tribut gewesen, den sein Beruf erfordert hatte.

Einsamkeit schärft die Wahrnehmung, sagte er sich.

Für seinen Job musste man eine Art sechsten Sinn besitzen. In die Köpfe der Menschen eindringen. Doch um die Gedanken eines anderen zu lesen, musste man stets hoch konzentriert sein. Familie oder Freunde waren da nur eine gefährliche Ablenkung.

Er kehrte ins Schlafzimmer zurück und trocknete sich vor dem Spiegel ab. Man konnte förmlich zusehen, wie sein Körper immer magerer wurde. Die vom einst täglichen Training gestählten Muskeln schmolzen dahin. Wenn er nicht die Rolle des verruchten Privatdetektivs mimte, trank und rauchte Bruno nicht und hielt eine eiserne Diät. Das hatte seinen Körper zwar nicht davor bewahrt, krank zu werden, aber immerhin hatte ihn all der Verzicht zu einem der Besten seines Fachs werden lassen.

Mein Fach ist die Jagd. Und die schwierigste Beute ist der Mensch.

Bruno wiederholte es vor dem Spiegel, als wollte er sich selbst von einer Art Mission überzeugen.

Um einen Menschen zu kriegen, musste man über besonders ausgeprägte Talente verfügen. Scharfsinn, Beobachtungsgabe, technisches Geschick, Reaktionsschnelligkeit, Ruhe, Stressresistenz und Mut.

Vor allem aber musste man genau wissen, wie die menschliche Natur tickte.

Gnadenlose Schuldner, kleine und große Betrüger, Cyberverbrecher, professionelle Diebe. Sie waren seine Beute. Um sie zu schnappen und sicherzugehen, dass sie ihre Schulden beglichen oder wieder herausrückten, was sie sich unter den Nagel gerissen hatten, wurde Bruno Genko von namhaften Privatunternehmen großzügig entlohnt. Das Geld hatte er auf Auslandskonten geparkt, um es auszugeben, sobald er sich seines Schmuddellooks ein für alle Male entledigt hätte.

Doch diesen Moment hatte er zu lange aufgeschoben.

Das Traurigste daran war, dass niemand anderes in den Genuss seines Wohlstandes kommen würde. Natürlich konnte er ihn spenden oder alles Linda vermachen. Doch dann käme auch ans Licht, wie er zu all diesem Geld gekommen war. Beschiss, Augenwischerei, Kompromisse und Heimlichkeiten, auf die er nicht stolz war. Und hätte sich jemand gefragt, wo der ganze Zaster herkam, wäre es mit der Privatsphäre seiner Klienten womöglich vorbei gewesen.

Es ist besser, alles bleibt, wie es ist, sagte er sich.

Nach seinem Tod würden seine Konten »einschlafen«, wie es so schön hieß. Und nach ein paar Jahren würde die Bank das Geld einstreichen.

Das einzige Erbe, das er hinterlassen konnte, war die Enttarnung eines Monsters. Und die Erbin war eine ehemalige Dreizehnjährige namens Samantha Andretti.

Er schlug die Laken zurück und setzte sich auf die Bettseite, auf der er normalerweise schlief. Ehe er sich hinlegte, zog er die Nachttischschublade auf. Drei orangefarbene Tablettenfläschchen waren darin. Sie gehörten zu der Palliativtherapie, die der Arzt ihm verschrieben hatte, um »das Ganze zu erleichtern« – so hatte er sich ausgedrückt. Im Grunde waren es nur Antidepressiva. Bruno öffnete eines der Fläschchen und schüttelte ein paar rosafarbene Pillen in seine Handfläche. Er zögerte kurz und beschloss, die Dosis auf fünf Tabletten zu erhöhen. Er langte nach dem Krug, der auf dem Nachttisch stand, und schenkte sich ein Glas Wasser ein, doch ehe er alles hinunterschluckte, dachte er noch einmal an Samantha Andretti.

Sie war gerettet. Genauer gesagt, sie hatte sich selbst gerettet. *Wie hatte sie es bloß geschafft, ihrem Gefängnis zu entkommen?*

Es war unwahrscheinlich, dass sie den Entführer überwältigt hatte, fünfzehn Jahre Misshandlungen und Entbehrung mussten ihre körperlichen Kräfte zwangsläufig geschwächt haben. Deshalb hatte womöglich schon eine Flucht in den Wald genügt, um sich einen Knochenbruch zuzuziehen. Hatte sie ihren Kerkermeister hinters Licht geführt? Oder eine Nachlässigkeit ausgenutzt? Vielleicht fühlte sich ihr Entführer nach der langen Zeit allzu sicher, und sie hatte den richtigen Moment zur Flucht abgepasst.

Er versuchte sich vorzustellen, wie Samantha mit ihrem

Kerkermeister auf den Fersen zwischen den Bäumen hindurchrannte. Einen Moment lang flackerte das abwegige Bild eines Kerls mit Hasenkopf vor seinem inneren Auge auf, doch er schob es sofort beiseite. Samantha war nackt gewesen. *Wieso war sie nackt?* Auf ihrer verzweifelten Flucht zu einer unwahrscheinlichen Rettung war die Frau gestürzt und hatte sich ein Bein gebrochen. Vielleicht hatte sie sich durch den Wald bis zur Straße schleppen können. *Welchen Vorsprung hatte sie vor ihrem Verfolger?* Während sie dort ausharrte, unfähig, sich zu rühren, hatte Samantha gehofft – gebetet –, dass irgendjemand vorbeikäme. Doch es war niemand aufgetaucht. Und der Entführer würde bald bei ihr sein.

Doch dann hatte die Frau etwas gehört. Ein Geräusch in der Ferne, einen vertrauten Klang. Den Motor eines näher kommenden Fahrzeugs. Sie hatte die Scheinwerfer eines Pick-ups auftauchen sehen und mit den Armen gerudert, um auf sich aufmerksam zu machen. Womöglich hatte sie den verblüfften Ausdruck auf dem Gesicht des Fahrers gesehen. Sie hatte gefürchtet, statt anzuhalten, würde er aufs Gas drücken und sie zurücklassen. Das wäre ein unerträglicher Schlag gewesen.

Doch der Wagen hatte angehalten. Ein Junge mit entstelltem Gesicht war ausgestiegen. Ein Monster, das allerdings keines zu sein schien. Sie hatte sich eingeredet, dass er ihr helfen, sie von dort fortbringen würde – um sie aus ihrem Albtraum zu reißen. Doch der Junge hatte bemerkt, dass jemand aus dem Wald kam. Und Samantha hatte eine vertraute Angst in den Augen ihres Retters gesehen. Da hatte sie gewusst, dass er sie wieder alleinlassen würde. Und tatsächlich war Tom Creedy wieder in den Wagen gesprungen und abgehauen. Kurz darauf hatte er den Notruf angerufen.

Seitdem hatte die Polizei den Sumpf Zentimeter um Zentimeter durchkämmt, um Samantha Andrettis Gefängnis zu finden, während ein Profiler ihre Schilderungen im Krankenhaus aufzeichnete.

Wieso sind die Bullen noch nicht fündig geworden?

Bruno hatte nicht bemerkt, dass er ins Leere starrte, das Glas in der einen und die Tabletten in der anderen Hand. Ihm schauderte.

Sie haben das Gefängnis nicht gefunden, weil es nicht in den Sümpfen liegt, sagte er sich. *Der Entführer hat das Mädchen dorthin gebracht.*

Aber wieso hat er das getan?

»Aus dem gleichen Grund, aus dem Tom Creedy dort war«, sagte Genko leise. Der junge Wilderer hatte ihm die Antwort geliefert. *Die Sümpfe sind perfekte Jagdgründe … Und das am schwersten zu erlegende Tier ist der Mensch,* wiederholte er sich.

Samantha war nicht ausgebrochen, der Entführer hatte sie ausgesetzt.

Für Genko war es wie eine Erleuchtung. Das Monster hatte sie dorthin gebracht, um sie laufen zu lassen. Nackt und verloren in den Wäldern, die an die Sümpfe grenzten. Er hatte ihr einen kleinen Vorsprung gegeben. Und dann hatte er die Verfolgung aufgenommen.

Eine Art Prüfung, überlegte der Ermittler. *Ein sadistisches Spiel.*

Auf der Flucht hatte sich die Beute ein Bein verletzt. Der Räuber würde sie zweifellos einholen, doch dann kam etwas Unvorhergesehenes dazwischen.

Der Pick-up eines Wilderers.

Genko stellte das Glas auf dem Nachttisch ab, legte die Pillen daneben und vergaß beides. Er vergaß sogar, dass der Tod auch ihn verfolgte. Er erhob sich vom Bett und begann, durch das Zimmer zu tigern. Das Adrenalin hatte seinen Verstand übernommen. Die Mosaiksteinchen rückten an ihren Platz und schon bald würde er das gesamte Bild erkennen, davon war er überzeugt.

Doch irgendetwas stimmte an dem Puzzle noch nicht.

Wieso hatte sich der Entführer Tom Creedys Verschwinden nicht zunutze gemacht und Samantha eingeholt? Er hätte sie einfach fortschleifen können. Vielleicht hatte er befürchtet, der Junge würde umgehend die Polizei verständigen, überlegte Bruno. Vielleicht hatte er geglaubt, ihm bliebe nicht genug Zeit, um sich mit ihr davonzumachen.

Aber dann hätte er sie einfach töten können.

Jetzt würde sie womöglich nützliche Hinweise zu seiner Ergreifung liefern. Wieso ein solches Risiko eingehen?

Es gab nur eine Erklärung für ein so abwegiges Verhalten. Der Entführer hatte Angst bekommen. Er war in Panik abgehauen, genau wie Tom Creedy. Doch wieso hätte er das tun sollen? Was hatte ihm Angst gemacht? Er musste sich in Sicherheit bringen. In Sicherheit wovor? Vielleicht hatte er gefürchtet, erkannt zu werden. Oder dass Tom Creedy Hinweise zu seiner Identität würde liefern können. Doch das würde nur Sinn ergeben, wenn Tom Creedy sein Gesicht gesehen hätte. Aber das Einzige, was der Junge gesehen hatte, war …

»Ein Hase«, dachte Genko laut und verblüfft.

Wieso sollte ein Mann mit einer Maske weglaufen wollen?

Vielleicht, weil die Maske selbst ein Hinweis war.

12

So absurd die Überlegung auch sein mochte, er musste ihr auf den Grund gehen. An Schlaf war nicht mehr zu denken.

Bruno hatte keine Wahl, nicht zuletzt, weil er es schon einmal versäumt hatte, das Geheimnis um Samantha Andrettis Verschwinden zu lösen. Das hatte das Mädchen fünfzehn Jahre ihres Lebens gekostet.

Er hastete in den Flur, riss den Kleiderschrank auf und suchte hektisch nach dem ärztlichen Befund, den er in die Tasche seines Leinenjacketts gesteckt hatte. Er besah sich Tom Creedys Zeichnung genauer.

Trotz der kindlichen Linienführung sah es aus, als hätte der Mann mit dem Hasenkopf einen ganz normalen Körperbau. Es gab nichts, was einen stutzig machte, außer natürlich dem Kopf mit diesen herzförmigen Augen und den Hasenohren.

Genko dachte darüber nach. Es war an der Zeit, das dritte Zimmer zu öffnen, das zu seiner Wohnung gehörte.

Seit die Ärzte ihm vor zwei Monaten seinen unmittelbar bevorstehenden Abgang prophezeit hatten, hatte er es nicht mehr betreten. Er hatte nicht gedacht, dass er es noch einmal brauchen würde. Aber jetzt drückte er den siebenstelligen Code auf der Tastatur neben der Tür.

Das elektronische Schloss sprang auf.

Früher hatte Bruno es geliebt, sich in seinem Arbeitszimmer zu verkriechen. Es war die Schatzkammer für seine heikelsten Geheimnisse und ein Rückzugsort für seine Gedanken. Es gab einen Karteischrank und ein Bücherregal mit Gesetzestexten, Handbüchern über Recherchetaktik und Ermittlungstechnik sowie eine Machiavelli-Gesamtausgabe.

Die Wände waren grün gestrichen. An einer davon hing prominent platziert eine Hans-Arp-Collage.

Genko liebte die Dadaisten und hatte das Bild für eine schwindelerregende Summe bei einer Auktion ersteigert. Eine der wenigen Verrücktheiten seines Lebens, die sich wirklich gelohnt hatten. Er betrat das Arbeitszimmer, betrachtete das Meisterwerk mit einem Stich Wehmut, es nicht mit ins Grab nehmen zu können, und ging dann zielstrebig auf die Stereoanlage zu. Er zog eine Schallplatte aus seiner Sammlung und legte sie auf den Plattenteller. Als die Nadel in der Rille aufsetzte, erfüllten Bachs *Goldberg-Variationen* in einer Einspielung von Glenn Gould aus dem Jahr 1959 das Zimmer.

Genko setzte sich an seinen runden Schreibtisch.

Darauf stand ein MacBook Air mit einer verschlüsselten Internetverbindung zu einem externen Server, in dem das Archiv seiner Ermittlungen gespeichert war. Vertrauliche, während seiner zwanzigjährigen Berufslaufbahn gesammelte Daten. Es wäre eine Katastrophe, wenn sie in die falschen Hände gerieten.

Von hier aus konnte Bruno auch auf die Datenbanken sämtlicher Regierungs- und Polizeibehörden zugreifen. Er konnte in die Computersysteme privater Einrichtungen und Unternehmen eindringen. Geschützte Bank- und Versicherungsdaten abschöpfen. Das kleine Vermögen, das ihn die Zugänge gekostet hatten, war es wert gewesen.

Mit einem Stück Klebeband befestigte er die Zeichnung des jungen Wilderers an der Schwenklampe, um es auf Bildschirmhöhe vor Augen zu haben.

»Mal sehen, ob ich dich finde«, murmelte er der seltsamen

Tierfigur mit den Herzaugen zu. Dann tippte er den Begriff »Hase« in die Suchleiste und startete seine Recherche.

Zuerst durchforstete Bruno die polizeilichen Datenbanken. Vielleicht hatte Samanthas Entführer in der Vergangenheit schon andere Straftaten mit dieser Maske begangen.

Auf dem Bildschirm erschien eine lange Liste von Verbrechen. Von Kaninchendiebstählen über Kaninchenmisshandlungen bis zu Raubüberfällen in Hasenkostümen. Genko überflog die Liste, ohne an irgendetwas hängen zu bleiben. Dann verfeinerte er seine Suche und gab ein zweites Wort ein.

»Kinder.«

Eine weitere Liste erschien. Die menschliche Grausamkeit kannte keine Grenzen. Vergiftete Osterhasen, die eine Psychopathin vor einer Schule verteilt hatte. Als Drogenkuriere missbrauchte Minderjährige, die das Rauschgift in Plüschhäschen mit sich führten. Ganz zu schweigen von den »Häschen«, kleinen Mädchen, die für einen Online-Kauf oder ein Handy-Guthaben nackt vor Webcams posierten.

Auch diesmal stieß Bruno auf keine interessante Verbindung. Also versuchte er, die Suche schrittweise auf die Vergangenheit auszudehnen.

Schließlich blieb sein Blick an dem Ordner eines gewissen »R. S.« hängen, einem Vermisstenfall aus den Achtzigern. Der Name des Jungen war aus irgendeinem Grund geschwärzt worden.

Damals war »R. S.« zehn Jahre alt gewesen. Er war an einem Montagmorgen verschwunden und drei Tage später wiederaufgetaucht, als wäre nichts gewesen.

Zwischen dem fraglichen Fall und Samantha Andrettis Entführung lagen fast zwanzig Jahre. Unwahrscheinlich, dass beide Vermisstenfälle auf denselben Täter zurückgingen.

Außerdem tauchte das Wort »Hase« nicht in dem dürftigen

Polizeibericht auf, sondern nur als kleine Notiz am Fuß der Seite.

»Verschwundener Minderjähriger – psychologische Unterstützung – Hase – Jugendamt – höchste Vertraulichkeit.«

Eine weitere Anmerkung verwies auf die Vermisstenabteilung der örtlichen Polizei.

Der Limbus. Die geheimnisvollste Abteilung der Polizeibehörde. Die Vermisstenzahlen wurden prinzipiell nicht veröffentlicht. Der Grund lag auf der Hand: Wer nicht von selbst wiederkam, wurde in der Regel auch nicht gefunden. Und das war alles andere als gute Werbung für die Abteilung.

Deshalb war das Archiv des Limbus nie computerisiert worden, und im Internet war nichts davon zu finden.

Zwanzig Jahre, überlegte Genko und war kurz davor, die Sache abzutun. Doch der Fall »R. S.« war der einzige Anhaltspunkt, den er hatte, vielleicht sollte er ihm nachgehen. Er hatte zwei Möglichkeiten: Er konnte persönlich zur Vermisstenabteilung gehen und um Akteneinsicht bitten, auf die Gefahr hin, abserviert zu werden, oder er konnte versuchen, es cleverer anzugehen, und mit einem einfachen Anruf anfangen.

Er entschied sich für Letzteres.

Er klickte sich auf die Website der Abteilung und suchte die Kontaktdaten des Limbus heraus. Die Leiterin der Behörde hieß María Elena Vasquez – Bruno hatte damals schon ein paar Mal mit ihr telefoniert, als Samantha verschwunden war.

Er notierte sich die Nummer, griff nach dem Telefon und wählte. Es klingelte ins Leere. *Unmöglich,* dachte er. Denn obwohl es Nacht war, herrschte laut der neuen Anordnung Arbeitszeit.

»Hallo?«, ertönte schließlich eine Männerstimme.

»Ja, guten Abend … Hier spricht Agent Bauer, ich würde gern mit der Abteilungsleiterin sprechen.«

Der Mann am anderen Ende der Leitung schwieg, und Genko hatte sofort ein ungutes Gefühl.

Das Schweigen wurde von dem Bellen eines Hundes unterbrochen. »Ruhig, Hitchcock«, sagte die Stimme.

Kaum hörte er den Namen des Hundes, wusste Bruno, dass er einen Fehler gemacht hatte. Der Mann am Telefon war derselbe, der tags zuvor im Basislager in den Sümpfen mit Delacroix gestritten hatte. Der Unbekannte in dem blauen Anzug war also Polizist. Und er kannte auch Bauer.

»Die Abteilungsleiterin ist im Moment nicht im Haus, Agent Bauer«, sagte der Mann distanziert. »Aber vielleicht kann ich Ihnen ja weiterhelfen. Hier spricht Sonderermittler Simon Berish.«

Genko wusste, dass es riskant war, weiter Theater zu spielen. Aber was hatte er schon zu verlieren.

»Es handelt sich um einen alten Vermisstenfall«, sagte er. Dann nannte er dem Mann die Aktennummer und hielt den Atem an, bis das Klackern einer Tastatur ihm verriet, dass der andere die Daten in den Computer tippte.

Berish murmelte etwas. »Da steht nicht viel, nur ein paar Abschlussberichte zu den Ermittlungen.« Dann las er vor: »›R. S., zehn Jahre … Drei Tage verschwunden … freiwillig wieder nach Hause zurückgekehrt‹ …«

Nichts, was Genko nicht längst wusste.

»Wieso ist der volle Name des Jungen nicht aufgeführt?«

»Ja, das ist ungewöhnlich. Es gibt auch keinen Hinweis auf das, was ihm in den zweiundsiebzig Stunden seines Verschwindens passiert ist.«

»Wie ist das möglich?«

»Die gesamte Akte liegt nur in Papierform vor, sie ist unten im Archiv abgelegt … Ich fürchte, Sie müssen persönlich vorbeikommen, Agent Bauer.«

Genko ging über den Vorschlag hinweg. »Könnten Sie mir sagen, was sonst noch in dem Bericht steht, den Sie vor sich haben?«

»Hier steht nur, dass die Eltern nach dem Vorfall von ihrem Sorgerecht zurückgetreten sind. Der Junge wurde in ein Kinderheim gegeben, auf die Wilson-Farm.«

Wilson-Farm, vermerkte Genko in seinem Notizbuch.

»Es gibt einen Auszug aus dem psychologischen Gutachten, falls Sie das interessiert«, meinte Berish. »Soll ich es Ihnen zuschicken?«

»Lesen Sie einfach vor, Agent ... Wenn es Ihnen keine Umstände macht, natürlich.«

»Kein Problem.« Er räusperte sich. »›Obwohl der Junge keinerlei mentale Defizite aufweist, kann er seine Gefühle nur schwer artikulieren, was sich häufig in paroxysmaler Angst niederschlägt, begleitet von sexueller Enthemmung, Pica-Syndrom und Enuresis.‹«

Das Pica-Syndrom kannte Genko: das wiederholte Zu-sich-Nehmen ungenießbarer Substanzen wie Erde oder Papier. Dass der Junge eingenässt hatte, wertete Genko als Folge des erlittenen Schocks. Nichts Ungewöhnliches. Ebenso die Angstzustände. Doch es war die sexuelle Enthemmung, die ihn aufhorchen ließ. Was hatte das zu bedeuten?

»›Das psychische Bild wird durch Schlafstörungen verschärft, die nach dem Erwachen häufig zu abseitigen, von dem Jungen in Zeichnungen wiedergegebenen Fantasien führen, die ein eindeutiger Beleg für eine unreife Wahrnehmung der Wirklichkeit sind.‹« Berish machte eine Pause. »Dem Gutachten sind ein paar dieser Zeichnungen angehängt«, sagte er dann.

Bruno streckte den Rücken durch. *Unreife Wahrnehmung der Wirklichkeit*, wiederholte er in Gedanken. »Ich habe meine Meinung geändert. Würde es Ihnen etwas ausmachen, mir eine Kopie davon zu schicken?«

»Aber nicht doch. Geben Sie mir Ihre Mail-Adresse.«

Wenn er ihm keine Adresse aus der Abteilung gab, wüsste Berish sofort, dass er es nicht mit Bauer zu tun hatte. »Ich gebe Ihnen eine Faxnummer.«

»Ihr seid ja noch übler dran als wir«, meinte Berish.

Genko war sich nicht sicher, ob das nur ein Witz sein sollte oder eine Anspielung, um ihm klarzumachen, dass er ihm die kleine Posse sowieso nicht abgenommen hatte. »Ja, wirklich«, gab er mit einem gezwungenen Lacher zurück und nannte ihm eine nicht zurückverfolgbare Nummer.

»Ich schmeiße unser altes Faxgerät wieder an und schicke Ihnen alles«, versprach Berish. »Und Sie sind noch einmal herzlich dazu aufgefordert, vorbeizukommen, die Archivakten sind immer für eine Überraschung gut.«

»Ja, vielleicht komme ich später mal rum«, log Bruno. »Danke erst mal.«

Er legte auf und starrte erwartungsvoll auf das Gerät in seinem Arbeitszimmer. Er war sich nicht sicher, ob dieser Simon Berish ihm seine Story abgekauft hatte. Wenn er Pech hatte, schickte er ihm einfach überhaupt nichts. Was, wenn er im Präsidium anrief und nach Bauer fragte?

Er hatte das Schicksal herausgefordert, indem er sich als Bauer ausgegeben hatte.

Der unmittelbar bevorstehende Tod hatte Genko unbedacht werden lassen, früher hätte er sich eine solche Leichtsinnigkeit niemals erlaubt. Während er noch seinen bohrenden Befürchtungen nachhing, fing das Faxgerät zu surren an. Kurz darauf spuckte es mehrere Blätter aus.

Genko schnappte sie sich und setzte sich damit an den Schreibtisch.

Anfangs hielt er es für einen Übertragungsfehler, weil die Ausdrucke alle gleich aussahen. Doch dann ging ihm auf, dass es sich um unterschiedliche Zeichnungen handelte, die die gleichen, zwanghaft wiederholten Motive zeigten.

Ein Himmel voller Vögel, eine Stadt oder vielleicht nur ein Viertel mit Mietshäusern. In der Mitte des Blattes eine große Kirche und, dahinter, ein Fußballfeld.

Doch das, was Genko am meisten verstörte und ihm den Atem nahm, war die Art, in der »R.S.« die Menschen dargestellt hatte.

Die kleinen Bewohner dieses Ortes hatten allesamt Hasenköpfe und herzförmige Augen.

13

Während er durch die Landschaft fuhr, war die Morgendämmerung noch nicht einmal eine Ahnung am Horizont. Dennoch war der Mond bereits vom Himmel verschwunden, nur die Sterne glommen noch. In höchstens drei Stunden würde die Sonne aufgehen, und abermals würde die Hitze die Welt versengen und die Menschen zwingen, sich zu verkriechen, um diesen apokalyptischen Sommer zu überstehen.

Ehe er das Haus verlassen hatte, war Genko wieder in seinen zerknitterten, stinkigen Leinenanzug geschlüpft. Wieder hatte er den Talisman mit dem von Wilderer Tom Creedy skizzierten Hasenmann in der Tasche.

Er war unterwegs zu dem Kinderheim, das den zehnjährigen »R. S.« aufgenommen hatte, nachdem die Eltern sich nicht mehr um ihn kümmern wollten. Im Netz hatte er die Adresse des Heims gefunden, das offenbar schon lange Zeit geschlossen war.

Nachdem er die Hauptstraße verlassen hatte und auf eine Schotterpiste eingebogen war, lenkte er den Saab durch ein Labyrinth aus Feldwegen, die sich zwischen Sonnenblumenfeldern hindurchschlängelten. Als Genko schon fürchtete, er hätte sich verfahren, leuchtete im Scheinwerferlicht endlich ein Wegweiser zur Wilson-Farm auf.

Nach rund sechs Kilometern erblickte er den Umriss eines großen Hauses, das sich gegen den Sternenhimmel abhob. Es lag auf einem Hügel, flankiert von zwei Zypressen.

Der Saab passierte einen hölzernen Torbogen und hielt auf einem Vorplatz neben einer Scheune. Bruno stieg aus und blickte sich nach Anzeichen von Leben um. Es brannte kein Licht. Vielleicht war man auf dem Land nicht dazu übergegangen, Tag und Nacht zu vertauschen. Er griff ins Auto und drückte auf die Hupe, um auf sich aufmerksam zu machen.

Im Haus schlugen zwei Hunde an. Hinter einem Fenster im zweiten Stock flammte Licht auf. Kurz darauf öffnete sich die Eingangstür, und jemand trat ins Freie. Noch ehe Bruno die Person richtig erkennen konnte, blendete ihm eine Taschenlampe ins Gesicht.

»Wer ist da?«, fragte eine Frauenstimme, während die beiden Hunde neben ihr weiterbellten.

»Frau Wilson?«, sagte Genko und schirmte sich die Augen mit der Hand ab, um nicht geblendet zu werden. »Entschuldigen Sie, dass ich einfach so bei Ihnen auftauche, aber ich muss mit Ihnen sprechen.«

»Sie haben mir Ihren Namen noch nicht gesagt«, entgegnete die Frau brüsk.

»Richtig, Verzeihung. Ich heiße Leonard Meyer«, log Bruno und zog einen gefälschten Ausweis aus der Tasche. »Ich arbeite für das Büro des Staatsanwalts.«

Die Frau ließ die Taschenlampe sinken und schwieg einen Moment. Vermutlich taxierte sie den unerwarteten Besucher und fragte sich, ob sie ihm trauen könne. »Was will der Staatsanwalt um diese Uhrzeit von einer armen alten Frau?«

Genko lachte. »Es ist nur eine Formsache.«

»In Ordnung, kommen Sie. Wir reden drinnen.«

Tamitria Wilson und ihre beiden kleinen Mischlingshunde geleiteten Genko ins Haus. Die Frau trug ein knöchellanges Nachthemd. Obwohl ihr Haar schon weiß war, reichte es ihr bis über den Rücken. Sie stützte sich auf einen Stock, der selbst geschnitzt aussah, und führte den Gast in eine geräumige Küche mit einem großen Eichentisch in der Mitte.

Auf ein Handzeichen von ihr rollten sich die Hunde neben dem erloschenen Kamin zusammen.

»Was kann ich für Sie tun, Herr Meyer?«, fragte sie und zündete eine Herdflamme an, auf der sie eine Kanne mit kaltem Kaffee aufwärmte.

Leonard Meyer war eine falsche Identität, die Bruno häufig bei Ermittlungen benutzte. Der Ausweis eines farblosen Beamten war weniger einschüchternd als eine Polizeimarke und ließ die Menschen nicht so auf Abstand gehen. Genko hatte die Erfahrung gemacht, dass die Leute die heimlich verhassten Gesetzeshüter gern auf den Holzweg führten, um ihnen eins auszuwischen. Deshalb fuhr ein guter Privatermittler besser damit, sich mit seinem Gegenüber gemeinzumachen. Die meisten Leute kollaborierten gern mit Leonard Meyer.

»Entschuldigen Sie nochmals die Uhrzeit, aber wegen der Hitze haben die Büros in der Stadt ihre Dienstzeiten geändert und lassen uns nachts arbeiten«, sagte er. »Ich habe versucht, Sie anzurufen, aber es ging niemand ran.«

»Der Anschluss funktioniert schon seit einem Jahr nicht mehr«, bestätigte die Frau bitter. »Und denen von der Telefongesellschaft ist das scheißegal.«

Das glaubte Bruno gern, denn auf dem Weg hierher hatte er kein weiteres Haus gesehen. »Ich bin hier, weil der Staatsanwalt mich beauftragt hat, die Dokumentation einiger Vermisstenfälle Minderjähriger zu vervollständigen, um sicherzugehen, dass wir nichts übersehen haben ... Nach dem Wiederauftauchen von Samantha Andretti steht unsere Abteilung ziemlich unter Druck, wissen Sie.«

»Verstehe«, sagte die Frau nicht sonderlich überzeugt. »Und wie soll ich Ihnen da helfen?«

»Können Sie mir sagen, wie viele der Kinder, die Sie auf der Farm beherbergt haben, etwas Ähnliches wie die Andretti erlebt haben?«

Die Frau drehte sich zu ihm um. »Alle.«

Genko versuchte, seine Sprachlosigkeit zu verbergen; mit dieser Antwort hatte er nicht gerechnet.

»Alle?«, fragte er zurück.

Die Frau stellte den Stock ab, nahm die Kaffeekanne vom Herd und trug sie zusammen mit zwei rot lackierten Emailletassen humpelnd zum großen Eichentisch. Sie forderte Bruno auf, auf einem der Hocker Platz zu nehmen, und setzte sich ebenfalls.

»Mein Mann und ich haben diesen Ort vor vielen Jahren ins Leben gerufen«, sagte sie und zeigte auf etwas hinter Genkos Rücken.

Er drehte sich um und erblickte ein gerahmtes Foto über dem Kamin. Es zeigte einen Mann, der mit einem Jagdgewehr in der Hand lächelnd inmitten einer Kinderschar posierte.

»Wir hatten keine eigenen Kinder, also beschlossen wir, uns um die unglücklichen Kreaturen anderer Leute zu kümmern.«

»Ein nobles Unterfangen.«

»Das hoffe ich …«, sagte die Frau. »Meine kleinen Sonderfälle, so nannte ich sie … Ich habe sie alle geliebt, als hätte ich sie selbst auf die Welt gebracht, vom ersten bis zum letzten. Und sie haben mich nie enttäuscht. Auch wenn ich heute nicht mehr weiß, wo sie sind, bin ich mir sicher, dass ich in ihren Gedanken noch immer gegenwärtig bin. Alles, was ich ihnen beigebracht habe, wird ihnen im Leben nützlich sein.«

Sie sprach von den Kindern, als wären sie wirklich etwas ganz Besonderes und keine Problemfälle. Bruno überlegte, dass nur die Kraft der Liebe ein Defizit in ein Geschenk verwandeln kann.

»Haben Sie jemals von den ›Kindern der Dunkelheit‹ gehört, Herr Meyer?«

»Nein«, gestand Genko, doch bei der Bezeichnung stellten sich ihm die Nackenhaare auf.

»Tja, das sind die verschwundenen Minderjährigen, die dann von der Polizei wiedergefunden werden oder unerklärlicherweise von selbst wiederauftauchen – so wie Samantha Andretti«, erklärte Tamitria Wilson. »Sie werden von skrupellosen Kerlen entführt, die sich an ihnen vergehen. Doch die Zeit der Gefangenschaft zeichnet sie für den Rest ihres Lebens.«

»Wieso ›Kinder der Dunkelheit‹?«

»Im übertragenden Sinne, weil sie so schrecklich finstere Dinge erleben. Aber häufig werden sie auch ganz konkret in unterirdische Höhlen eingesperrt und dadurch quasi lebendig begraben. Und wenn sie das Tageslicht wiedersehen, ist es, als würden sie ein zweites Mal geboren. Doch sie werden nie wieder dieselben sein.«

In der Stille, die folgte, goss die Alte Kaffee in die Tassen und hielt Genko eine hin.

Der Ermittler nippte an dem schwarzen Gebräu. »Unter den Fällen, die ich im Büro noch einmal durchgegangen bin, ehe ich hierherkam, ist auch der eines zehnjährigen Jungen, der in den offiziellen Unterlagen nur mit den Initialen ›R. S.‹ auftaucht.«

Die Frau überlegte. »Keine Ahnung. Da müsste ich wissen, wann er hier auf der Farm war.«

»Ungefähr Anfang der Achtziger.«

Tamitria Wilson wurde von einer Erinnerung durchzuckt. »Robin Sullivan«, schoss es aus ihr heraus.

»Er war nur kurz verschwunden«, half Bruno ihr auf die Sprünge. »Gerade mal drei Tage. Doch dann hat die Familie sich nicht mehr um ihn kümmern wollen.«

»Die Mutter war ziemlich übel, der Vater noch schlimmer«,

sagte die Alte mit abfälligem Unterton. »Ich weiß nicht, wieso die beiden überhaupt noch zusammenblieben. Robin geriet ständig zwischen die Fronten und war am Ende derjenige, der alles ausbaden musste. Ich glaube nicht, dass die Eltern überhaupt etwas für ihn übrighatten.«

Der letzte Satz und die Überzeugung, die darin mitschwang, ließen Genko Mitleid mit diesem Jungen empfinden. »Wissen Sie, was Robin in den drei Tagen seines Verschwundenseins zugestoßen ist?«

»Er hat nie darüber sprechen wollen«, sagte die Frau mit gedankenverlorenem Blick. »Er war ein empfindsames, äußerst liebesbedürftiges, mitleidheischendes Kind ... Die perfekte Beute für jeden, der üble Absichten hegte.«

»Woher wissen wir, dass es sich um eine Entführung gehandelt hat und er nicht einfach von zu Hause abgehauen ist?«

»Sie locken die Kinder mit Aufmerksamkeiten, die sie sonst nirgends bekommen«, sagte sie und sah ihn an. »Sie tun so, als wären sie an ihnen interessiert, doch das Einzige, was sie wollen, ist, sie an einen dunklen Ort zu bringen ...«

»Ja, aber Robin ...«, versuchte Genko einzuwenden.

Die Frau schlug mit der Hand auf den Tisch und nagelte ihn mit ihrem Blick fest. »Wollen Sie wirklich wissen, weshalb ich so sicher bin, dass Robin das Opfer eines Perversen geworden ist?«

Genko antwortete nicht.

»Aus Erfahrung weiß ich, dass Robin Sullivan ein ganz normales Kind war, ehe er verschwand. Problematisch vielleicht, wie viele Kinder, die im Stich gelassen werden, aber normal. Aber nach den schrecklichen Tagen, über die er nicht reden wollte, war er ganz verändert. Wenn Sie seine Akte gelesen haben, wissen Sie, was ich meine.«

»Pica-Syndrom, Enuresis ...«, zählte Bruno auf.

»Hm«, bestätigte die Alte grummelnd. »Er aß Erde, Putz, Klopapier. Wir mussten ihn ständig im Auge behalten, er hat mindestens sechs Magenspülungen bekommen. Dann hat er mit Insekten angefangen.« Sie seufzte. »Seinen Schließmuskel konnte er auch nicht mehr kontrollieren, es war ein totaler Rückschritt in die früheste Kindheit. Wir waren gezwungen, ihm Windeln anzuziehen, was der Beziehung zu den anderen Kindern nicht gerade zuträglich war. Ständig wurde er gehänselt und verprügelt.«

Der Schwächste der Schwachen, dachte Bruno. »War er verschlossen, einzelgängerisch?«

»Ganz im Gegenteil«, erwiderte die Frau. »Robin hat hier von Anfang an ein gestörtes Gefühlsleben gezeigt.«

Die sexuelle Enthemmung, die im Gutachten erwähnt wurde, erinnerte sich Genko. »Was meinen Sie damit?«

»Ständig suchte er körperlichen Kontakt. Zuerst zu seinen Kameraden hier auf der Farm. Dann auch zu mir und meinem Mann … Doch häufig schlug sein Liebesbedürfnis in etwas Abseitiges um. Alles, was er tat, hatte etwas für sein Alter ungewöhnlich Verschlagenes.«

»Deshalb haben die Eltern sich nicht mehr um ihn kümmern wollen, stimmts?«

Die Frau blickte ihn finster an. »Die Dunkelheit hat ihn verseucht.«

Genko schauderte abermals. *Die Dunkelheit hat ihn verseucht,* prägte er sich ein. Das musste ein Schlüssel zu Robins geheimer Welt sein.

»Es tut mir leid, dass meinetwegen alte Erinnerungen wach werden«, sagte er nach einem weiteren Schluck grässlichen Kaffees. »Aber, verstehen Sie, für meine Behörde wäre es äußerst unangenehm, wenn herauskäme, dass in diesem Fall etwas übersehen wurde.«

»Was wollen Sie denn noch wissen?«, fragte Tamitria Wilson erstaunt.

»In Robin Sullivans psychiatrischem Gutachten steht, er habe an Schlafstörungen gelitten.«

»Sie meinen wohl die Albträume«, korrigierte die Frau zynisch. »Ich begreife nicht, wieso manche Ärzte um etwas derart Simples so große Worte machen.«

»Gab es ein wiederkehrendes Element in diesen Albträumen?«, drängte Genko.

»Kinder benutzen Träume, um von der Wirklichkeit zu sprechen. Wenn sie sich unwohl fühlen oder sich schämen, sagen sie, es sei ein Traum gewesen.«

Genko merkte, dass die Alte ihm auswich.

»Wenn er wach war, zeichnete Robin«, hakte er nach und beobachtete ihre Reaktion. »Und auf seinen Zeichnungen sehen die Menschen wie Hasen aus.«

Tamitria Wilson sah ihm geradewegs in die Augen. »Ich glaube, ich weiß, wieso Sie heute Nacht hierhergekommen sind, Herr Meyer.«

Bruno fürchtete, dass seine Maskerade aufgeflogen war. »Ach ja?«, fragte er gespielt belustigt und versuchte, ruhig zu bleiben.

»Ja«, sagte die Frau ernst. Dann fügte sie hinzu: »Kommen Sie mal mit, ich zeig Ihnen etwas, das Robin gehört hat.«

14

»Bleiben Sie hinter mir und passen Sie auf, wo Sie hintreten.«
Tamitria Wilson hatte eine Bodenklappe in einer Abstellkammer geöffnet, hinter der eine Stiege in die Tiefe führte. Mit
einer Taschenlampe und ihrem Gehstock bewaffnet, tastete sie
sich behutsam die Stufen hinab. Genko folgte ihr.

»Es tut mir leid, aber hier unten ist kein Licht«, entschuldigte sie sich und hielt die Taschenlampe hoch. »Die Farm fällt
in sich zusammen, ich schaffe es nicht mehr, sie am Laufen
zu halten. Ich habe es versucht, aber irgendwann habe ich beschlossen, das Haus mit mir zusammen alt werden zu lassen.
Wir haben beide einen Haufen Gebrechen, aber das ist nun
einmal nicht zu ändern.«

Genko musste an das kaputte Telefon denken. Wenn die
alte Frau sich unwohl fühlte oder einen Unfall hatte, konnte
sie nicht einmal einen Notarzt rufen. Ihre geliebten Hündchen
würden sich eines Tages an ihrer Leiche gütlich tun.

»Ich hätte schon vor einer ganzen Weile fortgehen sollen«,
sagte die Alte. »Doch dies ist der einzige Ort, den ich kenne.«

Bruno hielt sich am Geländer fest, während er die steile
Treppe hinabstieg. Die Holzbretter unter seinen Füßen knarr-
ten bei jedem Schritt. Er hatte keine Ahnung, was er in ihrem
Keller sollte. Und es machte ihn ein wenig stutzig, dass Tamitria Wilson ihm keinerlei Erklärung hatte geben wollen. Er
müsse es mit eigenen Augen sehen, sonst würde er es nicht
verstehen, hatte sie gesagt. Als sie endlich den Fuß der Treppe

erreicht hatten, ließ Tamitria Wilson den Lichtkegel umherwandern.

Es war ein Abstellraum, in dem sich rostige Eisenbetten, Matratzen, Möbel, Kartons und verschiedenster Krimskrams stapelten. Der Raum war so vollgestopft, dass sich seine tatsächliche Größe kaum erahnen ließ.

»Nach dem Tod meines Mannes habe ich noch eine Zeit lang weitergemacht«, erklärte die Frau, während sie sich humpelnd einen Weg zwischen den überquellenden Schränken und übereinandergestapelten Gegenständen hindurchbahnte. »Doch dann hat die Regierung uns die Unterstützung versagt, ich konnte kein weiteres Personal einstellen und musste aufgeben.«

»Wann war das?«, fragte Genko.

»Mein letzter Sonderfall hat das Nest vor mehr oder weniger neun Jahren verlassen.«

»Und Robin?«

Tamitria stützte sich auf Genkos Arm, um über einen Schachtelhaufen zu steigen, der von einem Stapel herabgestürzt war. »Als er achtzehn wurde, ist er gegangen, genau wie die anderen auch. Immerhin habe ich ihm geholfen, seinen Abschluss zu machen«, sagte sie stolz.

Bruno fürchtete, die Frau könnte in all dem Gerümpel stolpern. »Und Sie haben nichts mehr von ihm gehört? Haben Sie eine Adresse oder Telefonnummer?«

»Einmal hat er mir eine Postkarte geschickt«, erwiderte die Frau und schob sich an einem Berg alter, vergilbter Zeitschriften vorbei. »Weiß nicht mal, woher.«

Die beiden Mischlinge waren ihnen nicht nach unten gefolgt, hin und wieder kläfften sie oben an der Treppe. Das Winseln klang immer ferner, und Bruno konnte ihnen ihre Feigheit nicht verdenken. Er hoffte, die Sache war es wert.

Sie gelangten an eine von Feuchtigkeit geschwärzte Backsteinmauer. Tamitria Wilson blieb stehen und deutete mit der Taschenlampe an den Fuß der Mauer. Bruno trat näher. Dort am Boden stand eine große, grüne, altmodische Truhe mit Messingbeschlägen. Der Deckel war mit einem Vorhängeschloss verriegelt.

»Da wären wir«, sagte die alte Frau. »Da drin ist Bunny.«

Bunny? Jetzt wurde es interessant. Die Frau verlor kein weiteres Wort. Sie reichte ihm die Taschenlampe, legte den Stock auf den Boden und kniete sich mühsam vor die Truhe. Genko hatte das ungute Gefühl, an einem Sarg zu stehen.

Tamitria Wilson nestelte an einer Halskette, nahm sie ab, und Bruno ahnte, dass daran ein Schlüssel hing, denn gleich darauf machte sie sich an dem Vorhängeschloss zu schaffen. Schließlich zog sie es aus den Eisenringen und hob den Deckel. Genko rührte sich nicht.

»Leuchten Sie doch bitte mal her.«

Er trat näher und beleuchtete den Inhalt des Koffers.

Darin lagen nur weiße Laken und bestickte Handtücher. Eine alte Aussteuer.

»Ich habe beschlossen, Bunny zwischen diesen Sachen aufzubewahren, weil ich nicht wusste, wohin mit ihm«, sagte die Wilson und kramte in der Wäsche herum. »Vielleicht hätte ich ihn wegwerfen sollen, doch etwas in meinem Inneren riet mir, es nicht zu tun.«

Wovon redete sie? Was war in dem Koffer?

Plötzlich hörte Tamitria auf zu suchen. Offenbar hatte sie gefunden, was sie gesucht hatte, doch der Rücken der Frau versperrte Bruno die Sicht. Die Alte hielt etwas in den Händen und betrachtete es.

»Bunny«, hörte er sie leise sagen, als hätte sie nach langer Zeit einen alten Freund wiedergetroffen.

Endlich drehte sie sich zu ihm um. Sie drückte ein kleines Büchlein an ihre Brust.

»Bunny ist mit Robin hierhergekommen. Wir haben das Gepäck der Neuankömmlinge immer durchgesehen, wir wollten nicht, dass sie Gegenstände ins Haus brachten, die ihnen und den anderen gefährlich werden konnten, Steinschleudern oder Taschenmesser zum Beispiel ... Als ich Robin Sullivans Koffer öffnete und das hier sah, wusste ich sofort, dass etwas damit nicht stimmte.« Sie hielt Genko das Büchlein hin. »Haben Sie jemals ein ungutes Gefühl gehabt, ohne es sich erklären zu können, Herr Meyer?«

Zu seiner eigenen Verwunderung zögerte Bruno einen Moment, etwas bremste seine Neugier – eine Vorahnung. Doch dann griff er nach dem Büchlein, das die Frau ihm hinhielt, und betrachtete es.

Es war nur ein alter Comic.

Die Farben auf dem Umschlag waren verblasst, er zeigte einen großen, hellblauen Hasen mit herzförmigen Augen. Das Tier hatte etwas Heiteres und unglaublich Rührendes an sich. Es lächelte. Zwischen seinen langen Ohren prangte der Buchtitel. Ein einziges Wort.

BUNNY.

»Darf ich es mir ansehen?«, fragte er.

»Natürlich, gern.«

Genko blickte sich suchend um und entdeckte einen Kofferstapel. Er legte die Taschenlampe darauf, um die Hände frei zu haben. Dann schlug er den Comic auf und fing an, die Seiten zu betrachten. Die Schwarz-Weiß-Zeichnungen waren von schlichter Machart. Die Geschichte war ebenfalls ziemlich infantil. Bunny verließ den Wald und begab sich in den Park einer großen Stadt. Dort traf er eine Gruppe Kinder und freundete sich mit ihnen an. Sie spielten zusammen und hatten Spaß.

Die Erzählung und die Illustrationen hatten nichts augenscheinlich Ungewöhnliches. Und dennoch: Statt Freude und Heiterkeit zu suggerieren, wirkten sie irgendwie verstörend. Je weiter Bruno blätterte, desto mehr wuchs seine Beklommenheit.

Die Alte hatte recht, irgendetwas stimmte mit dem Comic nicht.

Besonders eine Sache beunruhigte ihn: Die Erwachsenen in der Geschichte nahmen Bunny nicht wahr.

Nur die Kinder konnten ihn sehen.

Genko zwang sich zum genaueren Lesen. Er wusste, dass er hier den Schlüssel zu etwas in der Hand hielt. Und auch wenn er noch nicht wusste, wohin die Tür führte, so ahnte er doch, dass ihn dort etwas Übles erwartete.

Er war derart ins Lesen versunken, dass er gar nicht bemerkte, dass die Alte schon seit einer ganzen Weile nichts mehr gesagt hatte. Ebenso wenig nahm er den langen Schatten wahr, der über ihm aufragte, oder den Elektroschocker, den Tamitria Wilson plötzlich in der Hand hielt.

Das Letzte, was er sah, war Bunny, der ihm zulächelte.

15

Als Genko sein eigenes Blut schmeckte, wusste er, dass er noch am Leben war. Tastend fuhr er sich mit der Zunge durch den Mund und stellte fest, dass er einen Zahn verloren hatte. Er musste herausgebrochen sein, als er mit dem Gesicht auf dem Boden aufgeschlagen war. *Altes Miststück,* dachte er. Um ihn herum herrschte Finsternis, doch dem Geruch von Staub und Schimmel nach zu urteilen, musste er sich noch in dem riesigen Keller unter der Wilson-Farm befinden. Er versuchte sich hochzurappeln, sein Kopf drehte sich. Übelkeit, kalter Schweiß, Zittern. Doch seltsamerweise hatte er diesmal keine Angst, an der Endstation angelangt zu sein.

Das hier war allerdings fast noch schlimmer als Sterben.

Gefangen unter der Erde – ohne einen Ausweg, ohne Licht. Lebendig begraben. Ein Kind der Dunkelheit, so hatte Tamitria Wilson die entführten Kinder genannt.

Und sein Peiniger war eine humpelnde, einsame Greisin.

Um nicht in Panik zu geraten, versuchte Genko, sich einen Reim auf das Geschehene zu machen. Er erinnerte sich an die Lektüre des Comics, an Bunnys Gesicht, an den jähen Stoß in seinem Nacken. Wieso hatte die Wilson ihn überwältigt?

Sie hätte ihn unter einem Vorwand abwimmeln und ihn gar nicht erst ins Haus lassen können. Stattdessen hatte sie ihn in diesen Keller geführt, um ihm ein Comicheft von Robin Sullivan zu zeigen. Das ergab doch gar keinen Sinn. Vielleicht war sie einfach nur irre.

Er tastete nach etwas, woran er sich hochziehen konnte, und klammerte sich an den Rand der Truhe. Dann stemmte er ein Knie auf den Boden und hievte sich auf die Füße. Sein Nacken versteifte sich, Schmerzblitze zuckten vor seinen Augen. Ihm entfuhr ein kurzer, kehliger Laut. Sein Magen rutschte wieder an die richtige Stelle. Dann streckte er die Hand nach dem Kofferstapel aus, auf den er den Comic gelegt hatte, und ertastete ihn. Er war noch aufgeschlagen. Genko klappte ihn zu und schob ihn zu seinem Talisman in die Jackentasche. In dem Moment bemerkte er, dass seine Brieftasche, sein Handy und der gefälschte Ausweis fehlten, den er der Frau bei seiner Ankunft gezeigt hatte. Verdammte Scheiße.

Die Sachen sind mir nicht heruntergefallen. Sie hat sie mir weggenommen.

Zuallererst musste er zu der Stiege zurück, die nach oben führte. Er erinnerte sich nicht mehr, wie sie zu der grünen Truhe gelangt waren. In der tintenschwarzen Dunkelheit zurückzufinden, würde schwierig werden. Doch er musste es versuchen.

Er streckte die Arme vor und tastete sich durch die Schwärze voran.

Er versuchte, die Gegenstände wiederzuerkennen, auf die er traf. Eine Schranktür, ein Kleiderständer, eine Lampe. Hin und wieder stieß er mit den Knien irgendwo an und wäre mehrmals fast gestolpert.

Genko konzentrierte sich auf seinen Atem. *Solange noch Luft in den Lungen ist,* erinnerte er sich an das Versprechen, das er Linda gegeben hatte.

Sein Plan bestand darin, zu der Bodenklappe zu gelangen, die in die Abstellkammer führte. Bestimmt wäre sie verschlossen und er musste versuchen, sie mit den Schultern aufzustemmen. Doch ob ihm das gelingen würde, war mehr als fraglich, sie hatte ziemlich robust ausgesehen. Und wenn er erst einmal draußen wäre, würde er bestimmt Tamitria Wilson und ihrem Elektroschocker gegenüberstehen. Oder vielleicht hatte die Frau eine Waffe im Haus – er erinnerte sich an das Jagdgewehr, das Herr Wilson auf dem Foto über dem Kamin in den Händen hielt.

Bruno Genko mochte keine Waffen. In seinem Job hatte er nur zweimal von ihnen Gebrauch machen müssen, und beide Male hatte er keinen einzigen Schuss abgefeuert. Doch er wusste mit ihnen umzugehen und trainierte regelmäßig auf einem privaten Schießstand. Er besaß zwei Pistolen. Eine Beretta, die er im Safe in seinem Büro aufbewahrte, und einen halbautomatischen Revolver, der in einem Plastiketui unter dem Ersatzreifen des Saab versteckt war. In diesem Moment waren leider beide außer Reichweite.

Langsam tastete er sich voran, ohne zu wissen, was ihn erwartete, bis seine Fingerspitzen etwas Glitschiges, Hartes berührten. Er begriff, dass er in eine Sackgasse geraten war, vor ihm stand eine Ziegelwand. »Scheiße«, fluchte er. Vielleicht war dies ein Vorgeschmack auf das, was ihn nach dem Tod erwartete. Eine finstere Hölle ganz für ihn allein. Die gerechte Strafe für die Sünden, die er in seinem Leben begangen hatte.

Doch dann vernahm er ein leises, dumpfes Geräusch, das von links kam.

Ein Winseln. Nein, eine Stimme.

Er tastete sich an der Mauer entlang darauf zu und stieß an eine Art Säule. Er befühlte sie genauer. Es war ein dickes, gusseisernes Rohr, das offenbar nach oben führte, denn darin hallte die Stimme wider, die er eben wahrgenommen hatte.

Sie kam aus dem Haus über ihm.

Um besser hören zu können, legte Genko das Ohr an das

Metall. Die Laute klangen verzerrt, doch er meinte Tamitria Wilsons Stimme zu erkennen. Bruno lauschte eindringlich. Doch es war nichts zu machen, das Metall war zu dick, um etwas aus dem dumpfen Singsang herauszuhören. Aber plötzlich fing das Rohr die Stimme besser ein, und die Worte wurden deutlicher. Offenbar hatte sich die Frau der Stelle genähert, unter der er sich befand, und endlich konnte Genko ein paar Sätze aufschnappen.

»Er hat mir einen falschen Ausweis gezeigt. Aber dann habe ich ihm die Brieftasche abgenommen und in seinen Papieren gesehen, dass er Bruno Genko heißt und Privatdetektiv ist. Dieser Mistkerl ...«

Sie war ziemlich wütend. Es war nicht klar, mit wem sie redete, denn niemand antwortete ihr. *Die alte Irre führt Selbstgespräche. Oder vielleicht redet sie mit ihren Hunden,* überlegte Bruno.

»Ich hab ihn zu Bunny gebracht, was sollte ich machen? Etwas anderes ist mir nicht eingefallen. Und dann habe ich mir gedacht, dass ich ihn da unten lasse, bis ich weiß, was ich mit ihm machen soll. Kaum hat er mir den Rücken zugedreht, habe ich die Gelegenheit genutzt ...«

Bruno wusste nicht, auf wen er wütender sein sollte, auf die Alte oder auf sich selbst, weil er sich so leicht hatte übers Ohr hauen lassen.

»Keine Ahnung ... Nein, noch nie ... Weiß ich nicht, ob ihn jemand geschickt hat ...«

Bruno merkte jetzt, dass die Alte Pausen machte beim Sprechen. *Die redet nicht mit sich selbst,* dachte er.

»Ich wollte dir sofort Bescheid sagen ...«

Sie telefonierte mit jemandem. Das Festnetz funktionierte vielleicht nicht, doch offenbar besaß Tamitria Wilson ein Handy.

»Ich hab ihn eingesperrt … Ja, keine Sorge. Da kommt er nicht raus …«

Wer sollte sich keine Sorgen machen? Mit wem redete sie da?

»Bunny? Ja, der ist noch unten. … Na, er hat ihn angeguckt und …«

Plötzlich brach sie jäh ab. Als sie wieder sprach, klang ihre Stimme verändert. Ängstlich und beinahe devot.

»Ist gut. Ja, mache ich.«

Bruno hatte ein ungutes Gefühl. Wer war der geheimnisvolle Unbekannte, mit dem Tamitria Wilson sprach? Etwa Robin Sullivan selbst?

»In Ordnung, ich warte auf dich …«

Genko hörte auf, nach einer Antwort zu suchen.

Wer immer es war, er war auf dem Weg hierher.

16

Er kommt meinetwegen.

Das Atmen wurde mühsam, er fühlte sich wie eine Maus in einer Schachtel. Wie lange würde der Mann am Telefon bis zur Farm brauchen? Wie viel Zeit blieb ihm noch, um einen Plan zu fassen? Ohne noch darauf zu achten, wo er hintrat, irrte Genko durch den Keller. Er war auf der Suche nach einem Gegenstand, mit dem er sich verteidigen konnte, doch in dieser absoluten Dunkelheit war es schwer, sich zurechtzufinden.

Bis vor wenigen Stunden war die Vorstellung, nur noch für kurze Zeit zu leben, wie eine Art Superkraft gewesen, die ihn unverwundbar machte. Schlimmer konnte es schließlich nicht werden. Doch jetzt staunte er, wie stark sein Überlebensinstinkt noch immer war. Das verriet ihm die Angst, die er spürte.

Er wird kommen und es wird das Ende sein.

Er rutschte aus und stürzte über einen Haufen Blechdosen, die lärmend zu Boden polterten, auch ein Glasgegenstand zerbarst in tausend Stücke. Bäuchlings lag Genko auf dem Boden, die Arme vorgestreckt. Seine Hand war in etwas Weichem gelandet. Es fühlte sich an wie der Bau eines großen Insektes. Als er den Arm hob, blieb etwas Fädiges daran hängen, wie Spinnweben. Angewidert versuchte er es abzuschütteln. Doch als er es genauer befühlte, stellte er fest, dass es nur Wolle war. Vor ihm stand ein Korb voller Wollknäuel.

Während er versuchte, sich wieder zu beruhigen, wurde ihm klar, dass er die Kontrolle verloren hatte. In dem Moment nahm er einen matten Lichtschimmer wahr. Er hatte die Treppe wiedergefunden, die zur Bodenklappe führte.

Er stieg sie hinauf.

Licht sickerte durch die Ritzen der hölzernen Klappe auf die obersten Stufen. Hin und wieder wurde es von einem flüchtigen Schatten verschluckt. Das mussten die Hunde sein, die den einzigen Ausweg aus dem Keller bewachten. Genko presste die rechte Schulter gegen die Falltür und versuchte, sie aufzustemmen. Wie zu erwarten, war sie von der anderen Seite blockiert – das metallene Knirschen ließ ihn auf einen Riegel schließen. Die Krankheit hatte seinem Körper zugesetzt. Er war zu schwach, er würde es niemals schaffen, das Schloss mit seiner Körperkraft aus seiner hölzernen Verankerung zu stemmen.

Immerhin bekam er von hier aus besser mit, was oben im Haus vor sich ging. Er erkannte das Klopfen von Tamitria Wilsons Stock, begleitet vom Schleifen ihres lahmen Beins. Die beiden Geräusche ergaben einen quälenden, fast hypnotischen Rhythmus – ein Klopfen, ein Schleifen, ein Klopfen, ein Schleifen ...

Es roch nach frischem Kaffee und Keksen. Die alte Hexe hantierte in der Küche herum und wartete auf ihren Gast.

Er meinte ein herannahendes Auto zu hören. Die Wilson entfernte sich und kam ein paar Minuten später zurück. Der Anzahl der Schritte nach zu urteilen, war sie nicht mehr allein.

»Ich dachte, ich rufe dich sofort an, weil mir gleich klar war, das etwas faul ist«, erklärte die Frau. Ihre Stimme klang nicht mehr bitter wie vorhin, sondern freundlich. »Wie ich dir schon am Telefon gesagt habe, hat der Kerl mir einen Haufen Fragen zu den Kindern gestellt, die hier gewohnt haben, dabei interessierte ihn eigentlich nur eines.«

Offenbar hatte die Erwähnung von Robin Sullivans Namen genügt, um die Alte nervös zu machen. Genko begriff, dass er eine gefährliche Tür zur Vergangenheit aufgestoßen hatte. Durch sie war er in einen unbekannten Abgrund gestürzt, und nun begann sich der einzige Ausweg rasch hinter ihm zu schließen.

»Ich habe ihn gründlich durchsucht. Er ist nicht bewaffnet. Hier sind sein Handy und seine Papiere«, sagte die Wilson und zeigte dem Unbekannten vermutlich die Gegenstände, die sie Bruno abgenommen hatte.

Er kam sich vor wie ein Idiot. Normalerweise versteckte er sein Telefon und seine Brieftasche, wenn er Hausbesuche machte – im Briefkasten eines Nachbarn oder in irgendeinem Schlitz im Motorraum des Saab. Jetzt wussten die beiden zu viel über ihn.

»Er ist unten. Aber offenbar hat er sich von dem Schlag schon erholt, denn vorhin habe ich Geräusche gehört. Jetzt ist er seit einer Weile ruhig, vielleicht hat er sich versteckt oder heckt etwas aus.«

Tamitria Wilsons Gast schwieg.

»Ich habe keine Ahnung, wieso er hier herumgeschnüffelt hat«, fuhr die Alte fort.

Genko hörte, wie sie in seine Richtung kamen. Sein krankes Herz hämmerte wie ein Kolben in seiner Brust und schien kurz vorm Zerspringen zu sein, genau wie die Ärzte prophezeit hatten.

An der Falltür blieben die beiden stehen. Bruno spähte durch einen Schlitz, er wollte das Gesicht des Mannes sehen, der bei Tamitria Wilson war. Doch sie versperrte ihm die Sicht.

»Was willst du mit ihm machen?«, fragte sie vorsichtig.

Gute Frage, dachte Genko. Das hätte er auch gern gewusst.

Doch der Gast antwortete nicht.

Kein gutes Zeichen, dachte der Ermittler. Und dann fiel plötzlich ein Schuss.

Es folgten mehrere Sekunden absoluter Stille. Während Bruno sich noch fragte, was los war, tauchte in seinem Sehspalt plötzlich das Auge der alten Hexe auf.

Ruckartig wich er zurück, damit sie ihn nicht entdeckte.

Er rechnete damit, dass Tamitria Wilson losschreien würde. Doch die Frau blieb stumm. Sie starrte ihn an, und ein feines Rinnsal Blut sickerte über die reglose Iris.

Sie war tot.

Vorsichtig zog sich Genko auf der Holzstiege zurück, darauf bedacht, kein Geräusch zu machen. Zugleich behielt er die Bodenklappe im Blick, die sich bestimmt jeden Moment öffnen würde. Er schaffte es zurück in die Dunkelheit der unterirdischen Rumpelkammer und verschanzte sich hinter einem Möbelstück.

Hier unten werden wir beide im Dunkeln sein, und er wird kein Risiko eingehen wollen. Er wird mich ausräuchern, dachte er. *Oder schlimmer noch: Er zündet die Farm an und überlässt mich und die Leiche der Alten den Flammen.* Doch sofort verwarf Bruno die Idee. *Das wird er nicht tun,* sagte er sich. *Vorher muss er etwas holen, das ihm offenbar sehr am Herzen liegt.* Seine Hand wanderte zu seiner Hüfte und strich über das Comicheftchen in der Jackentasche.

Bunny. Ihn würde er niemals verbrennen.

Er betete, dass er recht hatte, während weitere unendlich lange Minuten verstrichen. Dann, endlich, geschah etwas. Er hörte das Geräusch des Riegels, der zurückgeschoben wurde. Die Bodenklappe wurde ein Stück angehoben. Das Licht der Abstellkammer fiel in die Öffnung, flutete die Stufen bis auf den Kellerboden hinab und ergoss sich dort um einen langen, schwarzen Schatten.

Da ist er, dachte Genko. *Na los, komm runter. Komm zu mir, trau dich.*

Doch der Mann zögerte. Bruno erkannte das Geräusch des Schlittens einer automatischen Pistole. Das war eine Warnung. Der Besucher wollte ihm zu verstehen geben, dass die nächste Kugel ihm galt.

Endlich machte er den ersten Schritt in den Abgrund. Dann den zweiten, den dritten. Genko spähte aus seinem Versteck hervor und sah, dass der Mann auf der Hälfte der Treppe war. Er nahm die losen Enden der Wollknäuel, die er kurz zuvor in dem Korb gefunden hatte, und zog mit aller Kraft daran.

Das Spinnennetz spannte sich genau in dem Moment, als sich die Beute darin verfing.

Der Unbekannte verlor das Gleichgewicht und kippte nach vorn. Genko beobachtete seinen Sturz, der sich wie in Zeitlupe vollzog, und sah ihn auf dem Boden landen. Ein dumpfer Aufprall, begleitet von einem Stöhnen, das jedoch nicht Schmerz, sondern Wut verriet.

Bruno nutzte die Gelegenheit, schnellte los und hechtete zur Treppe.

Er machte einen Satz über den Mann am Boden, der den Arm nach ihm reckte – Bruno spürte, wie die Finger vergeblich seinen Fußknöchel streiften. Zwei Stufen auf einmal nehmend, sprang er auf die Bodenluke zu. Ehe er sich ins Licht stürzte, hörte er den unverkennbaren Knall eines Schusses. Das Projektil zischte an seinem Ohr vorbei. Genko stützte die Hände auf den Boden der Abstellkammer, stieß sich ab, stemmte sich unter Tamitria Wilsons versteinertem Blick mühsam durch die Öffnung und schaffte es mit letzter Kraft, sich seitlich auf den Boden zu hieven. Völlig außer Atem fuhr er herum, um die Klappe zu schließen und den Mann im Keller einzusperren. Ein zweiter Schuss hielt ihn davon ab. Die Kugel schlug in das Holz, ein Splitterregen traf ihn im Gesicht. Panik ergriff ihn. Er ließ von der Falltür ab, rannte los, ohne sich noch einmal umzudrehen, und stürzte zur Haustür. Die kurze Strecke kam ihm endlos vor. Endlich hatte er die Tür erreicht und packte die Klinke. Er drückte sie und zog daran. Doch die Tür ließ sich nicht bewegen. Verflucht. Dass sie abgeschlossen sein könnte, hatte er nicht bedacht.

Hinter sich hörte er schwere Schritte auf den Stufen.

Er drehte sich nicht um. Absurderweise war er überzeugt davon, dass das seinen Tod bedeuten würde. Mit einem für einen Todgeweihten erstaunlichen Überlebenswillen fing er an, wie wild auf die Tür einzutreten.

Die Schritte hinter ihm hielten inne.

Er zielt auf mich, sagte er sich und spürte förmlich schon, wie ihm die Kugel ins Fleisch drang. In dem Moment bemerkte er ein Fenster im Wohnzimmer. Mit der Kraft der Verzweiflung rannte er darauf zu, stemmte es hoch und hechtete hindurch.

Kaum war er draußen, stürzte er zu seinem Saab. Er stand noch immer dort, wo er ihn abgestellt hatte, kaum zwanzig Meter von der Veranda entfernt. *Fünfzehn, zehn, fünf. Kein Schuss – wie kann das sein?* Bruno umrundete den Wagen, kauerte sich neben dem Hinterreifen zusammen und kroch zur Fahrertür. Er öffnete sie und warf sich auf den Sitz. Aus Furcht, einen Schuss durch das Rückfenster abzukriegen, tastete er mit eingezogenem Kopf nach dem Schlüssel, den er vorausschauend im Zündschloss hatte stecken lassen. Er drückte den Fuß aufs Gaspedal. Der Motor gab ein langes Röcheln von sich und drohte abzusaufen. Aber dann sprang der Wagen endlich an, tat einen rumpelnden Satz nach vorn und preschte los. Erst da richtete Genko sich auf. Im Rückspiegel warf er einen letzten Blick auf das Haus.

In dem Fenster, durch das ihm die Flucht gelungen war, stand ein heller Schatten.

Bunny, der Hase, winkte ihm nach.

17

»Erzähl mir von der Tür, Sam.«

Sie hört Doktor Greens Stimme, kann ihm jedoch nicht antworten. Ihr Verstand ist im Labyrinth gefangen, an der Eisentür, hinter der sich ein quälendes Geräusch verbirgt.

Es klingt wie eine nagende Maus.

»Wer ist hinter der Tür, Sam?«

»Da ist jemand mit mir im Labyrinth ...«

Eine weitere Stimme gesellt sich zu der des Doktors, doch sie ist nicht im Krankenzimmer. Es ist ein ganz zartes Stimmchen. Noch ein Mädchen. Es kratzt an der Tür und weint.

»He, du, hörst du mich?«, sagt Sam zu ihr.

Keine Antwort.

»Kannst du mich hören?«

Sie zieht die Nase hoch.

»Wie heißt du?«

· *Nichts zu machen.*

»Bist du taub?«

Nein, sie hört sehr gut. Sie hat nur Angst. Todesangst.

»Hör zu. Du brauchst keine Angst zu haben, ich will dir nichts tun. Es geht mir wie dir, mir ist das Gleiche passiert. Und jetzt bin ich hier und weiß nicht, wo ich bin.« Eine seltsame Euphorie hat sie ergriffen. Sie weiß, dass das egoistisch ist. Aber sie ist so froh, nicht mehr allein zu sein. »Ich werde dir helfen, versprochen.« Sie lügt, das ist ihr klar, denn sie braucht selber Hilfe. Sie sollte sagen: »Niemand hilft uns hier unten.«

Stattdessen erzählt sie Geschichten. Sie will ihre neue Freundin nicht verlieren. »Das ist nur ein Spiel«, sagt sie zu ihr. »Es ist ganz leicht, du musst dich nur an die Regeln halten.« Sie sollte noch sagen, dass er die Regeln bestimmt, doch das behält sie für sich. »Es hat ein bisschen gedauert, bis ich sie kapiert habe, aber sobald du weißt, wie es läuft, ist es einfacher … Er will nur mit uns spielen.«

»Wer denn?«, fragt endlich ein mattes Stimmchen.

Ich weiß es nicht, denkt sie. Der Allmächtige. Denn er ist dort unten Gott, er beschließt, ob es einem gut oder schlecht geht, ob man leben oder sterben soll. Und er stellt einen mit seinen Spielchen auf die Probe.

»Er erhört meine Gebete nie. Wir sind auf uns allein gestellt … Wir können mitspielen oder es lassen. Aber wer nicht mitspielt, bekommt weder Nahrung noch Wasser … Wer nicht mitspielt, kann nicht überleben …«

»Wie viele Spiele hast du schon gespielt?«, fragt die Stimme.

»Viele …« Sie hat aufgehört zu zählen. »Aber du wirst sehen, es wird dir Spaß machen.« Absurd – wie sollte ihr das Spaß machen? Wieso hat sie ihr das gesagt? Nichts dort unten ist spaßig, »Spaß« ist das unpassendste Wort überhaupt, um zu beschreiben, was im Labyrinth vor sich geht. Du wirst es hassen, hätte sie sagen sollen. Du wirst alles hassen, sogar dich selbst, für das, wozu er dich zwingt. »Jetzt müssen wir nur dahinterkommen, wie wir dich dort rauskriegen«, sagt sie und befühlt prüfend die Eisentür.

»Ich habe den Schlüssel.«

Damit hat Sam nicht gerechnet. »Und worauf wartest du? Mach auf und komm raus …«

Stille.

Doch sie lässt nicht locker. »Hast du Hunger? Ich hab was zu essen …«

Keine Reaktion.

»Traust du mir nicht?« Vielleicht zu Recht, bei all den Lügen, die sie ihr aufgetischt hat. »Ach, komm. Stell dich nicht so an.« Langsam verliert sie die Geduld. »Ich hab doch schon gesagt: Ich tue dir nichts.« Es ist zermürbend. »Aber wenn du da drin bleiben willst, bitte ... Dann stirbst du eben, weißt du?«

Sie kommt sich schäbig vor, das gesagt zu haben. Sie kann sich noch an ihren ersten Tag im Labyrinth erinnern – sie war zu Tode verängstigt. »Na schön, entschuldige ... Aber ich habe schon so lange mit niemandem mehr geredet. Ich kann es gar nicht fassen, dass du jetzt hier bist. Ich ...« Sie weint, sie weint und hasst sich dafür. »Ich ... will doch nur, dass wir Freundinnen sind.«

Ein metallisches Knirschen unterbricht die Stille. Ein Schlüssel dreht sich im Schloss – zweimal, dreimal.

Sam kann es nicht fassen. Sie hat sie rumgekriegt.

Die Eisentür öffnet sich, aber nur einen Spaltbreit. Sie hört Schritte, die sich entfernen – vorsichtig weichen sie zurück. Mit einer Hand drückt sie gegen die Tür, die langsam aufschwingt und den Blick auf ein verängstigtes Mädchen freigibt, das mitten im Zimmer steht. Es trägt ein an mehreren Stellen zerrissenes Nachthemd. Seine nackten Füße bluten. Das blonde Haar und das Gesicht sind schlammverdreckt. Mit strahlend blauen Augen starrt es sie an. Es hat die Arme hinter dem Rücken verschränkt und wiegt sich hin und her – wie ein kleines Kind.

»Hallo«, sagt Sam.

»Hallo«, antwortet das Mädchen.

Sam will auf das Mädchen zugehen, doch es weicht zurück. Offenbar ist es noch misstrauisch – in Ordnung, Vertrauen braucht Zeit.

»Komm mit, ich habe saubere Anziehsachen, die müssten

dir passen.« Sie hält ihm die Hand hin, doch das Mädchen er-
greift sie nicht. *»Ich zeige dir, wo ich wohne, das Zimmer, in
dem ich all meine Sachen aufbewahre. Da gibt es auch eine
Matratze, da kannst du dich ausruhen, wenn du willst.«*

Doch die Aussicht scheint nicht sonderlich verlockend zu
sein, denn das Mädchen rührt sich noch immer nicht.

*»Du musst etwas essen, schlafen. Sonst bist du nicht be-
reit.«*

»Bereit wofür?«

*»Für ein neues Spiel. Man weiß nie, wann es losgeht. Aber
ich werde dir alles erklären, versprochen.«* Sie dreht sich um,
geht in den Flur hinaus und hofft, dass sich das Mädchen endlich einen Ruck gibt und ihr folgt.

»Ich weiß schon alles«, sagt die Kleine.

Sam traut ihren Ohren nicht. Was soll das heißen, sie weiß
alles?

»Ich bin das Spiel.«

Die letzten Worte schießen wie eine Flipperkugel durch ihren Kopf. Sie dreht sich um, und schon bemerkt sie im Augenwinkel eine Veränderung. Das Mädchen löst die hinter dem
Rücken verschränkten Arme, und neben seiner Hüfte blitzt etwas auf. Es ist das Neonlicht, das sich auf der zum Vorschein
kommenden Klinge bricht.

»Er hat gesagt, ich muss es tun«, sagt das Mädchen und
hebt das Messer. *»Wenn ich es tue, darf ich nach Hause.«*

Wie viele Schritte liegen zwischen ihnen? Ein Dutzend?
Der während der langen Gefangenschaft geschärfte Instinkt
sagt Sam, dass sie nur drei Möglichkeiten hat. Fliehen. Kämpfen. Erliegen. Sie will sich schon für Ersteres entscheiden und
überlegt es sich anders. Statt wegzulaufen, stürzt sie auf das
Mädchen zu. Und das tut es ihr gleich, weil es weiß, was Sam
vorhat. Beide laufen auf die Tür zu – die Eisentür entscheidet

zwischen Leben und Tod. Sam hat einen Vorsprung, doch sie muss sich noch den Schlüssel schnappen. Sie streckt den Arm aus, biegt das Handgelenk, krümmt die Finger. Sie packt ihn. Zieht ihn heraus. Hat ihn in der Faust. Sie zieht die Tür in dem Moment zu, als ihre Gegnerin sich mit beiden Händen an die Türkante klammert und das Messer fallen lässt. Beide sehen zu, wie es zu Boden fällt. Dann zieht Sam mit aller Kraft an der Tür, während die andere die Füße gegen den Boden stemmt und schreit: »Nein! Nein! Nein!« Mit einem mächtigen Scheppern, das im ganzen Labyrinth widerhallt, fällt die Tür ins Schloss. Sam schafft es, den Schlüssel ins Schloss zu stecken. Obwohl ihre Hände zittern, gelingt es ihr, ihn einmal umzudrehen. Noch einmal. Und noch einmal. Unterdessen schreit das Mädchen und weint. Und sie hasst es. Sie hasst es von ganzem Herzen. Dann fängt auch sie an zu schreien.

»Es ist vorbei ... Sam, hörst du mich? Es ist vorbei.«

Doktor Green hielt sie in einer festen Umarmung, aus der sie sich zu befreien versuchte.

»Hör zu, Sam, du bist jetzt in Sicherheit. Dir wird nichts passieren.«

Sie zitterte vor Verzweiflung und konnte nicht aufhören.

»Ich möchte, dass du tief durchatmest ... Komm, mach mit ... So ...«

Sie versuchte es, und fast schien es ihr zu gelingen.

»Jetzt nicht aufhören, Sam.«

Tatsächlich wurde es besser. »Ich wollte nicht ...«, sagte sie mit erstickter Stimme.

»Was wolltest du nicht?«, fragte Doktor Green und drückte sie an sich.

»Bitte, verzeih mir ...«

»Was soll ich dir verzeihen, Sam? Du hast doch nichts getan ...«

Doch Green verstand nicht, dass nicht Sam sprach, sondern das Mädchen aus dem Labyrinth.

»*Mach auf, bitte. Verzeih mir*«, fleht das kleine Mädchen hinter der Tür. »*Bitte, lass mich nicht allein!*«

Sie kann es bis in ihr Zimmer hören, doch sie hat beschlossen, ihr nicht zu antworten. Sie sitzt auf der Matratze, die Knie an die Brust gedrückt, den Blick ins Leere gerichtet. Und ignoriert sie.

»*Ich werde es nicht mehr tun, bitte glaub mir.*«

Jetzt ist sie diejenige, die ihr nicht vertrauen kann. Das Mädchen hat ihr keine andere Wahl gelassen. Das sind die Spielregeln. Und jetzt sieht das Spiel vor, dass die in dem Zimmer eingesperrte Kleine so lange weiterschreit und weint, bis sie die Kräfte verlassen.

»Ich weiß nicht, wie lange das so ging …«

»Wovon redest du, Sam?«

»Vielleicht Tage, oder Wochen … Und ich wusste, was hinter dieser Tür passierte. Anfangs wollte sie, dass ich sie da raushole. Sie flehte, manchmal verfluchte sie mich. Dann hat sie angefangen, um Essen und Wasser zu betteln. Dann kam nichts mehr … Sie hat kein Wort mehr gesagt … Aber ich wusste, dass sie noch am Leben war – ich wusste es … Und ich habe nichts getan, ich habe keinen Finger gerührt … Ich hätte die Tür öffnen sollen … Aber er hat mich auf die Probe gestellt, er wollte wissen, ob ich widerstehen kann, ob ich mehr Mitleid mit ihr oder mit mir selbst haben würde. Das war der Sinn des Spiels …«

Doktor Green hatte die Umarmung gelöst.

Sie blickte ihn an. »Und als ich anfing, den Geruch wahrzunehmen, wusste ich, dass ich gewonnen hatte.«

18

»Anfang der Achtzigerjahre war Robin Sullivan um die zehn Jahre alt, heute dürfte er also Mitte vierzig sein.«

Obwohl der Tag noch nicht angebrochen war, herrschte bereits eine unerträgliche Hitze. Der Deckenventilator drehte sich zu träge, um die stickige Luft in dem kleinen Büro der Polizeidienststelle zu bewegen. Die Flügel gaben ein mattes Quietschen von sich, das an einen Vogelruf erinnerte. Genko war genervt, versuchte aber dennoch, so genau wie möglich zu erklären, was passiert war. »Ihr solltet einen Haftbefehl erwirken«, schloss er.

Bauer lehnte am Tisch und wischte sich mit einem Papiertaschentuch den Schweiß aus dem Nacken. Delacroix saß Bruno rittlings gegenüber, die auf der Rückenlehne seines Stuhls verschränkten Arme unterm Kinn. Die beiden Beamten versuchten nicht einmal, so zu tun, als seien sie an seiner Geschichte interessiert.

»Kommt schon, Jungs, ich hatte echt eine Scheißnacht ...«, versuchte der Privatermittler zu protestieren. Sein Gesicht war von den abgesprengten Holzsplittern der Falltür zerkratzt. Immer wieder kam ihm das Bild von dem Mann im Hasenkostüm in den Sinn, der ihm vom Fenster der Farm aus nachblickte.

Der weiße Polizist knüllte das Taschentuch zusammen und zielte damit auf einen Papierkorb, den er um Haaresbreite verfehlte. Der andere seufzte, als ließe er sich die Information durch den Kopf gehen. »Nur, damit ich's richtig verstehe: Du behauptest, dass dieser Robin Sullivan eine Frau ermordet und dann versucht hat, dich umzubringen?«

Eigentlich waren es nur zwei Schüsse gewesen. Dann hatte er aufgehört, auf ihn zu schießen. *Wieso hatte er das getan?*

»Wenn ihr hinfahrt, werdet ihr die Leiche der Alten finden.«

»Wieso sollte er versucht haben, dich kaltzumachen? Ich kapiere es einfach nicht …«, entgegnete Bauer brüsk.

Es war zum Verrücktwerden. »Weil ich ihm auf die Schliche gekommen bin«, sagte Bruno, als wäre es das Offensichtlichste der Welt. »Das ist der Mann, den ihr sucht, der Entführer von Samantha Andretti.« Nach einer derartigen Entdeckung hatte er ein wenig mehr Enthusiasmus erwartet. »Denkt doch mal nach. Robin Sullivan war ein ›Kind der Dunkelheit‹«, setzte er mit Tamitria Wilsons Worten nach. »Als kleiner Junge ist er entführt worden, und danach war er nicht mehr derselbe. Er hat nie erzählt, was ihm zugestoßen ist, hat die Alte mir erzählt.«

»Und weiter?«, fragte Bauer noch einmal.

Genko sah die beiden an. »Wollt ihr mich verarschen?« Er breitete die Arme aus. »Das kann man doch in jedem verdammten Psycho-Handbuch nachlesen. Wer im Kindesalter misshandelt wurde, neigt dazu, sich als Erwachsener selbst an unschuldigen Opfern zu vergreifen.«

Die Dunkelheit hat ihn verseucht, hatte die Wilson gesagt.

»Aber wenn ich das richtig verstanden habe, kannst du gar nicht sicher sein, dass dieser Kerl Robin Sullivan war«, gab Bauer zurück. »Denn du hast dem Mann, der auf dich geschossen hat, nicht ins Gesicht gesehen.«

Genko dachte daran zurück, wie er gegen die Eingangstür getreten hatte, um von der Farm zu fliehen. Wieder hörte er die Schritte hinter seinem Rücken. Vor lauter Angst hatte er sich nicht einmal nach seinem Verfolger umdrehen können, der gezögert hatte, auf ihn zu schießen. *Wieso dieses Zaudern?* Die Frage ließ Bruno keine Ruhe. Er hatte Tamitria Wilson kaltblütig umgelegt, die ihm hatte helfen wollen, und ihn selbst ließ der Kerl laufen, obwohl er wusste, dass er Privatermittler war? Das ergab doch überhaupt keinen Sinn.

»Wie gesagt, sein Gesicht war vermummt.« Er hatte nicht erwähnt, dass der Mann eine Hasenmaske getragen hatte. Wenn man bedachte, wie viel die beiden vom Rest seiner Geschichte hielten, würden sie ihn dann vermutlich überhaupt nicht mehr ernst nehmen.

»Das heißt, selbst wenn wir Robin Sullivan fänden, wärst du nicht in der Lage, ihn zu identifizieren.« Bauer schüttelte den Kopf. »Erzähl doch noch mal. Wie bist du auf diese Tamitria Wilson gekommen?«

»Muss ich dich daran erinnern, dass ich nicht verpflichtet bin, dir meine Quellen zu verraten?«

Das musste er nicht, der Bulle wollte ihn nur provozieren.

»Seltsam, nebenan haben wir einen Wilderer namens Tom Creedy, der behauptet, kürzlich in einer Bar von einem Typen angesprochen worden zu sein, der zum Gotterbarmen stank, ihm eine Menge Fragen zu Samantha Andretti gestellt und ihn sogar eingeschüchtert hat.« Bauer sah Delacroix an. »Meinst du, das reicht, um beide wegen Beihilfe zum Menschenraub dranzukriegen?«

Genko grinste, er konnte es nicht fassen. Okay, Taktikwechsel. »Hat er euch auch von dem Typen mit dem Hasenkopf erzählt?«, fragte er jetzt rundheraus. »Denn, um mal Klartext zu reden: Wenn ihr versucht, den lieben Tom Creedy gegen mich zu verwenden, müsst ihr auch die Sache mit dem Kaninchenmann publik machen und erwähnen, dass euer Hauptzeuge psychiatrisch untersucht werden muss.«

Die beiden verzogen keine Miene. »Was weißt du von der Geschichte?«, fragte Delacroix.

Genko hatte Bunny und den Comic nicht erwähnt. Das waren die wackeligsten Elemente der Geschichte, deren Rolle und Bedeutung selbst ihm noch schleierhaft waren.

Nur Kinder können das Häschen sehen, erinnerte er sich.

»Wenn Tom Creedy dich auf Tamitria Wilson gebracht hat, dann hat er dir auf jeden Fall etwas gesagt, was er uns verschwiegen hat«, bohrte Delacroix.

»Oder sollen wir glauben, dass er dir nur den Schwachsinn von dem Kaninchenmann gesteckt hat?«, sagte Bauer höhnisch.

Ob du's glaubst oder nicht, so wars – dachte Bruno, sagte aber nichts.

Delacroix schlug einen versöhnlicheren Ton an. »Vielleicht hat dir Creedy, ohne es zu wollen, ein Detail verraten, das er dann vergessen hat, weil er es nicht für wichtig hielt.«

»Ihr verplempert eure Zeit«, fiel ihm Genko ins Wort. »Ich bin nicht nur hierhergekommen, um einen Mord zu melden, klar? Ich bin hier, um euch zu helfen, ich habe euch gesagt, was ich weiß, und euch aufgefordert, der Sache auf den Grund zu gehen. Ich habe meine Bürgerpflicht getan, und noch ein bisschen mehr. Und als Samantha Andrettis gesetzlicher Vormund ...«

Bauer sprang auf ihn zu und packte ihn beim Jackenkragen. »Jetzt hör mal zu, du Arschloch, wir haben ihren Vater aufgespürt. Als wir ihm von dir erzählt haben, hat er gesagt, du hättest ihm vor fünfzehn Jahren einen Haufen Geld aus der Tasche gezogen und dich dann aus dem Staub gemacht.«

Da hat er nicht ganz unrecht, dachte Bruno.

»Der Kerl ist stinksauer auf dich. Und ich weiß ganz genau, was du vorhast. Du versuchst, dich gut zu verkaufen, indem du dich mit einer Aufgabe schmückst, die dir keiner gegeben hat. Du bist nichts weiter als ein widerlicher Schmarotzer.«

Bruno versuchte nicht einmal, ihm zu widersprechen. Nach ein paar Sekunden ließ Bauer von seiner Jacke ab und kehrte auf seinen Platz zurück.

Delacroix' Handy klingelte. Der Polizist nahm den Anruf entgegen und lauschte. »In Ordnung, danke.« Er legte auf und wandte sich an Bruno. »Die Streife, die wir zur Wilson-Farm geschickt haben, hat keine Leiche gefunden.«

»Scheiße«, entfuhr es Genko. Dann hatte Sullivan die Leiche fix entsorgt. Aber Delacroix war noch nicht fertig.

»Die Kollegen haben allerdings jede Menge Kampfspuren im Haus gefunden. Außerdem seien an der Falltür zum Keller durch einen Schuss verursachte Absplitterungen festgestellt worden.«

»Haben sie das Handy von der Wilson gefunden? Dann könntet ihr den letzten Anruf zurückverfolgen«, sagte Genko.

»Kein Handy.«

Eine Weile schwiegen alle, dann klopfte es an der Bürotür. Bauer öffnete.

»Verzeihung, Doktor Green möchte mit Ihnen reden«, sagte ein junger Beamter.

»Komme sofort«, entgegnete Delacroix und machte Bauer ein Handzeichen.

Der Kollege verstand den Wink und ließ Delacroix mit Bruno allein.

Der farbige Polizist erhob sich von seinem Platz. »Der Mann, den wir jagen, ist äußerst gefährlich.«

»So viel weiß ich auch, immerhin hat er versucht, mich umzubringen«, gab Bruno zynisch zurück.

»Nein, das weißt du nicht«, versetzte Delacroix. Er klang ernst. »Wenn ich hier von Gefahr rede, meine ich, dass der Kerl zu einer Bösartigkeit imstande ist, die wir uns nicht einmal im Traum vorstellen können ... Doktor Green hat ihn einen ›virtuosen Sadisten‹ genannt. Er gehört zu einer Kategorie von Psychopathen, die unter Profilern ›Tröster‹ genannt werden.«

Den Begriff hatte Genko noch nie gehört. Aber er verstand, dass Green der Profiler mit den unorthodoxen Methoden sein musste, der sich mit Samantha Andretti befasste. Richtig, der Name war auch in den Nachrichten gefallen.

»Klingt ja erst mal positiv, trösten, dachte ich, als ich den Begriff gehört habe«, fuhr der Polizist fort. »Immerhin hat Samanthas Entführer sie auch fünfzehn Jahre lang am Leben gehalten. Man könnte sogar meinen, er hätte nicht den Mut gehabt, sie umzubringen, er hätte sich um sie gekümmert und wäre sogar zu so etwas wie Mitleid fähig. Aber da lag ich absolut falsch ...« Delacroix biss sich auf die Unterlippe. »Im Gegensatz zu einem Serienkiller gibt sich ein sadistischer Tröster nicht damit zufrieden, jemanden umzubringen. Der Tod ist für unseren Mann vollkommen nebensächlich.«

Bruno dachte an den Mann mit der Hasenmaske und daran, dass er ihn verschont hatte.

»Diesen Psychopathen geht es vor allem darum, ihr Opfer zu erniedrigen«, fuhr der Bulle fort. »Im Gefängnis eines Trösters wird man grausamen Prüfungen unterworfen, durch Angst hörig gemacht, zu abscheulichen Handlungen gezwungen ... Und jetzt hör dir das an – auf diese Weise trösten sie *sich selbst* darüber hinweg, dass sie Monster sind. Ist das nicht widerlich?«

Bruno antwortete nicht.

Delacroix stand auf. »Wenn du einen Fehler machst und in den Händen dieses Wahnsinnigen landest, betest du, dass du möglichst schnell stirbst«, schloss er. Er warf ihm einen letzten warnenden Blick zu und verließ das Büro, ohne die Tür hinter sich zu schließen.

Polizisten hasteten den Flur entlang. Zwischen all den Uniformen fühlte Genko sich fehl am Platz. Ehe er ging, atmete er tief durch und seufzte.

Er hätte sich denken können, dass die beiden Bullen ihm seine Geschichte nicht abkaufen würden. Während er noch überlegte, ob er sich einen anständigen schwarzen Kaffee in der Q-Bar genehmigen sollte, tappte ein großer, wuscheliger Hund an der Tür vorbei.

Hitchcock, erinnerte er sich.

Dann war Gebrüll zu hören. Er spähte auf den Flur hinaus und erblickte Simon Berish, der kurz davor war, Bauer an den Kragen zu gehen. Die Beamten hatten Mühe, den Polizisten aus dem Limbus von seinem Kollegen loszureißen.

Bruno musste an das Telefonat denken, bei dem er sich als Bauer ausgegeben hatte, um etwas über die Akte »R. S.« herauszubekommen. Er bemerkte, dass der große Hund ihn anstarrte. Und ehe Berish ihn ebenfalls bemerkte, verdrückte Genko sich in Richtung Ausgang.

19

»Wenn du einen Fehler machst und in den Händen dieses Wahnsinnigen landest, betest du, dass du möglichst schnell stirbst«, hatte Delacroix gesagt.

Bruno Genko hatte kein Problem damit, schnell zu sterben. Er war ohnehin schon dabei. Doch als der Polizist angemerkt hatte, die Kategorie von Ungeheuern, zu der Bunny gehörte, habe kein Interesse daran, ihre Opfer zu töten, hatte etwas in ihm klick gemacht. Als er auf der Wilson-Farm mit dem Kerl im Rücken vor der verschlossenen Haustür gestanden hatte, hatte dieser Bunny nicht auf ihn geschossen.

Er wollte mich lebend, dachte Genko auf dem Weg zum Saab, der auf dem Parkplatz der Polizeiwache stand. *Er wollte mich in den Keller zurückbringen. Mich in die Dunkelheit hinunterzerren. Und mir zeigen, wozu er fähig ist.*

Er stieg in das Auto und wartete einen Moment, ehe er den Motor anließ. Seit wann hatte er nicht mehr geschlafen? Er fühlte sich wie gerädert. Weil er von Bullen für heute die Nase voll hatte, verwarf er die Idee, in der Q-Bar einen Kaffee zu trinken. Er konnte bei Linda vorbeischauen und sie bitten, ihm Frühstück zu machen. Vielleicht konnte er sich auch auf ihr Sofa hauen und wenigstens ein halbes Stündchen ausruhen, behütet von ihren Einhörnern. Die Idee war nicht schlecht, und bestimmt machte sie sich eh schon Sorgen, weil er sie nicht zurückgerufen hatte. Wie denn auch? Bunny hatte seine Brieftasche und sein Handy.

Zum Glück hatte er das Wichtigste von der Wilson-Farm mitgenommen. Er schob die Hand unter den Beifahrersitz und zog den Kindercomic hervor. Das niedliche Häschen grinste ihn böse an.

Obwohl er sich mit Comics nicht auskannte, bemerkte Bruno, dass auf dem Umschlag nur der Titel stand, sonst nichts. Er drehte den Comic um. Die Rückseite war ebenfalls leer. Er blätterte darin und stellte fest, dass keinerlei Hinweis auf den Verlag oder die Druckerei zu finden war. Es gab weder einen Preis noch einen Strichcode. Seltsam, dachte er. Und dann schlug er sich Linda und ihre Einhörner aus dem Kopf. Er musste hinter die Bedeutung dieses mysteriösen Comics kommen, jetzt erst recht.

Erwachsene können Bunny nicht sehen. Nur Kinder. Er startete den Motor und machte sich auf den Weg ins Zentrum.

Es war kurz nach sechs Uhr morgens, und die Straßen begannen sich zu leeren. Die Vampire verkrochen sich wieder vor dem Sonnenlicht. Er fuhr die Einfallstraße entlang und überquerte die Brücke. Normalerweise war der Verkehr um diese Uhrzeit bereits unerträglich, und die Autos schoben sich im Schritttempo voran. Doch die Hitze hatte die Stadt von Chaos und Hektik befreit. In weniger als zwanzig Minuten war er am Ziel.

Der alte Saab passte nicht in diese höchst angesagte Wohngegend mit ihren baumbeschatteten Straßen, in denen sich früher einmal Bohemiens, Künstler und Intellektuelle getummelt hatten und heute vor allem erfolgreiche Start-up-Unternehmer und Sprösslinge des gehobenen Bürgertums residierten.

Er parkte den Wagen neben einem dreistöckigen weißen Wohngebäude, das Anfang des zwanzigsten Jahrhunderts errichtet worden war. Auf dem eleganten Vinylschild stand in erhabenen silbernen Lettern: M. L. – KUNSTGALERIE.

Die großen Fenster zur Straße waren von schweren, grauen Vorhängen verhüllt, vermutlich, um die Kunstobjekte vor einem weiteren glühend heißen Morgen zu schützen.

Ehe er an die Tür klopfte, warf Bruno einen prüfenden Blick auf seine Kleidung. Unter anderen Umständen hätte ihm sein Aufzug in einem derart vornehmen Umfeld gewiss nicht geholfen, an die gesuchte Information zu kommen. Aber diesmal konnte er auf die persönliche Bekanntschaft mit dem Inhaber zählen.

Ein alter Herr mit perfekt zurückgekämmtem weißem Haar und einer Lesebrille auf der Nase öffnete ihm. Trotz der drückenden Hitze war Mordecai Lumann wie immer wie aus dem Ei gepellt: blauer Blazer, Button-down-Hemd, roter Schlips, graue Hosen und ein Paar schwarze Mokassins. Aus der Brusttasche seines Jacketts lugte stets ein farbiges Taschentuch.

Er musterte Bruno von Kopf bis Fuß. »Herr Genko«, rief er, kaum hatte er ihn erkannt. Sie hatten sich seit drei Jahren nicht gesehen.

»Ich hoffe, ich habe Sie nicht geweckt«, sagte Bruno, obwohl Lumann bestimmt nicht in diesem Aufzug schlafen ging.

»Aber nicht doch. Ich habe für diese Verrücktheit, nachts zu leben, nichts übrig. Und außerdem leide ich an Schlaflosigkeit.« Lumann machte einen Schritt zur Seite. »Bitte, kommen Sie herein.«

Durch einen Flur mit dunkelgrünen Wänden und weißer Holzvertäfelung folgte Genko ihm ins Haus.

Einmal hatte sich Lumann an ihn gewandt, um eine heikle Familienangelegenheit zu klären. Ein leicht überdrehter Neffe hatte ihm ein sehr wertvolles Kunstwerk geklaut, um seine Spielschulden zu begleichen. Doch um seiner Schwester keinen

Kummer zu bereiten, hatte Lumann beschlossen, mit der Sache nicht zur Polizei zu gehen. Genko hatte den Jungen im Hotel eines großen Casinos aufgespürt. Er hatte sich vergewissert, dass das Diebesgut noch im Besitz des Neffen war, und sich als investitionsfreudiger Kunsthändler ausgegeben. Dann hatte er das entwendete Kunstwerk gesichert und das schwarze Schaf nach Hause gebracht.

»Möchten Sie eine Tasse Tee?«, fragte Lumann mit seiner gravitätischen Stimme.

»Gern.«

Sie betraten den großen Salon, in dem die zum Verkauf stehenden Werke ausgestellt waren. Mordecai Lumann war kein gewöhnlicher Galerist. Bilder und Skulpturen interessierten ihn nicht. Er befasste sich ausschließlich mit Comics und Graphic Novels. Superhelden-Sagen und japanische Mangas waren die Glanzstücke seiner Sammlung.

In einer Ecke des Saales bereitete Lumann den Tee mit einem Wasserkocher zu. Genko schlenderte zwischen den ausgestellten Originalen umher. Zurzeit standen nur fünf Comics zum Verkauf, die auf Staffeleien ausgestellt waren.

»Wenige, aber dafür kostbare Stücke«, sagte der Hausherr, als hätte er Brunos Gedanken erraten.

Bruno trat an eine Zeichnung heran, um sie genauer in Augenschein zu nehmen. Sie zeigte den Kampf zwischen einem Ninja-Jungen mit riesigen Augen und mehreren Robotermonstern.

»Das ist die letzte Schlacht der Menschheit, die Apotheose des Kampfes, die ultimative Herausforderung zwischen dem Menschen und seiner großartigsten Geistesfrucht: der Maschine«, erklärte Lumann. »Achten Sie bitte darauf, wie der Zeichner die Roboter darstellt: Sie wirken beinahe wie Gottheiten. Und der junge Ninja empfängt die glorreiche Erbschaft der

Jahrhunderte.« Er kam mit zwei dampfenden Tassen zurück und hielt dem Ermittler eine davon hin. »Das ist zwar nicht das passendste Getränk für das herrschende Klima, aber kalter Tee ist für mich ein Affront. Was kann ich für Sie tun, Herr Genko?«

»Nichts Besonderes«, sagte Bruno leichthin. »Nur eine einfache Frage.« In einer Hand balancierte er den Unterteller mit der Tasse, mit der anderen zog er das Comicheft von Bunny aus der Jacke und hielt es dem Galeristen hin.

Lumann wollte danach greifen und erstarrte in der Bewegung.

Genko bemerkte seinen verblüfften Gesichtsausdruck.

»Das ist doch nicht möglich«, sagte der Galerist und stellte seine Tasse auf einem Tischchen ab. Dann kramte er in den Taschen seines Blazers und zog ein paar weiße Baumwollhandschuhe hervor. Er streifte sie über, griff behutsam nach dem Heft und hielt es zwischen den Fingerspitzen. »Kommen Sie«, sagte er knapp.

Bruno folgte ihm in ein kleines Hinterzimmer, das als privates Büro diente.

Behutsam legte Lumann den Comic auf ein Lesepult. Er schaltete eine Schwenklampe an und richtete sie auf den Comic. Dann fing er an, aufmerksam darin zu blättern.

»Ich habe davon reden hören, jedoch noch nie ein Exemplar zu Gesicht bekommen«, sagte er schließlich.

Zwar verstand Genko nicht, was den Galeristen in solches Staunen versetzte, denn die Machart des Comics kam ihm reichlich billig vor, aber immerhin wusste er jetzt, dass es eine gute Idee gewesen war, Bunny zu Mordecai Lumann zu bringen, statt ihn irgendeinem nerdigen Verkäufer in einem x-beliebigen Comicladen unter die Nase zu halten.

Der Galerist war ganz in die Seiten vertieft. Mit der Ehrfurcht eines Historikers, der sich wertvollen Miniaturen verschrieben hat, und der Aufgeregtheit eines Kindes, das sich von seinem Taschengeld gerade ein Heftchen gekauft hat, fuhr er die Zeichnungen mit dem Finger nach. »Bunny, der Hase«, sagte er wie zur Begrüßung. »Viele meiner Kollegen halten es für eine Legende ... Tatsächlich habe auch ich so manches Mal meine Zweifel gehabt.«

»Zweifel, weshalb?«, hakte Bruno ein und riss ihn aus seiner Konzentration.

»Ganz einfach, Herr Genko. Diesen Comic dürfte es nicht geben.«

Bruno war baff. »Was soll das heißen?«

»Anhand der Qualität des Drucks, des verwendeten Papiers und der Bindung lässt sich die Veröffentlichung auf die Vierzigerjahre des vergangenen Jahrhunderts zurückdatieren. Bunny, der Hase, war damals ein verlegerisches Experiment ... In jener Zeit befand sich die Comic-Welt in großem Umbruch. Und um sich ein neues Publikum zu erschließen, versuchten die Verlage, neue Wege zu beschreiten.«

»Ich glaube nicht, dass ich von dieser Figur schon einmal gehört habe.«

»Wie auch?«, sagte Lumann. »Bunnys Leben war denkbar kurz. Wie so häufig in jener Zeit hat die Erfolglosigkeit ihn rasch in der Versenkung verschwinden lassen.«

»Mit der Zeit sind die Exemplare zu raren Sammlerstücken geworden?«, fragte Bruno und vermutete, dass der Wert des Comics nach über siebzig Jahren enorm sein musste und dass das Buch deshalb so wichtig für seinen Besitzer war.

»Auch das ist nicht ganz korrekt«, verbesserte ihn der Galerist. »Die Bunny-Comics sind alles andere als selten, man findet sie ohne Weiteres bei Trödlern oder an den Ständen irgendwelcher Fachmessen. Aber es gibt eine Ausnahme: das

Heft, das Sie mir heute gebracht haben.« Lumann sah Genko an. Seine Augen funkelten. »Es handelt sich um ein apokryphes Exemplar.«

»Kein Autor, kein Zeichner, kein Verleger, kein Drucker«, bestätigte Bruno. »Keinerlei Hinweise auf seinen Ursprung.«

»Und was im Zusammenhang mit Comics noch auffälliger ist: Es fehlt die Seriennummer«, fügte Lumann hinzu. »Das bedeutet, dass er keiner Reihe angehört. Es ist ein Einzelstück.«

»Steigert das nicht den Wert? Ich verstehe nicht …«

»Es ist keine Frage des Geldes, Herr Genko.« Lumann nahm sich die Brille ab, zog das Taschentuch aus der Brusttasche und begann, die Gläser zu polieren. »Auch wenn ich überzeugt bin, das manch einer Unsummen zahlen würde, um es zu besitzen, liegt die Besonderheit dieses Gegenstandes nicht in seiner Einzigartigkeit … Sondern in seinem Zweck.«

»Die Kleinsten zu unterhalten«, sagte Genko arglos.

»Ist Ihnen denn gar nichts aufgefallen, als Sie es durchgeblättert haben?«, fragte der Galerist.

Genko kam sich wie ein Trottel vor. »Äh, nein …« Dann überlegte er laut: »In der Geschichte können nur die Kinder das Häschen sehen. Den Erwachsenen ist das verwehrt«, sagte er.

»Und haben Sie sich nicht gefragt, warum?«

Genko wusste nicht, was er antworten sollte.

Lumann war an den Schreibtisch getreten. »Es ist ein ausgesprochen hässlicher Comic, finden Sie nicht?«, sagte er und kramte zwischen den Papieren auf dem Tisch herum. »Die Zeichnungen und die Dialoge sind entsetzlich schlecht.«

»Ja, da haben Sie recht.«

Endlich fand der Galerist, was er suchte, und kehrte mit einem kleinen, rechteckigen Spiegel zum Lesepult zurück. »Jede Epoche hat ihre eigene Ästhetik, und manchmal kann auch Hässliches Schönheit hervorbringen.«

Bruno musste an die Collage von Hans Arp denken, die in seinem Arbeitszimmer hing. Nicht jeder würde sie als Kunstwerk bezeichnen. Man brauchte schon ein gewisses Maß an Geschmack und Bildung. Vielleicht hatte er den Bunny-Comic genauso falsch eingeschätzt. »Halten Sie dieses Häschen für Kunst?«

Lumann wurde ernst. »Nein, mein Freund. Ganz und gar nicht.« Er trat mit dem Spiegel ans Lesepult, hielt ihn schräg über die erstbeste Seite und wandte sich an Genko. »Schauen Sie selbst ...«

Bruno trat langsam näher und begriff.

Im Spiegelbild veränderten sich die groben, kindlichen Zeichnungen. Bunnys süßes Lächeln war zwielichtig geworden. Das Häschen mit den Herzaugen zeigte sich in eindeutig sexuellen Handlungen mit einer Frau. Genko wiederholte das Spiegelexperiment auf weiteren Seiten. Immer war Bunny in obszönen, mit Gewalt und Grausamkeit gespickten Szenen zu sehen. Fetischismus, Bondage und ähnliche sadomasochistische Hardcore-Praktiken.

»Pornografie.« Genko erinnerte sich an das beklemmende Gefühl, das er beim ersten Durchblättern des Heftes empfunden hatte, ohne dessen unterschwelligen Inhalt auch nur im Entferntesten zu ahnen.

»Der Spiegeleffekt ist eine grafische Technik, die bereits im neunzehnten Jahrhundert bekannt war, doch in den Vierzigerjahren war sie für kurze Zeit sehr angesagt«, erklärte Lumann. »Bei manchen Graphic Novels kommt sie noch immer zum Einsatz, um einen zweiten Plot oder einen Hintersinn einzubauen. Häufig weiß der Verleger nichts davon, und meistens handelt es sich um ein Schelmenstück der Zeichner. Es gibt Sammler, die ganz versessen auf diese ›Anomalien‹ sind.«

»Sie haben vorhin einen Zweck erwähnt ... Was meinten Sie damit?«

Mordecai Lumann atmete tief durch. »Ich habe den Comics mein Leben gewidmet, weil ich sie für einen Quell der Freude halte. Mein Beruf besteht darin, die Sammler beim Kauf eines Kunstwerkes zu beraten, doch ich weiß genau, dass die meisten Comic-Fans in Wirklichkeit nur noch einmal in ihre Kindheit oder Jugend zurückkehren wollen.« Er machte eine Pause. »Und deshalb sage ich Ihnen ganz ehrlich, ich weiß nicht, was jemanden dazu treibt, etwas so Zwielichtiges zu erschaffen«, sagte er und deutete in Richtung Lesepult.

Nur die Kinder können Bunny sehen.

Der Galerist schlug das Heftchen zu und hielt es Bruno hin. »Hier endet meine Neugier, Herr Genko. Doch wenn ich Ihnen einen freundschaftlichen Rat geben darf: Werden Sie es so schnell wie möglich los.«

Das geht nicht, hätte Genko am liebsten gesagt. Er musste seine Schulden bei Samantha Andretti begleichen, die er fünfzehn Jahre zuvor bei ihren Eltern gemacht hatte. Doch das bedeutete auch, dass Bruno sich seiner Vergangenheit stellen musste. Und einen Umschlag ausgraben, der im Safe des Zimmers Nummer 115 im Ambrus Hotel begraben war. Er hatte gehofft, ihn nie wieder gebrauchen zu müssen. Aber er musste ihn wohl doch noch einmal öffnen.

20

Das Ambrus Hotel war ein schmaler Quader, der in der Nähe der Eisenbahnbrücke in einer Reihe vollkommen gleicher Gebäude klemmte.

Das Hotel war heruntergekommen, und es waren merkwürdige Geschichten darüber im Umlauf. Eine davon lautete, dass in einem der Zimmer Leute einfach verschwanden. Genko interessierte das nicht, er hatte sich diese Absteige zum Sterben ausgesucht, weil sie dem verwahrlosten Äußeren entsprach, mit dem er sich der Welt zeigte. Niemand durfte den wahren Bruno Genko kennen – den gewissenhaften Profi, den Perfektionisten, den Mann mit einem im Ausland geparkten Geheimvermögen, der ein Werk von Hans Arp in seiner Wohnung hängen hatte.

Doch vor allem durfte niemand das in die Finger bekommen, was er in Zimmer Nr. 115 versteckt hatte.

Dabei ging es nicht darum, was er im Laufe heikler Privatermittlungen herausgefunden hatte. Was er verbergen musste, waren die Methoden, mit denen er seine Fälle gelöst hatte. Denn die waren nicht immer sauber gewesen. Und Genko war nicht gerade stolz auf das, was er zu tun gezwungen gewesen war.

Er tippte Lindas Geburtsdatum in das elektronische Zahlenschloss, zog den Umschlag aus dem Safe und musterte ihn prüfend. Jetzt war er froh, dass er ihn nicht schon vernichtet hatte. Als hätte er geahnt, dass sein Inhalt ihm noch einmal dienlich sein würde.

Er steckte ihn in eine Stofftasche der Hotelwäscherei und verließ umgehend das Zimmer.

Als er zu Hause war, schälte er sich wie üblich im Eingangsbereich aus den Kleidern, ohne die Tasche auf dem Boden auch nur einen Moment aus den Augen zu lassen. Er hatte nicht gerade Lust, noch einmal in diesen schmutzigen Abgrund zu blicken. Aber es schien ihm unvermeidlich, wenn er Samantha Andrettis Entführer fassen wollte.

Nass geschwitzt, wie er war, hätte er zu gern geduscht, doch stattdessen schlüpfte er in einen Trainingsanzug und setzte sich vor den Rechner im Arbeitszimmer. Diesmal keine klassische Musik, und selbst das dadaistische Kunstwerk an der Wand gegenüber dem Schreibtisch konnte seine Stimmung nicht heben.

Er schlitzte den Umschlag mit einem Brieföffner auf, zog ein silberfarbenes Kästchen hervor, steckte das USB-Kabel in das MacBook Air und verband sich mit dem Internet.

Der Gegenstand, den er im Ambrus Hotel versteckt hatte, war der Schlüssel zu einem geheimen Gang.

In seiner Laufbahn hatte Genko gelernt, dass es Orte auf der Welt gibt, an denen die gesellschaftlichen Regeln für unbestimmte Zeit aufgehoben sind. Orte, an denen das Böse wild ins Kraut schießt und die geheime Natur des Menschen sich schrankenlos entfalten kann. In diesen Ego-Wüsten haben Leben und Tod einen relativen Wert, und das Leid anderer wird zur Tauschware.

Einer dieser Orte war das *Darknet* – das geheime Internet im Internet, das Netz unter dem Netz, das Niemandsland. Mit der digitalen Währung *Bitcoin* konnte man dort alles nur Denkbare kaufen und verkaufen, das heikle Ware war, Waffen, Drogen, Daten und sogar Menschen.

Das Darknet funktionierte genau wie das offizielle Internet. Es gab Suchmaschinen wie Dark Tor und Ahmia. Oder Grams, das grafisch genauso aufgemacht war wie Google. Hier bekam man einen Überblick über die Sites, die Güter oder Dienste anboten – eine Pistole mit ausgeschliffener Seriennummer, und bei Bedarf auch eine passende Hand, die den Abzug drückte. Es gab Blogs, auf denen erklärt wurde, wie man aus Supermarktware eine Bombe baute, und Video-Tutorials, die einem zeigten, wie man eine Frau vergewaltigte, ohne Spuren zu hinterlassen.

Für Bruno Genko war das Darknet ein perfekter Umschlagplatz für Informationen. Beim Handeln an diesem Ort ging es alles andere als gesittet zu, eher wie auf einem Flohmarkt, nur dass hier teils hochsensible Daten feilgeboten wurden.

In Brunos Metier war es das A und O, zu wissen, wie man an nützliche oder wertvolle Informationen gelangte. Normalerweise schlug sich ein guter Privatermittler dafür mit endlosen und häufig zermürbenden Recherchen herum. Man musste viel unterwegs sein, mit Leuten reden, jedem Hinweis nachgehen und ihn auf seine Glaubwürdigkeit überprüfen. Es war ein langwieriger, mühseliger Prozess. Doch manchmal war die Zeit, um einen Fall zu knacken, zu knapp, und es stand zu viel auf dem Spiel, also brauchte es eine Abkürzung.

Bruno war ein Ermittler alten Schlags, er griff auf bewährte Vertrauensleute zurück und streute gekonnt Fehlinformationen, um selber saubere Informationen zurückzubekommen. Das Darknet war nicht sein Terrain. Er fühlte sich unwohl, wenn er einen Fuß auf die dunkle Seite des Netzes setzen musste. Aber manchmal ließ es sich nicht vermeiden, wenn er in der analogen Welt nicht weiterkam mit einem Fall. Jahrelang hatte er dieses Paralleluniversum nur beobachtet, ohne sich zu erkennen zu geben. Er hatte genau hingeschaut, die Kniffe gelernt und sich gegen mögliche Gefahren gewappnet. Ehe er die ersten Schritte gemacht hatte, hatte er sich sogar einen Kodex auferlegt. Er fußte auf einer einzigen Gewissheit.

Im Darknet ist niemand sicher.

Das sagte er sich auch jetzt, während in der Mitte des schwarzen Bildschirms ein Chronometer mit einem Countdown erschien. Der Zugang erfolgte nicht sofort, sondern erforderte mehrere Schritte. Zuerst war es wichtig, sich ausreichend zu schützen, gerade so, als würde man eine Reise in ein unbekanntes Land planen. Die im Web gebräuchlichen Impfstoffe waren wirkungsvolle Antivirusprogramme und Firewalls. Nachdem man die erforderlichen Barrieren errichtet hatte, musste man sich der Kontrolle durch die anderen Nutzer unterziehen. Wurde man nicht für »vertrauenswürdig« genug gehalten, wurde man wie ein Fremdkörper ausgestoßen.

Im Laufe der Jahre hatte sich Bruno verschiedene Identitäten zugelegt, um sich ungestört in den Schattenwelten des Cyberspace zu bewegen. Sobald er spürte, dass jemand ihm misstraute, vernichtete er die gerade benutzte Identität und wechselte zur nächsten.

Endlich hatte das Chronometer seinen Countdown beendet und ein Balken erschien, in den Genko den Namen einer Seite eintippte. Natürlich gab es auch im Darknet soziale Netzwerke. Und auf HOL – Hell On-Line – konnte man einen wahrhaft verdammten Menschenschlag antreffen.

Genko hoffte, Bunny dort zu finden.

Unter anderen Umständen hätte er seine Zeit darauf verwendet, Robin Sullivan in der wirklichen Welt zu jagen. Doch da seine Uhr bald abgelaufen war, musste er diese schmutzige Abkürzung nehmen, um das Alter Ego von Samanthas Entführer zu finden.

Ein »sadistischer Tröster«, rief er sich Delacroix' Bezeichnung ins Gedächtnis. Ein »Kind der Dunkelheit« hatte Tamitria Wilson ihn genannt. Zwei Umschreibungen, die das Gleiche meinten, nämlich dass Robin Sullivan nicht Herr seiner

Perversionen war, sondern seiner Obsession hörig. Sonst hätte der Mann nicht die nötige Ausdauer gehabt, einen Menschenraub über so lange Zeit aufrechtzuerhalten.

Er ist organisiert. Sozial integriert und deshalb unverdächtig. Wir sehen nicht das Monster, wenn wir ihm ohne seine Hasenmaskerade begegnen, sondern ein ganz normales menschliches Wesen.

Ein Mann mit zwei Gesichtern.

Das erste – der Hase – war nur ein Scherz, ein Schwindel. Das zweite aber – sein wirkliches, menschliches Gesicht – war die eigentliche Maske, weil sie seine wahre Natur vor der Welt verbarg.

Bunny hat mich mit Absicht laufen lassen, sagte sich Bruno und dachte an die Erlebnisse auf der Wilson-Farm. *Vielleicht, weil er Lust hat, mich zu jagen.*

HOL war der richtige Ort, um der Sache auf den Grund zu gehen. Genko dachte sich einen Nicknamen aus und erstellte ein neues Profil, auf dem er sich als Bondage-Fan ausgab und seine Seite mit vielsagenden Bildern verlinkte.

Dann fing er an, sich im Netzwerk umzutun.

Die Nutzer tauschten vor allem Hardcore-Pornos aus. Das war der richtige Ort, um seine kränksten Fantasien von der Leine zu lassen und seinen schlimmsten Perversionen Luft zu machen. Sämtliche Paraphilien waren hier vertreten. Am meisten wurden die Vergewaltiger bejubelt, die ihre Tat vorher ankündigten und gleich darauf das entsprechende Video posteten, um begeisterte Kommentare und Likes von der Community einzuheimsen. Hier waren alle Arten von Psychopathen unterwegs. Von den Nekrophilen bis zu den »Parasiten«, die normalen, völlig ahnungslosen Menschen nachstellten und ihre heimlichen Schnappschüsse teilten. Häufig lieferten sie damit sogenannte »targets« an andere User, die sich zusammentaten, um einen unschuldigen Familienvater vor seinem Büro zu vermöbeln oder eine arglose Studentin zu vergewaltigen, die nachts allein zu Hause war.

In den letzten Tagen war das auf HOL am meisten diskutierte Thema Samantha Andretti. Die User in den Foren priesen den Entführer, nannten ihn »Held« und dankten ihm, ein »Exempel statuiert« zu haben. Die Unflätigkeiten gegen das Opfer kannten kein Ende, jemand schlug sogar vor, sich ins Krankenhaus zu schmuggeln und »den Job zu Ende zu bringen«.

Bruno widerte dieser perverse Abschaum an, der den Wert des eigenen Lebens genauso wie den der anderen verschleuderte. Er stellte sich vor, dass all diese Leute offline ein ganz normales Dasein führten. Wer weiß, ob ihre Eltern noch lebten, ob sie Kinder in die Welt gesetzt hatten. Wer weiß, was ihre Lieben dächten, wenn sie die Wahrheit erführen. *Und was passiert mit euch, wenn eure Zeit plötzlich abgelaufen ist? Wie werdet ihr im Angesicht des Todes reagieren? Ihr nehmt auch das in euch wohnende Monster mit ins Grab, ohne zu ahnen, dass es das Einzige ist, was euch bis in alle Ewigkeit Gesellschaft leisten wird.*

Gewaltsam schob Genko diese Gedanken beiseite, er durfte sich nicht ablenken lassen. Abermals tauchte er in das trübe Dunkel ein, das ihm vom Bildschirm aus entgegenstarrte. Der Moment war gekommen, den Köder auszuwerfen. Er tippte eine Nachricht an die Gefährten der Hölle.

»Ich suche Bunny, ein nettes kleines Häschen mit herzförmigen Augen. Gute Bezahlung für jede Art von Information, auch vertrauliche. Wer etwas weiß, soll mich privat kontaktieren.«

Bestimmt gaben sich Typen wie Robin Sullivan nicht damit zufrieden, ihre Abenteuer geheim zu halten, und suchten sich irgendwann eine Bühne, um sich ihrer »Arbeit« zu rühmen. Hell On-Line war wie geschaffen dafür.

Wenn er sich jemandem anvertraut hat, kommt die Sache raus. Genko betrachtete seine Hände, die noch auf der Mac-Tastatur lagen. Sie zitterten. *Das ist die Müdigkeit, ich muss endlich mal schlafen.*

Weil die Nacht noch fern war und ihm sowieso nichts anderes übrig blieb, als auf eine Antwort aus dem Darknet zu warten, ging er in sein Schlafzimmer und ließ sich aufs Bett fallen. Er legte die Hände auf den Brustkorb, schloss die Augen und konzentrierte sich auf seinen Herzschlag.

Wie viele Schläge bleiben mir noch?

Doch ehe er sich eine mögliche Antwort überlegen konnte, schlief er schon ein.

Ein fernes Geräusch begann die Dunkelheit aufzulösen – ein weißer Tropfen in einem Ozean schwarzen, öligen Wassers. Langsam tauchte Genko aus dem Schlaf auf. Einen Moment lang meinte er, geträumt zu haben.

Doch das Geräusch war real. Vielleicht ein Gesang.

Er war es nicht gewohnt, in dieser Wohnung menschliche Stimmen zu hören. Nur klassische Musik und Stille. Obendrein war dies keine gewöhnliche Stimme. Und wenn man es genau bedachte, war es nicht einmal ein Gesang.

Trotz des melodiösen Klangs hier und da klang es eher wie ein Klagelaut. Die Stimme einer Frau.

Noch ganz benommen erhob sich Bruno vom Bett. Wie viel Uhr mochte es sein? Draußen war es bereits dunkel. Eine heftige Migräne hinderte ihn am Denken. Er war dehydriert, und die Übelkeit war zurück. Trotzdem zwang er sich, die Quelle des eigenartigen Geräusches ausfindig zu machen.

Es kam aus dem Arbeitszimmer. Genauer gesagt, aus dem Computer. Die Bildschirmbeleuchtung hüllte den Mac in eine matte Lichtblase. Genko schleppte sich zum Schreibtisch.

Er setzte sich und bemerkte sofort, dass sich auf seiner Profilseite auf Hell On-Line etwas verändert hatte. Unter der wenige Stunden zuvor veröffentlichten Nachricht war ein kleines Fenster aufgetaucht, in dem sich etwas regte. Er vergrößerte es und erhöhte die Lautstärke.

Es war ein Pornovideo.

Allerdings filmte die Kamera aus einer eigenartigen Perspektive. In dem schummrigen Zimmer waren nur Teile zweier nackter Körper zu erkennen. Der Gesang oder der Klagelaut, den er vorhin gehört hatte, war nichts anderes als das lustvolle, rhythmische Stöhnen einer Frau.

Sie lag auf dem Bauch und der Partner, der kaum zu erkennen war, nahm sie von hinten.

Genko schenkte dem Video keine große Beachtung, bestimmt war es automatisch gestartet. Er wollte es gerade schließen, als er abrupt innehielt.

Der Schatten an der Wand hinter der Frau war nicht menschlich. Er glich einem riesigen Hasen.

Genko hatte nicht damit gerechnet, dass Bunny höchstpersönlich auftauchen würde. Dennoch begriff er nicht, was er da eigentlich sah. Welchen Sinn hatte dieses Video? Was sollte es ihm zeigen?

Das Stöhnen schwoll an, die Frau war kurz vor dem Orgasmus. Ihre Hand tauchte plötzlich direkt vor der Linse auf und stieß die Kamera um, die zu Boden stürzte. Sie filmte dennoch weiter.

Genko versuchte, weitere Einzelheiten zu erkennen, vielleicht konnte er herausbekommen, wo das Video gedreht worden war. Im Hintergrund ließen sich irgendwelche Figuren erahnen. Bruno vergrößerte das Fenster. Sie sahen aus wie Tiere. Hunde vielleicht. Hunde, die den Akt beobachteten. Nein, das waren keine Hunde, sondern Pferde.

Plötzlich wurde ihm eiskalt. Er hatte sich abermals geirrt. Es waren Einhörner, die auf dem Bord im Hintergrund aufgereiht waren.

Instinktiv griff seine Hand zum Telefon auf dem Schreibtisch, doch seine Finger hielten auf dem Tastenfeld inne.

Lindas Nummer ist im Adressbuch des Handys gespeichert. Er hat es mir weggenommen. So hat er sie gefunden.

Doch das war jetzt nicht wichtig. Er musste herausfinden, ob es Linda gut ging. *Im Darknet ist niemand sicher. Scheiße, Scheiße, Scheiße.*

Er durchwühlte sein Gedächtnis nach der verdammten Nummer. Nach und nach tauchten die Zahlen auf. Er fing an zu wählen, doch sein Hirn warf sie immer wieder durcheinander. Er legte auf und begann von vorn. *Im Darknet ist niemand sicher.*

Gut, Genko, ganz ruhig. Stell sie dir als Kinderreim vor: eine Zahlenreihe mit einem bestimmten Rhythmus. Vor den letzten beiden Zahlen zögerte er kurz. Es waren eine 7 und eine 4. Er wählte sie und wartete. Endlose Sekunden verstrichen.

Bunnys Video flimmerte weiter vor seinen Augen. Am anderen Ende ertönte das Freizeichen. Doch das, was Bruno Genko verstörte, war das Telefonklingeln, das aus dem Computer kam.

Das Video war keine Aufzeichnung.

Es war live.

Das Klingeln ließ den Hasenmann aufhorchen. Die Aufnahme riss plötzlich ab. Im letzten, verwackelten Bild sah Bruno eine Messerklinge aufblitzen.

21

Die Wohnungstür war nur angelehnt.

Genko verharrte kurz auf dem Treppenabsatz und nahm sie ins Visier. Es konnte eine Falle sein. Vielleicht hatte Bunny sich einen Trick ausgedacht, um ihn anzulocken und zu töten.

Und wennschon. Solange noch Luft in meinen Lungen ist, werde ich für Linda kämpfen, dachte Genko.

Er atmete tief durch, drückte mit der linken Hand die Tür auf und hielt die Pistole in der vorgestreckten rechten. In der Wohnung war es dunkel, das einzige Licht kam von den Ladenschildern auf der Straße. Bruno hatte eine kleine Taschenlampe bei sich, doch er ließ sie in der Jackentasche stecken.

Kaum hatte er die Schwelle übertreten, kontrollierte er die toten Winkel, um einem Hinterhalt seines Gegners zuvorzukommen. Dann wagte er sich mit kleinen Schritten in Richtung Wohnzimmer vor.

In der ganzen Wohnung war kein Laut zu hören. Selbst die Klimaanlage war abgestellt, und es herrschte eine drückende Hitze. Alles wirkte aufgeräumt. Das auf den Teppich abgestimmte weiße Sofa, die schwarzen Lackmöbel, die Einhörner.

Obwohl es keine sichtbaren Spuren gab, wusste Genko, dass etwas Entsetzliches geschehen war. Er spürte die negative Energie in der Luft wie ein elektrisches Knistern auf der Kleidung.

Er rückte zum Schlafzimmer vor. Das Erste, was er wahrnahm, kaum dass er einen Fuß hineingesetzt hatte, war der Geruch – bitter, roh, unverwechselbar.

Das Blut hatte den Teppich durchtränkt und troff vom Bett. Leblos lag Linda in der Dunkelheit.

Noch immer auf der Hut ging Bruno zu ihr. Sie lag auf dem Rücken, nackt. Der Unterleib war von Messerstichen zerfetzt. In den weit aufgerissenen, ins Leere starrenden Augen stand die Angst. Er nahm ihre Hand und versuchte ihren Puls zu fühlen. Nichts. Er beugte sich hinunter und legte das Ohr an ihren Brustkorb.

Solange noch Luft in den Lungen ist …, hoffte er. Doch seine Freundin atmete nicht mehr.

Er rang um Atem. Wie hatte es dazu kommen können? Die Arme und Beine des Opfers waren mit Kratzern bedeckt. Ein Zeichen dafür, dass sie nicht kampflos aufgegeben, dass sie sich gewehrt hatte. Bruno war stolz auf sie. Auf dem Nachttisch entdeckte er die Brieftasche und das Handy, die ihm auf der Wilson-Farm entwendet worden waren. Natürlich, jetzt brauchte Bunny sie nicht mehr. Er hatte sich den einzigen Menschen genommen, dem Bruno Genko mehr als unbedeutender menschlicher Abfall war. Den einzigen, der ihn geliebt hatte.

Er griff nach dem Telefon und wählte den Notruf. Doch ehe er den Anruf tätigte, begegnete sein Blick dem elektronischen Auge, mit dem der Mörder die Sexszene, die in diesem Blutbad gegipfelt hatte, aufgenommen hatte. Die Webcam lag noch immer auf dem Boden. *Wieso hat er sie hiergelassen?* Genko fragte sich, ob Bunny ihn in diesem Moment beobachtete. Vielleicht hatten sich die Rollen verkehrt. Vielleicht war jetzt das Monster der Zuschauer.

Er ging zu der Kamera und schaltete sie aus. Drückte auf die Wähltaste des Telefons. Und dann hörte er das Geräusch.

Ein trockenes Knallen, wie ein Schuss. Das war keine Einbildung, er hatte es ganz genau gehört. Es kam irgendwo aus der Wohnung. Und die einzigen Räume, die er noch nicht kontrolliert hatte, waren die Küche und das Bad.

Er streckte die Arme vor, damit die Pistole ihm den Weg bahnte. Dann war er wieder im Flur. Kurz vor der Küchentür blieb er stehen, wartete ein paar Sekunden und sprang mit einem Satz hinein. Es war niemand dort. Er rückte weiter vor zum Bad. Er kannte Lindas Wohnung, er war oft hier gewesen. Er rief sich das Badezimmer vor Augen. Es war nicht sehr groß, und es gab eine Badewanne. Die Tür war angelehnt. Er schlich sich heran und lauschte.

Dort drinnen war jemand.

Genko streckte die Hand nach der Klinke aus, doch kaum umfasste er sie, spürte er etwas Klebriges. Sie war blutverschmiert. Sein krankes Herz machte ihm unmissverständliche Zeichen – es war fraglich, ob es der Anspannung standhalten würde. Er musste sich einen Ruck geben, nachsehen, was sich hinter der Tür verbarg. Doch es brauchte ein Ablenkungsmanöver.

Die Taschenlampe, dachte er.

Er holte sie hervor und umklammerte sie zusammen mit der Pistole. Dann zählte er bis drei, versetzte der Tür einen Tritt, reckte die Waffe in das Badezimmer und knipste gleichzeitig die Taschenlampe an, um den Gegner mit ihrem Strahl zu blenden.

Er brauchte ein paar Sekunden, um den Anblick, der sich ihm bot, zu erfassen.

Bunny, der Hase, hockte zusammengekauert auf dem Boden, nackt. Mit dem Rücken an der Wand und einem Arm über der Kloschüssel. Das Messer, mit dem er Linda umgebracht hatte, steckte in seinem Unterleib. Er verlor sehr viel Blut. Unter der Maske drang gepresster, röchelnder Atmen hervor. Linda hatte sich nicht nur verteidigt, verstand Bruno. Sie hatte ihren Mörder schwer verletzt.

Doch das reichte Genko nicht. Die Vorstellung, dieser Mistkerl könnte davonkommen, war ihm unerträglich. Wenn er Lindas Werk zu Ende brächte, würde Bunny niemals dafür bezahlen müssen, was er Linda und Samantha Andretti angetan hatte, überlegte Bruno bebend vor Wut. Er wollte Bunny nicht umbringen. Er wollte ihn ausliefern. Also machte er einen Schritt auf das Monster zu und nahm ihn ins Visier.

»Nimm die beschissene Maske ab«, herrschte er ihn an. »Ich will dir ins Gesicht sehen.«

Zunächst rührte sich der Riesenhase nicht. Dann hob er mühsam einen Arm, umklammerte eines der beiden langen Ohren und fing an, daran zu ziehen. Unter der grotesken Tiervisage kam ein menschliches Gesicht zum Vorschein. Noch keine fünfzig, genau wie Bruno geschätzt hatte. Rasierte Wangen, Allerweltsnase, hohe Wangenknochen. Braune Augen, so tief und schwermütig, dass es Bruno für einen Sekundenbruchteil mitten ins Herz traf. Schütter werdendes Haar. Robin Sullivan sah aus ein ganz normaler Kerl, genau wie Genko es sich gedacht hatte.

Doch Bruno ließ sich nicht täuschen. *Wir beide haben nichts gemeinsam. Nicht das kleinste bisschen.* Am liebsten hätte er ihn mit bloßen Händen umgebracht, ihm die Gliedmaßen ausgerissen, ihn mit seinem eigenen Messer gefoltert. Stattdessen lud er die Patrone in den Lauf und trat noch einen Schritt näher.

Sullivan schloss die Augen und verzog angstvoll das Gesicht. Er zitterte. »Ich bitte dich … lass sie gehen.«

Der Satz brachte Bruno aus dem Konzept. Was faselte er da? Ihm wurde heiß vor Wut.

»Ich flehe dich an …« Der Kerl brach in Tränen aus.

»Was redest du da für einen Scheiß?« Er kochte vor Zorn. »Das Spiel ist aus, Bunny, das Spiel ist aus.«

»Ich hab doch alles getan, was du gesagt hast ... und jetzt lass sie gehen. Bitte.«

Genko war irritiert. Es klang wie ein Bluff, doch der Mann war dabei zu verbluten. Wenn es ein Trick war, dann ergab er keinen Sinn. Eine dunkle Ahnung begann sich in Bruno zu regen, die ihm ganz und gar nicht gefiel. »Hat dich jemand hierhergeschickt?«

Der Mann zuckte zusammen. Offenbar glaubte auch er, jemand anderes vor sich zu haben.

Genko ließ die Taschenlampe sinken, damit der andere ihn sehen konnte. »Wer war es?«, hörte er sich fragen, obwohl er die Antwort bereits kannte.

»Er ist in unser Haus gekommen. Er hat meine Frau und die Kinder im Keller eingesperrt. Er hat gesagt, ich solle tun, was er verlangt, sonst würde er sie umbringen ...« Der Mann brach in Tränen aus. Seine Brust bebte vor Schluchzern, während das Blut aus der Bauchwunde quoll.

Wer war der Mann, der dort zu seinen Füßen kauerte? »Wo wohnst du?«, fragte er.

»Lacerville.«

Ein hübsches Wohnviertel mit ordentlichen Häusern. Dort lebten bürgerliche Familien. Es konnte ein Bluff sein, irgendetwas sagte ihm, der Sache nicht zu trauen. Schließlich nahm Genko doch das Handy, ohne die Waffe sinken zu lassen, und rief den Notruf an. Er verlangte nach einem Krankenwagen und fügte hinzu: »Schicken Sie umgehend jemanden nach Lacerville, eine Frau und ihre Töchter könnten dort in ernster Gefahr sein.« Er fragte nach der genauen Adresse, wartete, bis am anderen Ende alles notiert war, und fügte hinzu: »Außerdem will ich, dass Sie mich mit den Beamten Delacroix und Bauer verbinden, sagen Sie ihnen, Bruno Genko muss sie dringend sprechen.«

»Er hatte eine Maske, aber ich kenne ihn …«, murmelte der Verletzte.

Genko ließ das Telefon sinken. »Was hast du gesagt?«, fragte er, um sicherzugehen, dass er richtig verstanden hatte.

Der Mann sah ihn an. »Ich weiß, wer es ist.«

22

Fünf schnelle Klopfzeichen, zwei langsame.

Das Geräusch machte ihr gute Laune. Dann ging die Zimmertür auf, und Green trat ein und schob ein Wägelchen mit einem Fernseher vor sich her. Auf seinem Gesicht lag ein verschmitztes Lächeln.

»Ich habe eine gute Neuigkeit«, verkündete er. »Die Polizei hat deinen Vater ausfindig machen können, er ist schon auf dem Weg hierher.«

Sie wusste nicht, wie sie reagieren sollte. Sie hätte Freude zeigen sollen, doch sie konnte sich nicht einmal daran erinnern, wie ihr Vater aussah. Um Green nicht zu enttäuschen, zwang sie sich zu einem Lächeln.

Zum Glück wechselte er sofort das Thema und deutete auf den Fernseher. »Ich habe ihn aus dem Schwesternzimmer ausgeliehen«, sagte er stolz wie ein Kind, dem ein ordentlicher Streich gelungen war. »Ich möchte dir etwas zeigen.« Er stellte den Apparat vor das Bett.

Während er mit den Kabeln herumhantierte, um den Fernseher mit der Wandsteckdose zu verbinden, setzte sie sich auf und sah neugierig zu.

Als er fertig war, zog Green feierlich die Fernbedienung aus seiner hinteren Hosentasche und richtete sie wie ein Cowboy in einem Duell auf das Gerät. »Auf gehts«, verkündete er und schaltete den Fernseher ein.

Auf der Mattscheibe flackerten Live-Bilder eines Nachrichtensenders auf. Es war Abend und man konnte Menschen sehen, die sich um ein Meer aus Kerzen, Plüschtieren und Blumen scharten. Einige sangen, es herrschte feierliche Stimmung. Im Hintergrund ein Krankenhaus.

»Was machen die Leute da?«, fragte sie ratlos.

Green antwortete nicht und stellte den Fernseher lauter.

»*Obwohl die Polizei mehrmals versucht hat, die Menge aufzulösen, kommen immer mehr Menschen*«, erklärte ein Sprecher. »*Sie alle haben das Bedürfnis, der Frau im Saint-Catherine-Krankenhaus ein Zeichen ihrer Zuneigung zu übermitteln.*«

Waren sie wirklich wegen ihr dort? Sie konnte es nicht fassen.

»*Heute ist Samantha Andretti unser aller Tochter und Schwester*«, fügte eine Frauenstimme hinzu. »*Doch sie ist auch die Heldin all jener Frauen, die Tag für Tag auf der Straße, am Arbeitsplatz oder in den eigenen vier Wänden Belästigungen und gewaltsame Übergriffe erleiden müssen. Denn Samantha hat es geschafft. Sie hat sich selbst gerettet und das Monster besiegt.*«

Sie war gerührt. Im Labyrinth hatte sie immer versucht, die Tränen zu unterdrücken, denn zu weinen hätte bedeutet, dass der Dreckskerl gewann, dass er ihren Widerstand brach und sie schon bald vollständig in seiner Macht hätte. Doch jetzt konnte sie sich endlich gehen lassen. Es war eine echte Befreiung.

Auf der Mattscheibe war wieder der Sprecher zu sehen.

»*Die Hinweise, die sie der Polizei geben kann, könnten schon in den nächsten Stunden zur Ergreifung des Täters führen …*«

Der letzte Satz verstörte sie. Green war das offenbar nicht entgangen, denn sogleich schaltete er den Fernseher aus.

»Wieso erwarten alle etwas von mir?«, fragte sie. Doch die

eigentliche Frage lautete: Wieso konnten sie sie nicht in Ruhe lassen?

»Weil niemand außer dir ihn stoppen kann«, sagte Doktor Green. Dann setzte er sich auf seinen üblichen Platz. »Weißt du, vor einiger Zeit ist in einem kleinen Alpendorf namens Avechot ein kleines Mädchen verschwunden. Auch damals haben sich die Leute vor dem Haus der Eltern versammelt, um Geschenke zu bringen und zu beten. Doch das, was danach passiert ist, wird man so schnell nicht wieder vergessen ...«

»Wieso erzählen Sie mir diese Geschichte?«

»Aus einem einfachen Grund, Sam.« Green beugte sich vor. »Ich will, dass du diesen Albtraum für immer loswirst. Du weißt besser als ich, dass du da draußen nie ein normales Leben führen kannst, wenn wir ihn nicht schnappen ...«

Sein Blick wanderte zu dem weißen Telefon auf dem Nachttisch. Er hatte recht: Sie wollte nicht vor allem Angst haben. Wenn schon ein einfaches Telefonklingeln sie zu Tode erschreckt hatte, wie sollte es dann erst in der Welt da draußen werden? Es würde nicht immer ein Polizist vor ihrer Tür sitzen, um sie zu beschützen. Und selbst wenn sie eine neue Identität und eine sichere Bleibe bekäme, würde sie dennoch jeden Tag in der Furcht leben, *er* könnte zurückkommen.

»Was soll ich tun?«, fragte sie und klang entschlossen.

»Ich möchte etwas ein wenig ... Radikaleres ausprobieren«, hob Doktor Green an und warf einen raschen Blick zur Spiegelwand, als bräuchte er das Einverständnis der Zuschauer dahinter. »Wenn du einverstanden bist, werde ich die Dosis der Antipsychotika erhöhen.« Er deutete auf den Tropf an ihrem Arm.

Sie folgte seinem Blick und musterte die Flasche mit der durchsichtigen Flüssigkeit. »Ist das gefährlich?«

Green lächelte. »Wo denkst du hin. Ich würde dich niemals in Gefahr bringen. Das Einzige, was dagegenspricht, ist, dass du schneller müde wirst und wir unsere Plauderei für ein Weilchen unterbrechen müssen, damit du wieder zu Kräften kommst.«

»In Ordnung, dann machen wir das«, sagte sie, ohne zu zögern.

Green stand auf und hantierte mit dem Tropf. Während er an dem kleinen Ventil drehte, das den Zufluss der Medizin regulierte, wandte er sich wieder ihr zu. »Jetzt suchst du dir einen beliebigen Punkt im Zimmer und konzentrierst dich darauf.«

»Ich werde nicht die Kontrolle verlieren, oder?«, fragte sie bang.

»Ich will dich nicht hypnotisieren«, beruhigte Doktor Green sie und schaltete das Aufnahmegerät ein. »Es ist nur eine Entspannungsübung.«

Mit den Augen suchte sie nach einem Zeichen oder einem Gegenstand – einem neutralen Ort. Sie entschied sich für einen blassen Feuchtigkeitsfleck an der Wand neben dem Bett. Er hatte eine gleichmäßige Form, die sie an ein Herz erinnerte.

Eine Mauer mit Herz. Sie musste lächeln. »Ich bin bereit.«

»Sam, hat es im Labyrinth je einen Augenblick gegeben, in dem du dich glücklich gefühlt hast?«

Was war das denn für eine Frage?

»Glücklich?«, wiederholte sie empört. »Wieso hätte ich glücklich sein sollen?«

»Ich weiß, das klingt komisch, aber wir müssen jeder möglichen Erfahrung nachspüren … Schließlich hast du fünfzehn Jahre dort drin verbracht, ich kann mir nicht vorstellen, dass du nur Angst und Wut empfunden hast. Sonst hättest du nicht so lange überlebt.«

»Gewohnheit«, entgegnete sie, ohne überhaupt zu wissen,

wie sie auf dieses Wort gekommen war. Der Schutzpanzer, der sie am Leben gehalten hatte, bestand aus kleinen Ritualen, die ihren Tag füllten. Aufstehen, das lange Haar bürsten, essen, aufs Klo gehen, die Kleider zusammenfalten, das Bett machen, sich hinlegen.

»Weißt du, Sam, das Grauen ist ein perfektes Versteck für Monster. Die Erinnerungen werden von den Emotionen überlagert. Wenn wir etwas über deinen Entführer herausfinden wollen, müssen wir ihn woanders suchen. Nicht nur in den hässlichen Dingen, sondern auch in den angenehmen.«

Doch selbst, wenn es gute Momente gegeben hatte, war es ihr peinlich, es zuzugeben. Es war, als müsste sie zugeben, dass sie mit ihrem Peiniger unter einer Decke gesteckt hatte. Sie starrte auf das Herz an der Wand und horchte in sich hinein.

Sie kniet auf dem Boden, die Hände in eine Schüssel mit kaltem Wasser getaucht. Sie wäscht Wäsche. Sie ist wütend, weil sie einen der kleinen Kanister opfern musste, die der Dreckskerl ihr hin und wieder hinstellt und mit denen sie normalerweise äußerst sparsam umgehen muss, um nicht zu verdursten. Doch sie hat ihre Tage bekommen und hat nur noch eine Unterhose übrig. Dieser elende Hurensohn. Sie hat zwei Würfelseiten vervollständigt und ihn um Tampons gebeten. Sie hat es durch das Labyrinth gebrüllt, in der Hoffnung, er würde sie hören. Was kostet dich schon eine Schachtel Tampons, du elendes Arschloch? Sie murmelt Flüche in sich hinein, die nur sie hören kann, weil sie trotz allem ständig Angst vor einer Bestrafung hat. Ihre Nase juckt, sie nimmt eine Hand aus der Schüssel und versucht sich mit der Fingerspitze zu kratzen. Dazu muss sie den Kopf heben.

Ein Schatten huscht an der Schwelle zum Zimmer vorüber.

Erschreckt schreit sie auf, macht einen Satz zurück und landet mit dem Hintern auf dem Boden. Was, zum Teufel, war das? Eine Maus? O Gott, wie widerlich. Sie hatte geglaubt, davon gebe es eine Menge hier, denn das Labyrinth lag bestimmt unter der Erde. Doch sie hat nie eine gesehen. Sie muss an eine große, glitschige, pelzige Ratte denken, die durch das Abflussrohr aus der Kloschüssel hervorkriecht. Sie denkt auch daran, dass die wenigen Vorräte, die sie noch hat, im Nebenzimmer liegen. Die Dosen sind kein Problem, aber das Viech könnte sich durch eine der Tüten mit den Brotscheiben knabbern oder sich an den Plastikschachteln mit dem widerlichen Schinken in Aspik zu schaffen machen, die der Mistkerl in großen Mengen anschafft. Wenn es nach ihr ginge, könnte die Ratte ruhig alles fressen. Aber diese Lebensmittel sind Treibstoff – daran erinnert sie sich immer wieder, wenn sie einen Bissen hinunterwürgen muss, der ihr nicht schmeckt. Sie braucht sie, um durchzuhalten und zu überleben.

Einen weiteren Tag überleben. Jedes neue Spiel durchstehen.

Deshalb muss sie nach nebenan gehen und nachsehen, sosehr ihr auch davor schaudert. Also steht sie auf und bemerkt, dass sie nichts hat, womit sie die Ratte jagen könnte. Weder einen Stock noch Schuhe, die sie nach ihr werfen könnte. Sie könnte allerdings den Kissenbezug nehmen, ein paar Krümel Essen hineinstreuen und ihr eine Falle stellen. Ja, das kann sie machen.

Sie späht auf den Korridor hinaus und blickt sich suchend um. Nichts zu sehen. Sie folgt der Richtung, in die sie den Schatten hat huschen sehen, und geht vorsichtig Zimmer für Zimmer ab, bis sie zu dem kommt, das sie als Vorratskammer nutzt.

Die Dosen, Kanister und der Rest der spärlichen Vorräte sind in einer Ecke gestapelt. Zögernd bleibt sie auf der Schwelle stehen. Dann macht sie einen Schritt hinein.

Und tatsächlich bewegt sich etwas in dem kleinen Haufen.

»He!«, sagt sie, als würde das reichen, um eine Kanalratte zu verjagen.

Als Antwort fällt eine Dose vom Stapel und rollt ihr vor die Füße.

Sie kreischt auf. Dann hebt sie die Dose hoch und reckt sie wie eine Waffe. Sie wird ihr den beschissenen kleinen Schädel zertrümmern. Schritt um Schritt wagt sie sich vor. Nähert sich langsam. Obwohl sie keine weiteren Bewegungen wahrnehmen kann, hält sie den Arm über den Kopf gereckt, bereit zuzuschlagen. Dann erstarrt sie.

Inmitten der Vorräte sitzt keine Ratte, sondern ein Kätzchen, das sie mit riesigen Augen neugierig ansieht. Und miaut.

Sie kann es nicht fassen. Sie stellt die Dose ab und streckt die Arme nach ihm aus. Sie ist so glücklich, dass ihr die Tränen kommen. Sie will es nur in den Arm nehmen und streicheln. »Na komm, Kleines ...«, redet sie ihm zu. Und es lässt sich von ihr hochnehmen. Sie hebt es an ihre Brust und drückt es sanft, um ihm nicht wehzutun. Sie küsst es auf das Köpfchen, und es fängt an zu schnurren.

»War es wirklich eine Katze?« Green klang belustigt.

»Ja«, bekräftigte sie und musste ebenfalls lachen. »Stellen Sie sich vor, wenn ich ihr diese Dose übergezogen hätte, das hätte ich mir nie verziehen.«

»Und du hast dich um sie gekümmert?«

»Ich habe ihr zu fressen gegeben, und sie schlief in meinem Bett. Wir haben viel gespielt, und ich habe mit ihr geredet.«

»Ich mag Katzen auch«, sagte Doktor Green. »Die ist bestimmt ganz schön groß geworden.«

»Ein Prachtkater.« Die Erinnerung war schön. Sie war Green dankbar dafür, sie wachgerufen zu haben.

»Wie war das? Ich meine, was hast du empfunden?«

»Ich habe nicht erwartet, im Labyrinth etwas zu finden, das ich lieben könnte. Es war irgendwie seltsam«, überlegte sie. »Denn in der Zeit mochte ich mich selbst nicht mehr. Ich war ständig wütend. Ich war vulgär geworden, verlottert. Genauer gesagt, *er* hatte mich so werden lassen ... Aber dank dieses Kätzchens habe ich ein wenig Lebensfreude wiedergefunden.«

»Hast du ihm einen Namen gegeben?«

Sie überlegte. »Nein.«

»Wieso nicht?«

Ihre Miene verfinsterte sich. »Dort drinnen hatte ich selbst keinen Namen, niemand rief nach mir ... Im Labyrinth braucht es keine Namen, sie sind nutzlos.«

Green schien aufzuhorchen. »Wie hast du dir die Gegenwart des Kätzchens erklärt?«

Sie schwieg einen Moment. »Zuerst habe ich gedacht, es wäre wieder eines von seinen grausamen Spielchen. Er hätte sie mir nur geschenkt, um mich dazu zu zwingen, etwas Schreckliches zu tun ...«

»Weshalb hast du deine Meinung geändert?«

»Mir ist klar geworden, dass dieses Geschenk nicht von ihm stammte. Deshalb habe ich es vor ihm versteckt ...«

»Aber, entschuldige, wie ist das möglich? Vorher hast du gesagt, dass ›das Labyrinth dich beobachtete‹ und ›alles wusste‹.«

Green klang skeptisch, das gefiel ihr nicht. »Aber so war es«, beteuerte sie gereizt.

»Sam, bist du sicher, dass du eine Katze hattest?«

»Was wollen Sie damit sagen, dass ich mir das nur eingebildet habe?« Tränen der Wut schossen ihr in die Augen. »Ich bin nicht verrückt.«

»Das sage ich auch gar nicht, aber ich bin dennoch irritiert.«

Obwohl er ganz freundlich blieb, machte er sie wütend.

»Was irritiert Sie?«, fragte sie herausfordernd.

»Nun, ich sehe zweierlei Möglichkeiten. Die Katze ist nicht real ... oder *er* ist es nicht.«

»Was wollen Sie damit sagen?«

Green blieb ungerührt. »Eine Sache musst du mir bitte erklären, Sam«, sagte er höflich. »Es klingt immer, als würdest du die Regeln des Labyrinths ganz genau kennen, als hätte dich jemand entsprechend vorbereitet. Wie ist es möglich, dass er nie mit dir geredet hat? Zuweilen habe ich den Eindruck, du würdest ihn gut kennen, und trotzdem behauptest du, du hättest ihn nie gesehen ...«

Wieder diese Frage, sie war es leid, ihm immer wieder zu sagen, dass *er* sich nie hatte blicken lassen. »Wieso wollen Sie mir nicht glauben?«

»Ich will dir glauben, Sam.«

Sie wandte sich ab und konzentrierte sich wieder auf den herzförmigen feuchten Fleck an der Wand. »Das ist nicht wahr.«

»Doch, ist es. Aber ich hätte gern, dass du dich eines fragst ... Wenn es nicht der Entführer war, der die Katze ins Labyrinth gesetzt hat, wie ist sie hineingekommen?«

Das Herz auf der Wand begann zu pochen. *Das kann nicht sein.* Doch sie hatte es ganz genau gesehen, es war keine Einbildung. Es hatte sich bewegt.

»Ich weiß, dass du die Antwort kennst, Sam.«

Noch ein Herzschlag. *Da, schon wieder.* Dann ein dritter, ein vierter. Es pochte immer schneller. Das Herz schwoll an und schrumpfte wieder. Die Wand pulsierte, genau wie sie.

»Sam, heb doch bitte mal dein Nachthemd hoch«, sagte Green plötzlich. »Ich möchte, dass du dir deinen Bauch ansiehst ...«

»Was? Wieso?«

Green schwieg.

Sie zögerte einen Moment, kam dann aber seiner Aufforderung nach. Ehe sie das Hemd hochzog, um nachzusehen, schob sie beide Hände unter den Stoff und befühlte ihre Haut. Beim Umtasten des Bauchnabels stieß sie auf etwas. Ihre Fingerkuppen berührten eine leichte Delle. Eine gerade, unebene Furche. Sie fuhr sie entlang und stellte fest, dass sie am Unterleib endete. Eine Narbe.

»Bist du sicher, dass es eine Katze war, Sam?«

Greens Stimme in ihren Ohren wurde von dem Pochen übertönt. Das Herz an der Wand schlug und wummerte, es pulsierte heftig …

Sie kniet auf dem Boden, die Hände in eine Schüssel mit kaltem Wasser getaucht. Sie wäscht Wäsche. Sie ist wütend, weil sie einen der kleinen Kanister opfern musste, die der Dreckskerl ihr hin und wieder hinstellt und mit denen sie normalerweise äußerst sparsam umgehen muss, um nicht zu verdursten. Sie hat zwei Würfelseiten vervollständigt und ihn um Windeln gebeten. Sie hat es durch das Labyrinth gebrüllt, in der Hoffnung, er würde sie hören. Was kostet dich schon eine Packung Windeln? Sie murmelt Flüche in sich hinein, die nur sie hören kann, weil sie trotz allem ständig Angst vor einer Bestrafung hat. Ihre Nase juckt, sie nimmt eine Hand aus der Schüssel und versucht sich mit der Fingerspitze zu kratzen. Dazu muss sie den Kopf heben.

Ein Schatten krabbelt an der Zimmerschwelle vorbei.

Sie steht auf und läuft ihm nach. Sie hört ein Lachen, während die Gestalt versucht, ihr zu entkommen. Es ist ein Spiel, das einzige schöne Spiel im Labyrinth. Sam folgt der Erscheinung, die sich umdreht und sie neugierig mit ihren riesigen Augen betrachtet. Sie lächelt sie an.

Und dann streckt sie die Arme nach ihrer Mutter aus. Sam nimmt sie hoch. Sie ist so glücklich, dass ihr die Tränen kommen. Sie will sie einfach nur streicheln. Ihre Tochter. »Na komm, Kleines …«, redet sie ihr zu. Sie drückt sie an ihre Brust. Küsst sie auf die Stirn, und sie legt ihr Köpfchen auf ihre Schulter.

Ihre Geburt hat alles verändert. Sie wurde zum wichtigsten Grund, weiterzumachen. Zum Glück ist die schlimmste Zeit vorüber, als das Neugeborene nicht genug wuchs, weil es dort unten kein Sonnenlicht gibt. Die Pulvermilch, die nie reichte, und dann die Babynahrung, die rationiert werden musste. Und als sie diese Erkältung hatte mit diesem Husten, der einfach nicht weggehen wollte. Sie hat ständig Angst, sie könnte krank werden, weil sie so zart und winzig ist und niemand ihr helfen kann, wenn ihr etwas zustößt. Während sie zusammen auf der Matratze am Boden schlafen, legt Sam ihr eine Hand auf den Brustkorb, um sicherzugehen, dass sie noch atmet. Sie spürt ihr winziges Herz …

Das Herz an der Wand hörte auf zu schlagen.

»Wie konnte ich das vergessen?«, fragte sie, die Augen voller Tränen.

»Ich glaube nicht, dass du es vergessen hast, Sam«, tröstete sie Doktor Green. »Die Medikamente sind schuld, mit denen dich der Entführer vollgepumpt hat, um dich unter Kontrolle zu haben.«

Sie fürchtete sich davor, die nächste Frage zu stellen, doch sie musste es wissen. »Was, glauben Sie, ist aus der Kleinen geworden?«

»Ich weiß es nicht, Sam. Aber vielleicht bekommen wir es gemeinsam heraus …« Er stand auf, ging zum Tropf und drosselte den Fluss des Gegenmittels. »Doch jetzt musst du ein bisschen schlafen. Wir unterhalten uns später weiter.«

23

*Für einen sadistischen Tröster ist der Tod vollkommen neben-
sächlich.*

Wieder rief sich Genko Delacroix' Worte ins Gedächtnis,
mit denen er ihm beim Treffen auf dem Revier hatte klarma-
chen wollen, wie gefährlich der Psychopath war, mit dem sie
es zu tun hatten.

Deshalb hatte Bunny einen Fremden benutzt, um Linda umzubringen. Der Dreckskerl machte sich die Hände nur schmutzig, wenn es nicht anders ging, wie im Fall von Tamitria Wilson, die sein wahres Gesicht gekannt hatte. Aus der Sicht
dieses Monsters war Töten kein Spaß. Es live zu zeigen hingegen schon, überlegte Bruno und dachte an die Bilder, die un-
vermutet aus dem Darknet aufgetaucht waren.

»Es tut mir leid wegen deines kleinen Freundes«, sagte
Bauer.

Eher ungläubig als verärgert schüttelte Genko den Kopf.
Dieses Arschloch kriegte es einfach nicht hin, von Linda als
Frau zu reden. Das war nicht einmal Bosheit, sondern die
totale Ignoranz. Und die war für Bruno noch unverzeih-
licher.

Er hatte gesehen, wie sie auf einer Bahre abgeholt worden
war. In einem schwarzen Sack war sie an ihm vorbeigetragen
worden, auf direktem Weg ins Leichenschauhaus. Und jetzt
saß er auf dem Gehsteig, während es ringsum von Streifenwagen mit blinkendem Blaulicht wimmelte, und musste sich

die erbärmlichen Beileidsbekundungen eines Bullen anhören, den er nicht ausstehen konnte.

Er dachte an ihr letztes Gespräch, Linda hatte sich Sorgen um ihn gemacht. Seine Freundin hatte nicht ahnen können, dass auch ihr Ende unmittelbar bevorstand.

Wie denn auch – wenn einem jemand völlig unverhofft eröffnet, dass er im Sterben liegt, ist vermutlich das Letzte, woran man denkt, dass es einen selbst noch schneller treffen könnte.

Delacroix kam zu ihm. »Genko. Wie geht es dir?« Er klang aufrichtig.

»Ganz okay«, entgegnete Bruno knapp. Doch das stimmte nicht. Er fühlte sich verantwortlich. Linda war tot, weil er sie nicht richtig beschützt hatte. Er hatte seine eigene Identität nicht genug geschützt und sich angreifbar gemacht – und dieser Bunny war Profi genug, das sofort gegen ihn zu verwenden.

»Wer ist der Mann?« Er meinte den Mörder seiner Freundin.

»Er heißt Peter Forman und ist Zahnarzt«, erwiderte der Polizist. »Er hat eine Frau und zwei Töchter, Meg und Jordan.«

»Hat er die Wahrheit gesagt? Hat ihn wirklich jemand gezwungen, Linda zu töten?« Genko bekam die Bilder der Live-Übertragung einfach nicht aus dem Kopf.

»Leider ja«, bestätigte Delacroix. »Eben ist eine Spezialeinheit in Formans Haus in Lacerville eingedrungen. Sie haben die Frau und die Mädchen im Keller gefunden, völlig verängstigt, aber unversehrt. Die Frau behauptet, sie habe gar nicht begriffen, was vor sich ging. Sie steht unter Schock und wiederholt ständig, dass ein Mann mit einer Hasenmaske in ihr Haus eingebrochen sei, während sie geschlafen haben.«

»Habt ihr seine Fingerabdrücke in Formans Haus gefunden?«

»Die Spurensicherung fängt gerade erst an, in ein paar Stunden wissen wir Bescheid.«

Bruno war stinksauer. »Hättet ihr euch sofort um Robin Sullivan gekümmert, wäre das hier überhaupt nicht passiert.« Er versuchte, einen Teil des Schuldgefühls wegen Lindas Tod auf sie abzuwälzen.

»Völliger Schwachsinn«, blaffte Bauer. »Dein Robin Sullivan ist tot!«

»Was?«

»Wir haben ihn überprüft«, bestätigte Delacroix. »Er hat vor fast zwanzig Jahren einen Autounfall gehabt.«

Bruno war fassungslos. Mit wem hatte Tamitria Wilson dann am Telefon geredet? Wer war der Mann mit der Hasenmaske, der extra seinetwegen mitten in der Nacht auf die Farm gekommen war? Genko wusste nicht, was er denken sollte. Das Einzige, worüber es keinen Zweifel gab, war, dass er die falsche Fährte verfolgt hatte.

»Was wird jetzt aus Forman?«, fragte er matt.

»Fürs Erste wird er wegen Mordes angeklagt. Die Ärzte vom Saint Catherine sagen, er habe zwar sehr viel Blut verloren, aber es sei nicht lebensbedrohlich. Sie operieren ihn gerade, er sollte durchkommen.«

»Ihr habt ihn in dasselbe Krankenhaus gebracht, in dem Samantha Andretti liegt?«, fragte Genko ungläubig.

»Das ist der sicherste Ort, schließlich wird es eh schon bewacht«, erklärte Bauer mit seiner typischen Arroganz. »Wieso, hast du was dagegen?«

»Nein, im Gegenteil. Das war eine überaus weise Entscheidung«, pflichtete Genko bei. »Ich an eurer Stelle würde mich um diesen braven Bürger ganz besonders gut kümmern.«

Genkos Spott brachte Bauer auf die Palme, aber Delacroix hielt seinen Kollegen mit einer Geste zurück. »Was weißt du, was wir nicht wissen?«, fragte er unvermittelt, weil er das Spielchen des Privatermittlers witterte.

Genko zuckte die Achseln. »Nichts«, sagte er und meinte das genaue Gegenteil.

»Die erste Streife ist zehn Minuten nach deinem Anruf hier eingetroffen, das heißt, du warst ein ganzes Weilchen mit Forman allein. Willst du mir weismachen, dass ihr die ganze Zeit kein Wort miteinander geredet habt?«

Genko musterte die beiden. Er wollte sie glauben machen, dass er etwas in der Hand hatte, aber noch überlegte, ob er damit herausrücken sollte. Doch ihm drehte sich der Kopf, und sein Herz war zu kaputt, um diese Fassade länger aufrechtzuerhalten.

»Gut möglich, dass der Zahnarzt das wahre Aussehen des Hasenmannes kennt«, sagte er also.

»Gut möglich oder sicher?«, bohrte Bauer ungeduldig nach.

»Kommt drauf an …«

»Ich hab die Schnauze voll von diesem Arschloch«, schnaubte der Bulle und wandte sich an seinen Kollegen. »Warten wir, bis Forman aus der Narkose aufwacht, und lassen uns eine Beschreibung geben.«

»Er hat den Mann an seiner Stimme erkannt«, sagte Genko.

»Das erscheint mir wenig glaubwürdig«, gab Delacroix argwöhnisch zurück.

Bauer war der gleichen Meinung. »Wie soll sich einer, der bereits unter Schock steht, weil ein maskierter Irrer in sein Haus einbricht, auf dessen Stimme konzentrieren?«

»Das habe ich auch gedacht«, versetzte Genko. »Aber ihr braucht nur seine Frau zu fragen. Sie kennt ihn auch.« Er schwieg einen Moment, um die Neuigkeit wirken zu lassen.

»Es ist jemand, der bei ihnen ein und aus geht. Aber die Frau scheint nicht darauf gekommen zu sein, sonst hätte sie es euch wohl gesagt.«

Delacroix war wieder ganz Ohr. »Und wer soll das sein? Ein Freund der Familie? Ein Bekannter?«

»Hör nicht auf diesen Wichtigtuer«, schaltete sich Bauer ein und versuchte, seinen Kollegen wegzuziehen. »Der erzählt uns nur einen Haufen Scheiße.«

»Ich bin sicher, dass Formans Frau euch nützliche Hinweise für ein Phantombild geben kann.« Genko machte eine Kunstpause, damit die beiden sich darüber klar werden konnten, was sie da in der Hand hatten. »Man muss sie nur auf die richtige Schiene setzen«, fügte er hinzu.

»Was willst du diesmal dafür?«, fragte Delacroix.

»Ich will das Phantombild sehen.«

»Und was stellst du dann damit an? Willst du dich auf die Suche nach ihm machen? Um einsame Rache zu üben?« Er klang belustigt.

Nein, er hatte nicht die Absicht, Linda zu rächen. Er kramte in seiner Tasche und hielt den beiden seinen Talisman hin.

Delacroix faltete das Blatt auseinander und las den ärztlichen Befund.

»Ich bin müde«, sagte Genko. »Ich will nur weg von hier.« Weg von dieser beschissenen Welt, hätte er am liebsten hinzugefügt. »Und das in Frieden.«

Delacroix reichte das Blatt an Bauer weiter und wandte sich wieder an Genko. »Und du glaubst, diesem Monster ins Gesicht zu sehen, kann dir Frieden verschaffen?«

»Ganz genau. Alles andere sage ich euch nur in Gegenwart von Frau Forman. Ihr habt ja gelesen, was in dem Befund steht, nicht wahr? Ihr müsst mir also weder drohen noch mich wegen Behinderung der Ermittlungen in den Knast stecken.

Das Einzige, wovor ich Angst habe, ist längst unaufhaltbar in Gang gesetzt. Deshalb läuft es jetzt entweder so, wie ich es sage, oder ihr könnt mich mal.«

Er markierte den Harten, doch in Wirklichkeit hatte er bereits beschlossen, den beiden auch das Comicheft zu geben, damit sie den Ursprung von Bunnys Maske nachvollziehen konnten. Nachdem er erfahren hatte, dass Robin Sullivan tot war, war seine einzige Spur im Sande verlaufen, und er brauchte das Heft nicht mehr. Aber was Delacroix als Nächstes sagte, ließ ihn seine Meinung ändern.

»Seltsam, dass du die Frau des Zahnarztes sehen willst«, meinte der Bulle. »Sie hat nämlich auch um ein Treffen mit dir gebeten.«

24

Im Auto verließen sie mit ihm die Stadt. Es war noch Nacht, doch das Thermometer am Armaturenbrett zeigte achtunddreißig Grad Außentemperatur. Trotzdem fing Bruno an zu frösteln.

Der Tod wollte ihm wohl zu verstehen geben, dass er ihn nicht vergessen hatte.

Sie erreichten ein Motel. Obwohl es in einer alles andere als touristischen Gegend lag, warb das Schild mit »Urlaub für die ganze Familie«. Ein Karree Bungalows säumte einen jauchigen Pool, überhaupt ließ der allgemeine Zustand zu wünschen übrig. Der Ort wurde von mindestens ebenso vielen Polizisten bewacht wie das Krankenhaus, in dem sich Samantha Andretti und Peter Forman befanden.

Bauer parkte den Wagen auf dem Vorplatz und öffnete Genko die hintere Tür. Der Privatermittler blickte sich um. Dutzende Polizistenaugen richteten sich auf ihn und ließen keinen Zweifel daran, dass er nicht willkommen war.

»Hier lang«, sagte Delacroix.

Das kleine Apartment, in dem Frau Forman untergebracht war, war das zentralste und am einfachsten zu überwachende. Als Genko über die Schwelle des Bungalows trat, erkannte er sofort das Psychologenteam vom Präsidium. Die Experten betreuten die Frau und ihre Töchter, die noch immer unter Schock standen.

Meg und Jordan, beide blond und noch keine zehn Jahre alt,

saßen am Küchentisch. Eine Psychologin hatte ihnen Malzeug gegeben, um sie abzulenken. Die beiden Schwestern wirkten allerdings ohnehin gefasster als ihre Mutter, die im Nebenzimmer auf dem Bett lag und nicht aufhören konnte zu weinen, während ein Arzt ihren Blutdruck maß. Als sie die Männer hereinkommen sah, setzte sie sich auf.

»Wie geht es Peter?«, fragte sie bang.

»Er ist in guten Händen«, beruhigte sie Delacroix, gab dem Arzt ein Zeichen, sie allein zu lassen, und schloss die Tür.

»Frau Forman, könnten Sie noch einmal wiederholen, was Sie uns vorhin erzählt haben?«, bat Bauer.

»Natürlich.« Die Frau fing an, nervös an ihren rot lackierten Fingernägeln zu knabbern.

Das wirkte befremdlich, denn Frau Forman war äußerst gepflegt, selbst in diesem Ausnahmezustand noch sorgfältig zurechtgemacht. Aber wie oft hatte Genko das schon bezeugt. Die Angst ließ einen jegliche Beherrschung vergessen.

»Ich hatte schon immer Einschlafschwierigkeiten, seit ich klein war. Ich nehme ein Schlafmittel, ehe ich zu Bett gehe, deshalb schlafe ich sehr tief ... Als die Mädchen geboren wurden, ist Peter nachts aufgestanden, um ihnen das Fläschchen zu geben und die Windeln zu wechseln.«

Die Frau versuchte sich dafür zu rechtfertigen, nicht auf die Kinder aufgepasst zu haben, verstand Genko.

»Haben Sie gestern auch ein Schlafmittel genommen?«, fragte Delacroix.

»Diese wahnsinnige Hitze und das Schlafen bei Tag haben mich völlig durcheinandergebracht ...« Auf der Suche nach Erinnerungen verlor sich ihr Blick im Zimmer. »Ich glaube, es war gegen zwei Uhr nachmittags. Ich muss wohl eines der Mädchen gehört haben, das nach mir rief. Die Fensterläden waren geschlossen, doch im Zwielicht habe ich gesehen, dass

Peter nicht mehr neben mir lag. Ich dachte, er sei aufgestanden, um nach den Mädchen zu sehen, und wollte mich schon wieder hinlegen, doch dann habe ich wieder Meg gehört. Aber ihre Stimme kam nicht aus dem Kinderzimmer … Sie war weiter weg, und sie klang verängstigt.«

Genko sah, wie sich ihr Gesicht verzog. Sie durchlebte den Moment erneut, und ihr Blick spiegelte die Angst, die sie in der Nacht empfunden hatte. Nur das Grauen konnte Menschen derart entstellen.

»Ich bin aufgestanden und nachsehen gegangen«, fuhr Frau Forman fort. »Meg und Jordan waren nicht in ihren Betten. Ich habe nach ihnen gerufen, aber sie antworteten nicht.« Sie zog die Nase hoch und war wieder kurz vor den Tränen. »Verzweifelt bin ich durch das ganze Haus gelaufen. Dann habe ich gesehen, dass die Kellertür angelehnt war.« Sie machte eine Pause. »Die Mädchen wissen, dass sie nicht dort hinuntergehen dürfen, das ist gefährlich. Ich dachte, sie hätten es trotzdem getan oder wären hinuntergestürzt, aber stattdessen …« Verstört brach die Frau ab.

»Was haben Sie im Keller entdeckt?«, drängte Delacroix sanft.

Sie überhörte ihn und richtete den Blick auf Genko. »Als ich auf die Tür zuging, tauchte plötzlich vor mir dieses …« Sie stockte, weil sie nicht wusste, wie sie benennen sollte, was sie gesehen hatte. »Es … Er trug einen Mechaniker-Overall, Skihandschuhe … Zuerst war ich nicht mal verschreckt, sondern eher … überrascht. Ich dachte, dem muss ziemlich heiß sein in diesen Klamotten.«

Keine ungewöhnliche Reaktion, wie Genko wusste. Der Verstand braucht einen Moment, um Abwegigkeiten zu verarbeiten, und versucht immer, die Angst zu rationalisieren.

»Doch dann habe ich seine Maske gesehen …« Die Frau

schluchzte auf. »Ich war mir sicher, dass er den Mädchen etwas angetan hat.«

Genko wartete, bis sie sich wieder beruhigt hatte. »Ihren Mädchen geht es gut«, beschwichtigte er sie, denn bestimmt tat es der Frau gut, das immer wieder gesagt zu bekommen.

»Der Mann hat mich am Arm gepackt und gezwungen, ihm in den Keller zu folgen.« Sie holte Luft. »Er hatte die Mädchen gefesselt. Mit mir hat er das Gleiche gemacht, und dann hat er uns dortgelassen.«

Delacroix warf Genko einen Blick zu, um ihm zu verstehen zu geben, dass er jetzt an der Reihe war.

»Frau Forman«, hob Bruno an. »Ehe er das Bewusstsein verlor, hat Ihr Mann mir gesagt, er hätte den Maskierten an seiner Stimme erkannt.«

Die Frau zuckte zusammen, sie wirkte verstört. »Ich weiß nicht ... Ich hatte keine Ahnung, wo Peter steckte ...«

Bei Linda, um sie kaltzumachen, dachte Genko, behielt es jedoch für sich.

»Herr Forman hat Ihren Gärtner erwähnt, doch er wusste seinen Namen nicht.«

Die beiden Bullen nahmen die neue Information zur Kenntnis und blickten die Frau erwartungsvoll an.

Sie überlegte einen Moment. »Den kenne ich auch nicht ... Er ist nicht bei uns angestellt, sondern kommt nur ab und zu ...«, sagte sie dann.

»Haben Sie zufällig seine Telefonnummer?«, schaltete sich Delacroix ein.

Genko bemerkte, dass der Polizist ungeduldig wurde, er hatte bekommen, was er brauchte, und wollte das Gespräch wieder an sich reißen.

»Nein, mein Mann hat ihn immer auf dem Parkplatz des Einkaufszentrums abgeholt, wenn wir ihn brauchten«, antwortete die Frau. »Da, wo die Arbeitslosen stehen und darauf warten, dass jemand ihnen einen Tagesjob anbietet, wissen Sie?«

Genko stellte sich vor, wie der Pfennigfuchser Forman mit seinem Luxusauto bei den armen Schluckern vorfuhr und ihnen eine Schwarzarbeit anbot.

»Können Sie sich denn wenigstens daran erinnern, welchen Wagen der Gärtner fährt?«, fragte Bauer.

»Ich glaube, es war ein hellblauer alter Ford Transporter.«

»Könnten Sie den Mann beschreiben?«

»Ja, ich denke schon.« Dann stockte die Frau, als wäre ihr plötzlich etwas Wichtiges eingefallen. »Er hat ein großes dunkles Muttermal, genau hier.« Mit der Hand bedeckte sie ihr ganzes rechtes Auge.

Wenig später saßen sie im Wohnzimmer des Bungalows, und die Frau begann, den Gärtner detailliert zu beschreiben.

Da das Ergebnis eines Phantombilds im Wesentlichen vom Zusammenspiel der Zeugenerinnerung und der Vorstellungskraft des Zeichners abhing, beschäftigte die Spurensicherung normalerweise mehrere Zeichner gleichzeitig, um die Wahrscheinlichkeit eines möglichst wirklichkeitsnahen Phantombildes zu erhöhen. Zum Schluss würde jeder Zeichner der Forman sein Ergebnis vorlegen, damit sie dasjenige auswählen konnte, das dem Mann am ähnlichsten sah.

Während Delacroix und Bauer ihren Kollegen über die Schulter sahen, hielt sich Genko auf Abstand. Mit verschränkten Armen lehnte er an der Wand. Er beobachtete die Phantombildzeichner bei der Arbeit, während Bunnys wahres Gesicht auf den Bildschirmen ihrer Laptops allmählich Gestalt annahm. Die drei Phantombilder hatten einiges gemeinsam. Das war gut, denn es bedeutete, dass die Frau sich deutlich erinnerte.

Als der Moment gekommen war, die Form des Leberflecks auf dem Gesicht zu rekonstruieren, sah Bruno ein dunkles Mal entstehen, das einen Großteil der rechten Gesichtshälfte von der Wange bis zur Augenbraue bedeckte.

Deshalb trägt er eine Maske, überlegte er. Wer weiß, wie viele Hänseleien und Gemeinheiten er von Kindheit an wegen dieses physischen Makels über sich hat ergehen lassen müssen. Vielleicht hatte sein völliger Mangel an Empathie etwas damit zu tun, dass er die menschliche Gnadenlosigkeit am eigenen Leib erfahren musste.

Obwohl die Zeichner ihre Arbeit noch nicht ganz beendet hatten, konnte Bruno dem Monster, das ihm Linda genommen hatte, bereits ins Gesicht sehen. Sein Ausdruck war kalt und teilnahmslos, doch das war bei allen Phantombildern so. Während er versuchte, hinter das Rätsel dieses Gesichtes zu kommen, wurde ihm erneut schwindelig, und ihm blieb die Luft weg. Er wandte sich ab und blickte zur Küche, wo nur noch eine der beiden Forman-Töchter am Tisch saß. Das musste Meg sein, die Kleinere. Die andere war gewiss schon im Bett. Das Mädchen war ebenfalls ganz ins Zeichnen vertieft. Doch auf ihrem Blatt war nicht das gewöhnliche Gesicht eines Monsters zu sehen, das nicht erahnen ließ, zu welchen Gräueln es fähig war, sondern ein Schiff auf dem Meer an einem schönen, sonnigen Tag. Genko wünschte, das Jenseits wäre so friedlich wie Meg Formans Bild. Ja, an diesen Ort würde er gern gehen. Das Mädchen sah auf, als hätte es seine Gedanken gespürt, und lächelte ihn an.

»Das ist er«, befand Frau Forman mit gebrochener Stimme.

Kaum hatten die Zeichner ihr die Resultate gezeigt, war sie in Tränen ausgebrochen.

Delacroix suchte Genkos Blick und winkte ihn zu sich.

»Bleibt noch eine Sache zu klären«, sagte der Bulle an die Frau gewandt. »Nachdem wir Sie befreit haben, baten Sie darum, Herrn Genko zu treffen.« Er deutete auf den Privatermittler. »Hier ist er.«

»Sie wollten mich sprechen?«, fragte Genko freundlich.

Die Frau zog die Nase hoch und erschauderte. »Das war nicht meine Idee. Der Mann mit der Maske hat das verlangt.«

Bauer und Delacroix wechselten einen Blick. »Was genau hat er verlangt?«, fragte Bauer.

»Ihm eine Nachricht zu überbringen.« Sie machte eine Pause. »Persönlich.«

Sie stand vom Sofa auf und ging unter den sprachlosen Blicken der Anwesenden auf Genko zu.

Bruno blickte ihr entgegen und rührte sich nicht.

Als sie direkt vor ihm stand, beugte sich die Frau zu seinem Ohr und flüsterte: »Robin Sullivan lässt Sie grüßen.«

25

Der Gebäudeteil Nummer vier war grau und nichtssagend. Er lag im Westflügel und war die abgelegenste Abteilung des ganzen Präsidiums.

Im Souterrain befand sich der Limbus.

Bruno Genko hatte sich immer gefragt, warum die Vermisstenbehörde diesen Spitznamen trug, doch kaum hatte er einen Fuß hineingesetzt, war ihm klar, warum. Schon ein einziger Blick in die Eingangshalle sorgte für Gänsehaut.

Zahllose winzige Augen starrten ihm entgegen. Die hohen, fensterlosen Wände waren über und über mit Porträtfotos bedeckt.

Das waren keine nüchternen Fahndungsfotos. Es waren fröhliche Menschen darauf zu sehen, aufgenommen bei irgendwelchen besonderen Gelegenheiten – Geburtstagen, Ausflügen, Weihnachten. Bruno fragte sich, warum man ausgerechnet diese Fotos ausgesucht hatte. Passbilder wären naheliegender gewesen. Oder zumindest Aufnahmen, auf denen die Gesichter nicht von einem Lächeln verzogen waren. Das wirkte irgendwie ungewollt grausam in diesem Zusammenhang, fand er.

Jedes Bild trug eine Bildunterschrift. Der Name, der Ort, an dem die Person zum letzten Mal gesehen worden war, das Datum ihres Verschwindens. Es gab Frauen, Männer, Alte. Doch vor allem fielen die Kinder ins Auge. So viele vermisste Kinder. Genko schluckte.

Der Privatermittler machte ein paar Schritte in den Saal,

und die Augen, die ihn von den Wänden anstarrten, folgten ihm. Bruno spürte, dass sie ihn trotz der Freude in ihren Gesichtern beneideten. Auch er würde bald im Schattenreich verschwinden, doch im Gegensatz zu all diesen Menschen auf den Fotos an der Wand würde er wissen, dass er tot war.

Die Bewohner des Limbus hingegen wissen nicht, was sie sind. In der Vorstellung derer, die noch immer auf sie warten, leben und sterben die Vermissten in einem fort. Deshalb finden sie keinen Frieden.

Noch während er das dachte, wurde die Halle vom Klang eines sich nähernden Geräusches erfüllt. Nervös wich Bruno zurück. Gleich darauf tauchte in der Tür am anderen Ende des Raumes ein Wesen auf, das im Galopp auf ihn zugestürmt kam, als wollte es sich auf ihn stürzen. Dann erklang eine menschliche Stimme.

»Hitchcock, Platz!«

Auf den Befehl hin blieb der große, pelzige Hund urplötzlich stehen und setzte sich vor Genkos Füße. Einige Sekunden vergingen, bis im hellen Rechteck der Tür, durch die das Tier hereingestürmt war, eine hochgewachsene Gestalt erschien.

»Kann ich Ihnen helfen?«, fragte eine Männerstimme.

Genko erkannte den Sonderermittler, mit dem er telefoniert hatte, als er nach der Akte von Robin Sullivan gefragt hatte.

»Agent Berish?«

Der Mann kam näher. Er hielt eine kleine Wasserflasche in der Hand. Auch diesmal war seine Kleidung von bestechender Eleganz: Er trug einen dunkelblauen Anzug und eine farblich passende Krawatte.

Er sah kein bisschen aus wie ein Bulle, befand Bruno.

»Mein Name ist Genko, ich bin Privatermittler.«

»Und ich bin Simon Berish«, stellte sich der Mann vor und musterte ihn genauer. »Ist Ihnen nicht gut?«

Kein bisschen, hätte Bruno am liebsten gesagt. »Mir gings schon besser.«

Berish schien sich mit der Antwort zufriedenzugeben. »Bitte, Herr Genko, kommen Sie.« Zusammen mit dem Hund geleitete er ihn zu den Büros.

»Ihr habt wohl nicht besonders viel Personal«, meinte Bruno auf dem Weg an den leeren Schreibtischen vorbei. Kein Wunder. Angesichts der vielen Fälle, die ungelöst blieben, war niemand besonders scharf auf den Limbus.

»Viel zu wenig. Und dann beschweren sich die Leute über die schlechte Erfolgsquote der Vermisstenabteilung, ich kann Ihnen sagen, das ist deprimierend«, erklärte Berish und öffnete die Tür zu einem Büro.

Doch Genko merkte, dass der Polizist ihn mit seiner allzu einladenden Geste von etwas abzulenken versuchte. Ehe er eintrat, blieb er vor einer Tafel neben der Tür stehen, an der die Daten eines aktuellen Falls zusammengetragen waren.

Eine Spirale aus Straßenkarten, Notizen und Aufnahmen von Orten, die Genko noch nie gesehen hatte. In der Mitte war das Foto einer ausgebrannten und offenbar verlassenen Mühle. »Ort der letzten Meldung« stand in rotem Filzstift darauf.

Während er die eigenartige Collage betrachtete, bemerkte Bruno, wie Berish hinter ihn trat.

»Wer ist die verschwundene Person?«, fragte Bruno.

»Tut mir leid, das kann ich Ihnen nicht sagen«, entgegnete der Polizist und fügte in vertraulichem Ton hinzu: »Die Leiterin des Limbus ermittelt verdeckt.«

Lächelnd drehte sich Bruno zu ihm um. »María Elena Vasquez. Immer noch so eifrig im Einsatz?«

»Ja, unsere Mila«, sagte Berish.

Mila Vasquez war bekannt für ihre ungewöhnlichen Ermittlungsmethoden. Vor ein paar Jahren war sie an der Aufklärung der Todesflüsterer-Morde beteiligt gewesen. Ein ziemlich spektakulärer Fall um eine Handvoll entführter und verstümmelter Mädchen. Mila galt in der Szene als riesiges Talent – und manch einer wunderte sich, dass sie noch immer auf dem undankbaren Posten im Limbus hockte und nicht längst die Mordkommission leitete. Aber offenbar lagen Mila insbesondere die Kindesentführungen am Herzen.

»Es wird sie sehr gefreut haben, dass Samantha Andretti wiederaufgetaucht ist.«

»O ja, das hat es. Aber kurz darauf ist sie undercover gegangen. Ich habe schon länger nicht mit ihr gesprochen, scheint ganz absorbiert von ihrem aktuellen Fall. Sie wissen ja, das Verbrechen ruht nie ... Kommen Sie, Herr Genko, kommen Sie.«

Aber Genkos Blick hing noch an der Wandcollage. Er dachte an Berishs Streit mit Bauer und Delacroix, die verhinderte Prügelei auf dem Revier, die Worte des Sonderermittlers, die zugleich ein Vorwurf an die Kollegen gewesen waren. »Wann fangt ihr endlich an, sie zu suchen?«, hatte er sie gefragt und keine Antwort erhalten. Wollte Berish etwa, dass nach seiner Vorgesetzten gesucht würde?

»Sie sagten, Sie seien Privatermittler«, kam der Polizist zum Punkt, bevor Genko danach fragen konnte.

Genko folgte ihm in sein Büro und nahm vor dem Schreibtisch Platz, hinter dem Berish sich bereits niedergelassen hatte. Der Hund rollte sich neben seinem Herrchen zusammen.

»Ich will Ihnen nicht Ihre Zeit stehlen, Agent Berish«, legte Bruno los, weil er ahnte, dass er nicht viel davon bekommen würde. »Und ich will ganz offen sein. Normalerweise biete ich einen Deal an, wenn ich bei einer Ermittlung auf die Hilfe der Polizei angewiesen bin.« Der Trick bestand darin, ihnen weiszumachen, dass nicht er sie, sondern sie ihn brauchten. »Aber ich kann Ihnen für die Anfrage, die ich an Sie richten möchte, keine Gegenleistung anbieten.«

»Ich weiß Ihre Ehrlichkeit zu schätzen.«

»Und ich die Herzlichkeit, mit der Sie mich empfangen.«

»Wir sind hier nicht zimperlich«, versicherte ihm Berish grinsend. »Vasquez folgt der Philosophie, immer mit allen zu kooperieren. Im Gegensatz zu anderen Abteilungen unserer Behörde schmoren unsere Fälle jahrelang im Limbus, ohne dass der kleinste Fortschritt zu verzeichnen wäre. Es fehlen die Mittel, die Ressourcen und der politische Wille, sich um Vermisste zu kümmern. Denn meistens ist der Kampf von Anfang an verloren. Und niemand verliert gern.«

Davon konnte Genko ein Lied singen. Schließlich hatte er vor fünfzehn Jahren den Fall Samantha Andretti angenommen, obwohl er sie bereits tot glaubte.

»Ich ermittle in einem Vermisstenfall, der sich Mitte der Achtzigerjahre ereignet hat: ein zehnjähriger Junge namens Robin Sullivan.«

Berish wollte gerade einen Zettel von einem Block reißen, um sich Notizen zu machen, hielt aber mitten in der Bewegung inne.

»›R.S.‹«, erinnerte er sich. »Sie waren das neulich Nacht am Telefon …« Der Polizist lächelte, wirkte aber nicht sonderlich überrascht. Zu Brunos Erstaunen wirkte er auch nicht verärgert.

»Es tut mir leid, dass ich mich für den Beamten Bauer ausgegeben habe«, sagte Genko. »Aber Sie haben das eh gleich gemerkt, stimmts? Und trotzdem haben Sie mir geholfen …«

Berish musterte ihn einen Moment lang, dann fing er an zu lachen. »Bauer ist ein verdammtes Arschloch. Und außerdem weiß ich, was es heißt, sich mit unkooperativen Kollegen herumplagen zu müssen.«

Womöglich bezog er sich auf den Fall, in dem Mila Vasquez derzeit ermittelte, überlegte Genko. »Keiner reagiert hier mehr auf meine Anrufe«, hatte Berish sich im Basiscamp in den Sümpfen bei Delacroix beschwert. Vielleicht zeigte er sich deshalb so hilfsbereit.

»Und werden Sie mir noch einmal helfen?«

Der Polizist nickte. »Soweit ich mich erinnere, hatten wir bei unserem Telefonat festgestellt, dass sich das Rätsel um sein Verschwinden nach drei Tagen aufgeklärt hat, als der Junge plötzlich wieder zu Hause auftauchte. Was wollen Sie noch wissen?«

»Nach seinem Wiederauftauchen war Robin nicht mehr derselbe«, fing Bruno an. »Die Eltern haben ein problematisches Kind mit seltsamen Störungen und Anwandlungen zurückbekommen, er war derart verändert, dass sie ihn nicht mehr wiedererkannten. Am Ende haben sie beschlossen, ihn der Obhut eines Kinderheimes zu überlassen.« Laut Tamitria Wilson waren Robins Eltern keine guten Menschen. Und auch Bruno konnte nicht verstehen, wieso sie sich nicht bemüht hatten, ihrem Kind die Dunkelheit wieder auszutreiben. *Die Dunkelheit hat ihn verseucht*, hatte die Alte auf der Farm gesagt. »Anscheinend hat die Ablehnung seiner Eltern den Schatten noch genährt, den der Junge in sich trug: Die Vernachlässigung, die Gleichgültigkeit und die Gewalt waren ein gefährlicher Nährboden für das, was aus ihm werden sollte.«

»Und was ist aus ihm geworden?«, fragte Berish.

»Der Entführer von Samantha Andretti«, antwortete Genko zur Verwunderung seines Gegenübers.

Und Bruno Genko war selbst verwundert. Er spürte, wie ihm ein Gewicht vom Herzen fiel. Plötzlich und vielleicht zum ersten Mal in seinem Leben hatte er das Gefühl, jemandem trauen zu können. Außer Linda, natürlich. Zu seiner Überraschung war dieser Jemand ausgerechnet ein Polizist. Simon Berish wirkte so ehrlich und aufrichtig, dass Bruno keine Bedenken hatte, all sein Wissen mit ihm zu teilen. Also erzählte er ihm haarklein, an welchem Punkt er mit seinen Ermittlungen angefangen hatte und was bis zu diesem Zeitpunkt passiert war.

Er erzählte ihm von Bunny, dem Hasenmann. Von dem geheimnisvollen apokryphen Comic, dessen Bilder sich in einem Spiegel in pornografische Szenen verwandelten. Von dem »sadistischen Tröster«, der einen ganz normalen Zahnarzt in einen kaltblütigen Mörder verwandeln konnte. Von Peter Forman, der in seinem Gärtner den Mann erkannt hatte, der seine Familie als Geisel genommen und ihn mit dem Mord an Brunos bester Freundin beauftragt hatte. Und schließlich von Frau Forman, die ihm Grüße von diesem Psychopathen überbracht hatte.

»Laut Bauer und Delacroix ist Robin Sullivan vor über zwanzig Jahren bei einem Autounfall umgekommen. Aber wissen Sie, was ich glaube? Wahrscheinlich hat der Kerl einfach seinen eigenen Tod inszeniert. Ihre Kollegen jedenfalls suchen jetzt den Gärtner der Formans. Sie haben das Phantombild eines Gesichts mit einem großen dunklen Muttermal, das die rechte Wange bis zur Augenbraue bedeckt.«

»Und Sie ermitteln parallel, ohne dass jemand davon weiß«, schloss Berish weitsichtig.

Bruno nickte.

»Ich vermute, Sie gehen davon aus, dass der Gärtner unser Robin Sullivan ist?«

»Das würde ich gerne herausfinden. Vor ein paar Stunden war ich kurz davor, die Ermittlungen hinzuschmeißen, und ich weiß nicht, bis zu welchem Punkt ich kommen werde.« Die Zeichnung der kleinen Meg Forman kam Bruno in den Sinn. *Das Meer, die Sonne, das Schiff. Dorthin bin ich unterwegs.*

»Anfangs hatte ich mir in den Kopf gesetzt, Samantha Andrettis Entführer zu schnappen, doch jetzt weiß ich nur noch, dass ich zu ihr ins Krankenhaus gehen und wenigstens versuchen will, ihr zu erklären, wer der Mann ist, der ihr fünfzehn Jahre ihres Lebens gestohlen hat. Und dazu muss ich herausfinden, was dem zehnjährigen Robin in den drei Tagen seines Verschwindens zugestoßen ist. Was ihn zu diesem Monster hat werden lassen.« Er machte eine Pause. »Soll die Polizei Sullivan schnappen oder nicht, das ist mir egal. Die Zukunft geht mich nichts mehr an. Ich selbst gehöre schon fast der Vergangenheit an, Agent Berish.«

Berish sah ihn an, vielleicht begriff er, dass ihm nicht mehr viel Zeit blieb.

»Wie kann ich Ihnen helfen, Herr Genko?«

Bruno dachte an die Vermisstenfotos in der Eingangshalle des Limbus. »Ich möchte das Gesicht dieses Jungen sehen.«

Sie stiegen in einen schlecht beleuchteten, engen Keller voller Aktenschränke hinab.

Während der Hund namens Hitchcock sich sofort auf Erkundungen begab, nahm sein Herrchen vor einem alten PC Platz, der auf einem kleinen Schreibtisch stand. Nach einer kurzen Suche in einer Datenbank verschwand er in einem schmalen Gang zwischen den Regalen und wurde von der Dunkelheit verschluckt.

»Ich sags Ihnen gleich, das wird nicht einfach«, ertönte es gleich darauf aus den Tiefen des Archivs. »Hier herrscht ein Riesendurcheinander, erst recht bei den Fällen, die so lange zurückliegen.«

Minuten vergingen, und Genko musste wieder an Mila Vasquez denken.

»Haben Sie schon lange nichts mehr von Ihrer Kollegin gehört?«, fragte er, während er wartete.

Die Stimme des Polizisten klang gedämpft, als redete er in eine Büchse. »Manchmal verschwindet Mila wochenlang, um an einem Fall zu arbeiten. Das war schon früher so.« Doch er klang nicht ganz ehrlich, und Bruno ahnte, dass er sich um sie sorgte.

»Wann haben Sie denn den Kontakt zu ihr verloren?«

Berish antwortete nicht. Kurz darauf tauchte er mit einer aufgeschlagenen Akte in der Hand auf.

»Sie sagten, der Gärtner hatte ein Muttermal im Gesicht, stimmts?« Der Polizist pflückte ein Foto von der ersten Seite und hielt es Genko hin.

Es zeigte zwei ungefähr zehnjährige Jungen, die nebeneinanderstanden. Sie trugen Trikots einer Fußballmannschaft. Einer hatte einen Ball unter dem Arm, doch es war der andere, der Genkos Aufmerksamkeit erregte.

Ein dunkler Fleck bedeckte fast die Hälfte seines Gesichts. Und er sah ziemlich traurig aus.

Tamitria Wilson hatte Robin Sullivan als sensibles, extrem liebesbedürftiges und Mitleid heischendes Kind beschrieben. Die Wahl des letzten Wortes beschäftigte Bruno. Denn am Ende hatte die Alte gesagt, Robin sei die perfekte Beute für jeden übel gesinnten Menschen gewesen.

Die Dunkelheit hat ihn verseucht.

Das »Mitleidheischende«, von dem die alte Wilson geredet hatte, war die Einladung gewesen, der Riss, durch den etwas Böses in ihn eingedrungen war und sein Herz verseucht hatte.

»Es ist seltsam«, sagte Genko.

»Was?«

»Das Monster als kleinen Jungen zu sehen …«

»Nennen Sie ihn nicht so, das wäre ein schwerer Fehler. Das pflegt meine Freundin Mila zu sagen … Sie wissen nicht, dass sie Monster sind, sie halten sich für ganz normal. Wenn

Sie ein Monster suchen, werden Sie es nie finden. Nur, wenn Sie ihn als gewöhnlichen Menschen betrachten, haben Sie vielleicht eine Chance.«

Sie wissen nicht, dass sie Monster sind. Bruno schrieb sich den Rat ins Gedächtnis. Dann wanderte sein Blick zu dem zweiten Jungen auf dem Foto, einem kleinen Kerl mit Locken, dem ein Schneidezahn fehlte – der lächelnde Freund, den einen Arm um den Ball, den anderen um Robins Schultern gelegt. »Wieso sind hier zwei Kinder drauf?«

»Bestimmt haben Sie die Bilder in der Eingangshalle gesehen. Wir nennen ihn den ›Saal der verlorenen Fährten‹. Es ist die Sammlung der letzten Fotos der Vermissten, ehe sie vom Nichts verschluckt wurden.«

Das erklärte all die lächelnden Gesichter. »Die Leute machen Fotos in glücklichen Momenten und denken nicht im Traum daran, dass sie einmal an diesen Wänden landen.«

Berish nickte. »Deshalb ist auf dem Schnappschuss häufig auch ein Angehöriger oder ein Freund mit drauf, manchmal sogar ein Fremder.«

Genko betrachtete das Foto mit den beiden Kindern, das er in den Händen hielt. Der eine traurig, der andere fröhlich. Zwei kleine Jungen, zwei Schicksale. »Ich nehme an, mehr ist in der Akte nicht drin.«

Berish blätterte durch die wenigen Seiten. »Doch, da ist noch etwas. Wie es aussieht, ist Robin Sullivan in demselben Viertel aufgewachsen wie Samantha Andretti.«

26

Es war geradezu kathartisch gewesen, mit Simon Berish über den Fall zu reden.

Indem er ihm die Einzelheiten seiner Ermittlungen geschildert hatte, hatte Bruno auch die Furcht mit ihm teilen können, die ihm die Geschichte von Robin Sullivan bereitete. Jetzt, da er einen Teil der negativen Energie, die sich in ihm angestaut hatte, losgeworden war, fühlte er sich bereit weiterzumachen.

Sie wissen nicht, dass sie Monster sind.

Mila Vasquez' von Berish zitierte Worte gingen ihm wieder und wieder durch den Kopf, während er durch die baumbestandenen, von Backsteinhäuschen gesäumten Straßen dieses ehemaligen Arbeiterviertels fuhr. Ein Ort, an dem alle sich kennen, wo man friedlich miteinander leben, Kinder großziehen und von einer ruhigen Zukunft träumen konnte. Dann hatte die Krise die Träume und guten Vorsätze bröckeln lassen, und der Ort hatte sich rasch in das verwandelt, was Genko jetzt vor Augen hatte.

Ein weiteres Stadtrandghetto.

Genko kamen diese Straßen bekannt vor. Obwohl er nie einen Fuß hineingesetzt hatte, hatte er sie bereits in den Zeichnungen gesehen, die dem psychiatrischen Gutachten von »R. S.« beilagen.

Hier hatte also alles angefangen. Und es war ebenso möglich, dass hier die Geschichte ihr Ende fand.

Unter der Hitzeglocke, die die mittägliche Stadt erstickte, hatte Genko das Fenster des Saab heruntergekurbelt und blickte sich um, doch die Aussicht war trist. Pleitegegangene Geschäfte, Müll, graffitiverschmierte Wände. Die Mietshäuser hatten sich in Schlafburgen verwandelt, so viele Leute hausten darin, und trotz der großen Hitze lungerten unzählige Menschen auf der Straße herum. Ein Zeichen dafür, dass es keine Arbeit gab; die einzige Art, über die Runden zu kommen, waren illegale Geschäfte und der Griff zur Flasche.

Das Viertel war schon zu Robin Sullivans Kindheit schäbig gewesen, ganz zu schweigen von der Zeit, in der Samantha Andretti hier gelebt hatte. Bruno hatte es nicht überrascht zu hören, dass die Entführte und ihr Entführer aus demselben Viertel stammten. Alle Räuber suchen sich für ihre Jagd vertraute Orte. Das war fast ein Naturgesetz.

Als Ermittler wusste Genko, dass die Menschen dazu neigten, zu ihren Wurzeln zurückzukehren. Gefährliche Kriminelle, weltweit gesuchte Flüchtige, ausgebuffte Betrüger, die einflussreiche Unternehmen erpressten, sie alle hatten eines gemeinsam.

Niemand konnte dem Ruf der Heimat widerstehen.

Viele Verbrecher hatten eine traumatische Kindheit gehabt und waren von einem Erziehungsheim in das nächste gewandert. Oder sie hatten dramatische und gewaltsame Familienerlebnisse durchgemacht. Doch selbst, wenn sie ihren Geburtsort hassten, gab es immer etwas, das sie dorthin zurückzog. Es war wie ein Aussöhnungsritual, als fürchteten sie zu vergessen, wer sie wirklich waren und woher sie kamen.

Einmal hatte Genko einen Typen gesucht, der ein multinationales Unternehmen mit ausgeklügelten Methoden über den Tisch gezogen und es um mehrere Millionen erleichtert hatte. Um die Diebesbeute wiederzuerlangen, hatte sich das

Unternehmen umgehend an drei verschiedene Ermittler gewandt. Sie hatten weniger als vierundzwanzig Stunden gehabt, um den Betrüger zu finden, ehe er seine Spuren für immer verwischt hätte. Betrugsprofis pflegten todsichere Fluchtwege mit wechselnden Identitäten und Ablenkungsmanövern zu planen, und diese Fluchtwege galt es schnell zu kappen.

Während sich die Kollegen darauf konzentrierten, den Flüchtigen zu verfolgen und jedes mögliche Szenario in Erwägung zu ziehen, um seine nächsten Schritte vorherzusehen, informierte sich Genko über seine Vergangenheit, über die Zeit, als er noch kein ausgebuffter Krimineller, sondern ein kleiner Straßendieb gewesen war. Ein altes Foto hatte ihn darauf gebracht, dass er mit seiner Großmutter väterlicherseits aufgewachsen war, die vor einigen Jahren verstorben war. Er ging zu dem Friedhof, auf dem sie begraben lag, und wartete. Viele Stunden später, es begann bereits zu dämmern, bemerkte er einen Mann in Regenmantel, Hut und Sonnenbrille. Ganz allein streifte er zwischen den Grabsteinen umher. Ehe er verschwand, ging der Unbekannte an dem von Genko beobachteten Grab vorbei und ließ wie nebenbei eine Blume fallen. Bruno bemerkte es und nagelte den Betrüger fest.

Es stimmte. Man kann seinen Geburtsort verlassen, doch der Geburtsort verlässt einen nie. Deshalb traf sich Bruno Genko stets als Erstes mit Freunden und Angehörigen seiner gesuchten Zielperson und ließ sich Familienalben und Jahrbücher zeigen. Auf diesen Bildern fand er immer ein Detail, das keine Verkleidung und kein plastischer Chirurg ausradieren konnten. Und deshalb war er auch in den Limbus hinabgestiegen, um sich ein Kindheitsfoto von Robin Sullivan zu besorgen. Die Bullen waren hinter einem Gärtner her, der einen hellblauen Ford Transporter fuhr und ein dunkles Muttermal im Gesicht hatte. Genko war in dieses heruntergewirtschaftete

Viertel gekommen, um einen kleinen Jungen zu suchen, der gern Ball spielte.

Er ist noch hier, sagte er sich.

Wenn Robin vor fünfzehn Jahren beschlossen hatte, sich seine junge Gefangene in seinem Heimatviertel zu beschaffen, dann war es jetzt erst recht der optimale Ort, um Schutz und Rückendeckung zu finden.

Er kennt das Terrain und weiß, wo er sich verstecken kann.

Bruno hatte Bauer und Delacroix versichert, dass er diesen Psychopathen nicht jagen würde. Doch nach seinem Besuch im Limbus hatte sich etwas verändert. Etwas, womit er nicht gerechnet hatte und das das Gespenst des Todes auf Abstand hielt und ihm das Gefühl gab, noch lebendig zu sein.

Ein uralter Beuteinstinkt.

Schließlich war er ein Jäger, genau wie Robin Sullivan. Und er wollte Gerechtigkeit für Samantha Andretti und für seine Linda. Was sonst konnte er hier auf der Welt noch bewirken?

Etwas sagte ihm, dass die eigentliche Wahrheit über Bunny nicht weit von diesen heruntergekommenen Häusern und dem Abfallgestank entfernt war. *Vielleicht hat er mir seine Grüße übermittelt, um mich wissen zu lassen, dass er ganz in der Nähe ist*, überlegte er. *Vielleicht beobachtet er mich auch jetzt und wartet nur auf den richtigen Moment, um aus der Deckung zu kommen.*

Sie wissen nicht, dass sie Monster sind.

Während er sich vorstellte, wie es wäre, seinem Gegner von Angesicht zu Angesicht gegenüberzustehen, bemerkte er einen Bolzplatz, der genauso aussah wie der auf dem Foto von Robin und seinem kleinen Freund mit den Locken und dem kaputten Schneidezahn.

Der Platz befand sich auf der Rückseite einer Kirche, die

laut einer an einem Gitter angebrachten Plakette der Heiligen Barmherzigkeit gewidmet war.

Neben der Kirche sah er einen Garten mit zwei Schaukeln und einer Rutsche, die im Schatten einer großen Linde lagen. Genko erblickte einen jungen Priester, der die Ärmel seiner Soutane bis zu den Ellenbogen hochgekrempelt hatte und mit einem Schraubenschlüssel an einem Außenrohr herumhantierte. Genko hielt am Straßenrand und stieg aus, um ihn anzusprechen.

»Sie sind also hier aufgewachsen«, sagte der Priester, geschäftig über das Rohr gebeugt.

»Das ist lange her, ich bin mit meinen Eltern weggezogen, als ich vierzehn war«, sagte Genko, um die Lüge, mit der er sich vorgestellt hatte, zu unterfüttern. »Ich bin geschäftlich in der Stadt, und da habe ich Lust bekommen, mal vorbeizuschauen.«

»Ich bin erst vor knapp zwei Jahren hierher versetzt worden.«

»Ja, ich erinnere mich, dass in den Achtzigern hier ein anderer Priester war.«

»Pater Edward«, sagte der Priester, während er angestrengt versuchte, ein Ventil festzuziehen. »Er ist 2007 von uns gegangen.«

»Richtig, Pater Edward.« Genko setzte eine betrübte Miene auf. »Haben Sie ihn noch kennengelernt?«

»Nein, leider nicht. Doch als der Bischof mich hierherschickte, hat er mir viel von ihm erzählt. Pater Edward war hier so lange als Pfarrer tätig, dass alle im Viertel ihn kannten.« Er ließ den Schraubenschlüssel in einen Werkzeugkasten fallen, erhob sich und rollte die Ärmel seiner Soutane herunter.

»O ja, Pater Edward war eine Institution im Viertel«, pflichtete Genko ihm bei. »Wenn er 2007 gestorben ist, dann war er bestimmt noch im Dienst, als dieses Mädchen verschwunden ist, von der im Fernsehen die Rede ist ... Samantha Andretti«, warf er den Köder aus.

Das Gesicht des Priesters verfinsterte sich. »Es hätte ihm sicher gefallen zu erfahren, dass sie noch lebt. Die Gemeindemitglieder haben mir erzählt, dass er nie aufgehört hat, daran zu glauben, viele haben ihn deshalb für verrückt erklärt. Stellen Sie sich vor, jedes Jahr hat er am Tag ihres Verschwindens eine Messe für sie gelesen und die Gemeinde aufgefordert, dafür zu beten, dass sie wieder nach Hause kommt.« Er fing an, Blechdosen und Papiermüll vom Rasen zu klauben. »Bis zum Schluss hat er gehofft, jemand würde ihm unter dem Beichtgeheimnis etwas anvertrauen ... Und sei es nur ein Angehöriger des Entführers, der einen Verdacht hegte, oder ein Mittäter.«

»Ich habe gehört, im Vatikan soll es ein Geheimarchiv geben, in dem die von Verbrechern gebeichteten Sünden gesammelt werden«, sagte Genko, um sich nicht allzu interessiert am Thema zu zeigen.

Der Priester schüttelte belustigt den Kopf. »Jedes Mal, wenn mir eine neue Geschichte über die Geheimnisse des Vatikan zu Ohren kommt, muss ich daran denken, dass die Menschen die Mission der Nächstenliebe, die Christus seiner Kirche übertragen hat, allzu schnell vergessen.«

»Sie haben recht«, entschuldigte sich Genko gespielt betreten.

Der junge Priester beendete seine Gartensäuberung und warf die gesammelten Abfälle in eine schwarze Plastiktonne. Dann wischte er sich mit dem Handrücken den Schweiß von der Stirn und wandte sich an Bruno. »Kann ich noch etwas für Sie tun, Herr Genko?«

»Na ja ... Ich würde gern meine Freunde von früher wiedersehen, sofern sie noch hier wohnen.«

»Ich weiß nicht, ob ich Ihnen da helfen kann. Wie gesagt, ich bin erst seit Kurzem hier.«

»Warten Sie«, sagte Bruno und kramte in seiner Tasche. »Ich habe ein altes Foto mitgebracht, darauf sind zwei Kumpels aus meiner Fußballmannschaft. Wir haben immer auf dem Bolzplatz hier hinten gekickt.« Er zog den Schnappschuss aus dem Limbus hervor und hielt ihn dem Priester hin.

Der nahm das Foto und betrachtete es aufmerksam.

»An den mit dem Muttermal würde ich mich erinnern, wenn ich ihn schon mal gesehen hätte«, sagte er skeptisch.

Genko war enttäuscht. Doch vielleicht konnte er Robins Freund ausfindig machen, den Lockenkopf mit dem kaputten Schneidezahn. »Und ihn hier, schon mal gesehen?«

Der Priester schüttelte den Kopf. »Tut mir leid.« Er gab ihm das Foto zurück.

Genko steckte es ein. »In Ordnung, danke trotzdem.« Er wandte sich zum Gehen.

»Vielleicht haben Sie Lust, einen Blick ins Jugendzentrum zu werfen«, sagte der Priester freundlich, vermutlich um seine Enttäuschung zu mindern. »Dort gibt es einen Schaukasten mit den Pokalen der Fußballmannschaft und auch noch ein paar Fotos.«

Sie durchquerten den Saal, in dem eine Tischtennisplatte stand, es roch nach abgestandener Luft und Turnschuhen. Der Raum war mit Postern aktueller und früherer Fußball-Champions geschmückt, die sich die Wände mit Jesus-Bildern teilten.

»Heute kommen nur noch die Kleinsten hierher«, sagte der Priester betrübt. »Spätestens mit elf oder zwölf sind sie auf der Straße und bauen Mist. Und das Schlimmste ist, dass das Alter der Jugendlichen, die erstmals mit der Justiz aneinandergeraten, mit jedem Jahr sinkt.«

Während der Priester redete, steuerte Genko auf den Schaukasten mit den Trophäen zu.

Er befand sich in einem Durchgangsflur gegenüber einer Schiebetür mit einem Schild, auf dem »Pater-Edward-Johnson-Bibliothek« stand.

Bruno blieb an der Vitrine stehen und beugte sich vor, um die eingerahmten Mannschaftsfotos zwischen den Pokalen und Medaillen in Augenschein zu nehmen. Er suchte nach Bildern aus den Achtzigerjahren und hoffte, der Priester würde in irgendeinem von Robins früheren Kumpels einen Erwachsenen aus der Gemeinde wiedererkennen und ihm einen Hinweis geben.

Genko entdeckte Bunnys lockigen Freund auf einem der Fotos, die Aufnahme stammte aus einer Zeit, als er noch beide Schneidezähne hatte. Doch den Jungen mit dem auffälligen Muttermal konnte er zwischen den Spielern, die sich für das Foto aufgestellt hatten, nicht entdecken.

»Dieses Jahr sind wir beim Turnier Letzter geworden«, klagte der Priester hinter ihm. »Und ob wir nächstes Jahr überhaupt eine Mannschaft zusammenkriegen, ist fraglich.«

»Verstehe«, sagte Genko geistesabwesend und musste sich eingestehen, dass er schon wieder verloren hatte.

»Pater Edward war so großartig darin, die Kinder zu motivieren«, fuhr der Priester fort. »Die Bibliothek ist ja auch wirklich einmalig.«

Diese Bemerkung ließ Bruno aufhorchen. Pater Edward hatte kleine Jungen zum Lesen animiert? Er hörte, wie der Priester hinter ihm die Schiebetür zu dem Raum öffnete, der nach seinem gerühmten Vorgänger benannt war. Neugierig drehte Genko sich um. Das, was er sah, ließ ihn erstarren.

In Pater Edwards Bibliothek gab es nur Comics.

Die deckenhohen Regale an den Wänden waren voll davon. Wortlos fing Bruno an, daran entlangzugehen. Es gab Comics für jedes Alter, für ganz Kleine ebenso wie für Ältere.

»Ich nehme an, als kleiner Junge haben Sie auch viel Zeit hier drin verbracht.«

Bruno beschränkte sich auf ein Nicken, während sein Verstand versuchte, die verschiedenen Indizien zusammenzubringen und eine Lösung darin zu erkennen.

Ein Priester, der das uneingeschränkte Vertrauen der Kinder genießt. Eine Comic-Bibliothek. Bunny, der Hase. Ein Heftchen mit pornografischen Bildern. Und schließlich die drei Tage, in denen Robin Sullivan von zu Hause verschwunden war.

Niemand hatte je herausgefunden, wo er gewesen war, und er hatte nie erzählt, was in der kurzen Zeit geschehen war. *Die Dunkelheit hat ihn verseucht.* Aber wer würde einem kleinen Jungen, der einen angesehenen Priester beschuldigt, jemals Glauben schenken? Deshalb hatte Robin geschwiegen.

Pater Edward, sagte er sich in Gedanken und versuchte sich vorzustellen, welche Schandtaten der Geistliche unter dem Deckmäntelchen seiner Soutane an unschuldigen kleinen Jungen verübt haben mochte. Ein über jeden Verdacht erhabener Wohltäter. Ein Heiliger. Im Grunde war auch er ein maskiertes Monster.

Bruno fing an, den Priester für das, was er einem gerade einmal zehnjährigen Jungen vor langer Zeit angetan hatte, zu hassen. Jetzt hatte er die Bestätigung: Robin war nicht als Monster geboren worden, er war dazu geworden. Letztlich war auch das, was Samantha Andretti erlitten hatte, Pater Edwards Schuld.

»Fällt Ihnen vielleicht noch jemand anderes ein, den ich

nach meinen Freunden fragen könnte?«, fragte Genko. Sein Ton hatte sich geändert, er klang nicht mehr freundlich, sondern drängend. Er war fest entschlossen, wenigstens Robins Freund zu finden.

»Lassen Sie mich nachdenken«, sagte der junge Geistliche. »Der Einzige, der etwas wissen könnte, ist Bunny.«

Der Name ließ Genko erstarren. Langsam drehte er sich zu dem Priester um. »Wer?«

»Na, der alte Hausmeister«, erklärte der Priester. »Er hat sich hier um alles gekümmert. Eigentlich heißt er William, den Spitznamen muss er wohl vor langer Zeit von den Kindern bekommen haben. Der ist schon sein ganzes Leben hier. Erinnern Sie sich nicht an ihn?«

»Aber klar doch, sicher. Den hatte ich ja ganz vergessen«, sagte Genko gelassen, während er versuchte, aus der Sache schlau zu werden. »Bunny.«

»Seit er im Hospiz ist, muss ich hier alles selbst reparieren.« Der Priester lächelte. »Deshalb war ich vorhin im Garten zugange.«

»Im Hospiz?«, fragte Genko.

»Er ist todkrank«, erwiderte der Priester wieder ernst. Vielleicht hatte er den verstörten Gesichtsausdruck seines Besuchers bemerkt.

»Und wo wohnt Bunny normalerweise?«

Der Geistliche schien nicht gemerkt zu haben, dass Bruno sich wohl doch nicht an den Hausmeister der Kirche erinnerte. Arglos deutete er zu Boden. »Hier unten, in einem Zimmer neben den Heizräumen.«

27

Er hatte falschgelegen.

Hätte der junge Geistliche ihn nicht wie durch einen rettenden Zufall eines Besseren belehrt, hätte Genko noch immer den verstorbenen Pater Edward verflucht, statt jetzt oben an der Steintreppe zu stehen, die in den Keller der Kirche zur Heiligen Barmherzigkeit hinabführte.

Die Wohnung von Bunny, dem Hausmeister. Der freundliche junge Geistliche hatte nichts dagegen gehabt, dass Genko sich dort unten nach möglichen Hinweisen auf seine Freunde umsah.

»Macht es Ihnen etwas aus, wenn ich Sie nicht begleite?«, fragte der Priester. »Ich habe noch zu tun.«

»Ganz und gar nicht«, gab Genko zurück und starrte in das Dunkel, das ihn dort unten erwartete.

Kaum war der Priester verschwunden, streckte Bruno die Hand nach dem Lichtschalter aus, und der Keller wurde von einem gelblichen, zuckenden Licht erfüllt. Langsam stieg er die Stufen hinab. Eine feuchte Kühle schlug ihm entgegen, die aus den Kirchenfundamenten aufstieg. Bei der herrschenden Hitze hätte das eigentlich erfrischend sein müssen, doch Genko schauderte, als wäre es der Hauch von etwas Bösem.

Von etwas, das sich dort unten verkrochen und das er mit seiner Gegenwart geweckt hatte.

Als er den Fuß der Treppe erreicht hatte, wandte er sich nach rechts. Die Glühbirne, die von der Decke baumelte, knisterte, als würde sie jeden Moment durchbrennen. Als Genko mit dem Zeigefinger ein paarmal dagegen klopfte, flackerte sie matt. Doch dann wurde das Licht plötzlich gleißend hell – wie ein Stern kurz vor dem Verglimmen. Die Glühbirne gab ein monotones elektrisches Surren von sich, und begleitet von diesem Ton machte sich Bruno an die Erkundung der Unterwelt.

Vor ihm lag ein langer Gang voller unterschiedlich dicker Röhren, die an der Decke entlangliefen und die Wände emporkrochen. Es roch nach Petroleum und Terpentin. Am Ende des Tunnels sah Genko ein hohes Gitternetz. Er ging hin, um es genauer zu betrachten.

Das Gitter teilte eine Kammer ab.

Neben dem Eingang stand eine Werkbank mit einem Hocker davor und einer Schwenklampe. Genko knipste sie an, um besser sehen zu können. Mit dem Aufflackern des Lichtes ertönten zugleich ein paar knisternde Bluesklänge. Sie kamen aus einem Transistorradio, das in einem Regal stand und aus den Versatzstücken anderer Apparate in einen Schuhkarton eingebaut war.

Doch die Kammer war nicht nur eine Reparaturwerkstatt, denn gegenüber dem Tisch stand eine Pritsche mit schneeweißen Laken, einem Kissen, unter dem der Hals einer Whiskeyflasche hervorlugte, und einer dunkelbraunen, akkurat unter die Matratze gesteckten Decke. Über dem Bett befand sich ein Bord voll mit wertlosem Krimskrams, der aussah, als hätte man ihn aus dem Müll gefischt. Eine notdürftig zusammengeklebte Keramikvase, eine kleine Marilyn-Monroe-Figur, ein Aufziehwecker, der um sechs Uhr zwanzig stehen geblieben war.

Genko betrachtete den Plunder und wandte sich dann einem schmalen Metallschrank zu. Er öffnete ihn und sah, dass darin nur vier Bügel mit zwei Hemden, einer verschossenen Jeans und einer Winterjacke hingen. Außerdem noch ein schwarzer Anzug mit einer dunklen Krawatte, der nach Weihrauch roch. Vermutlich war er bei den Beerdigungen zum Einsatz gekommen, bei denen der Hausmeister vielleicht die Totenglocken läutete und half, den Sarg zu tragen. In dem Fach unter den Kleidern standen zwei Paar Schuhe. Arbeitsschuhe und schwarze Lackschuhe. Daneben ein alter Super-8-Projektor. Genko hatte seit Jahren keinen mehr gesehen.

Er schloss die Schranktüren und wandte sich der Nachttischschublade zu. Darin lagen nur ein kleiner Spiegel und ein Kamm, ein Sparbuch mit vergilbten Seiten, auf denen die kläglichen Ersparnisse des Hausmeisters verzeichnet waren, und ein paar Ausschnitte aus einer Sportzeitung.

Das war die Welt von William, dem Hausmeister, alias »Bunny«.

Erschöpft setzte sich Genko auf die Pritsche. Das Bluesstück im Radio verklang und wurde sogleich von einem neuen abgelöst. Wie konnte man so leben?, fragte er sich. Wie eine Ratte in einem dunklen Kellerloch, eine versteckte, einsame Existenz. Seine eigene Wohnung tauchte vor seinem inneren Auge auf. Man musste den Plunder, der auf dem Bord hinter ihm stand, nur durch die Hans-Arp-Collage an der Wand seines Arbeitszimmers ersetzen, den Blues gegen Bach austauschen ... und schon war die Sache perfekt.

Das Leben dieses Mannes und sein eigenes glichen einander.

Sie hatten beide beschlossen, von der Erdoberfläche zu verschwinden. Und es gab nur einen Grund, der einen Menschen dazu bringen konnte, sich selbst auf diese Weise auszulöschen.

Ein Geheimnis.

Bei Bruno ging es im Wesentlichen um seinen Beruf als Privatermittler. Und bei Bunny?

Du hast Robin Sullivan etwas angetan. Du hast ihm wehgetan. Du hast ihn mit der Dunkelheit verseucht und zu einem Monster werden lassen, wie du eines bist.

Man musste nicht allzu lang überlegen, um das Wesen dieses Mannes zu begreifen. Wieder brauchte Genko nur an sich selbst zu denken. So wie er ein dadaistisches Kunstwerk und Glenn-Gould-Platten bei sich zu Hause hütete, wollte auch William das, was er am meisten liebte, in seiner Nähe haben. Instinktiv bückte Bruno sich und schob eine Hand unter die Pritsche. Tastend inspizierte er die Dunkelheit. Endlich fanden seine Finger etwas und zogen es hastig hervor.

Eine Pappschachtel tauchte zu seinen Füßen auf.

Bruno hob den Deckel und erkannte sofort das vertraute Lächeln des Häschens mit den Herzaugen. Doch diesmal war es nicht allein. Der Karton enthielt einen ganzen Stapel Hasencomics.

Genko besah sie sich genauer. Kein Autor oder Verlag, keine Seriennummern. Es waren Apokryphen wie das Exemplar, das er in der Tasche seiner Leinenjacke bei sich trug. Und sie waren alle gleich.

Er holte den kleinen Spiegel, den er in der Nachttischschublade entdeckt hatte, und überprüfte, ob sich in den Heften der gleiche teuflische Trick verbarg. So war es.

Wer weiß, wie viele kleine Jungen genau wie Robin Sullivan mit diesem heimtückischen Mittel geködert und mit den nicht nur für ihr zartes Alter obszönen Praktiken vertraut gemacht worden waren.

Mit ohnmächtiger Wut machte sich Bruno daran, die Alben wieder aufeinanderzustapeln. Da bemerkte er, dass in der Schachtel noch etwas anderes lag.

Ein flaches Metalletui.

Ratlos griff er danach. Als er es öffnete, fiel ihm eine Filmrolle in die Hände.

Hastig ging er zum Schrank und holte den Super-8-Projektor hervor.

28

Das Herz an der Wand pulsierte. *Poch-poch, poch-poch, poch-poch.* Sie hatte ihre Tochter vergessen. *Poch-poch, poch-poch, poch-poch.* Im Traum, den sie träumte, sah Sam, wie die Kleine ihre ersten, unsicheren Schritte tat und sich mit dem taumelnden Gleichgewicht von Kleinkindern daranmachte, das Labyrinth zu erforschen. Doch jedes Mal, wenn sie versuchte, zu ihr zu gelangen und ihr ins Gesicht zu sehen, verschwand sie. Ihr blieb nur das helle Lachen, das als Echo in dem unterirdischen Gefängnis verhallte.

Poch-poch, poch-poch, poch-poch.

Das Gesicht ihrer Tochter nicht mehr sehen zu können, war die Strafe dafür, sie in der Erinnerung durch ein imaginäres Kätzchen ersetzt zu haben – das wusste sie jetzt.

Poch-poch, poch-poch, poch-poch.

»Hast du ihr einen Namen gegeben?«, hatte Green gefragt und das Tier gemeint.

»Nein«, hatte sie geantwortet.

»Wieso nicht?«

»Dort drinnen hatte ich selbst keinen Namen, niemand rief nach mir … Im Labyrinth braucht es keine Namen, sie sind vollkommen nutzlos.«

Poch-poch, poch-poch, poch-poch.

Wo war dieses namenlose Mädchen jetzt? Green hatte ihr versprochen, dass sie die Antwort gemeinsam suchen würden. Doch Sam hatte Angst, sie zu erfahren.

Poch-poch, poch-poch, poch-poch.

In unruhigem Halbschlaf warf sie sich hin und her. Ab und zu öffnete sie die Augen und erkannte das Krankenhauszimmer wieder. Sie versuchte, an der Oberfläche der Wirklichkeit zu bleiben, doch dann zog die Müdigkeit sie wieder hinab, und sie hatte das Gefühl, in das Bett hineinzustürzen wie durch ein schwarzes Loch – eine geheime Schleuse, die sie geradewegs ins Labyrinth zurückbeförderte.

Nein, jetzt bin ich sicher. Hier kann mir nichts passieren, vor meiner Tür sitzt ein Polizist.

Poch-poch, poch-poch, poch-poch.

In einem wirren Wachmoment spürte sie eine warme Hand, die sich sacht auf ihre Stirn legte. Sie meinte, eine weiß gekleidete Person neben dem Bett zu erkennen. Die Krankenschwester mit den rotblonden Haaren drehte ihr den Rücken zu, um den Tropf auszutauschen.

»Ruh dich aus, Liebes, ruh dich aus …«, sagte sie sanft.

Endlich hörte das Pochen auf. Ihre Lider wurden schwer, das Dunkel umfing sie.

Mit einem Ruck riss sie die Augen auf. Es war, als wäre nur ein kurzer Augenblick vergangen, doch wer weiß, wie viel Zeit sie weg gewesen war. Die Krankenschwester war verschwunden, und stattdessen war Doktor Green wieder da. Er war auf seinem Stuhl eingeschlafen – mit ausgestreckten Beinen, die Füße und Arme verschränkt, den Kopf auf eine Schulter gelegt. Seine Brille war ihm auf die Nasenspitze gerutscht.

Sie betrachtete den Mann genauer. Ein noch immer attraktiver Sechzigjähriger mit gutem Kleidergeschmack – die Krawatte passte genau zu seinem blauen Hemd. Sie fragte sich, ob ihm seine Frau die Sachen aussuchte. Vielleicht nahm sie sie sogar aus dem Schrank und legte sie ihm jeden Morgen aufs

Bett. Diese ebenso rührende wie banale Vorstellung ließ Sam erneut über ihren Zustand nachdenken. Ihr waren fünfzehn Jahre ihres Lebens genommen worden. Wer weiß, wie sich die Welt inzwischen verändert hatte. Es war ein Glück, dass sie in der Abteilung für Verbrennungen untergebracht worden war, dass ihr Zimmer fensterlos war. Sie fürchtete sich davor, durch diese Tür zu treten. Es war, als hätte sie in einem langen Winterschlaf gelegen oder wäre in die Zukunft gereist. Sie wusste nicht, was sie jenseits der Schwelle erwartete.

Oder *wer.*

»Ich möchte, dass du diesen Albtraum für immer loswirst«, hatte Green gesagt. »Du weißt besser als ich, dass es dir unmöglich sein wird, da draußen ein normales Leben zu führen, wenn wir ihn nicht schnappen …«

Es war so schon schwer genug, sie konnte nicht mit der Angst leben, dass *er* sie ins Labyrinth zurückbringen wollte.

Green wachte auf. Er kniff die Augen zusammen, rückte die Brille zurecht und schob sie mit einem Finger hoch. Als er bemerkte, dass sie ebenfalls wach war, lächelte er sie an. »Wie geht es dir?«, fragte er und reckte sich.

»Habe ich die Kleine ins Labyrinth gebracht?«, fragte sie unvermittelt. Die Vorstellung, sie könnte ein weiteres unschuldiges Wesen unfreiwillig in den Albtraum verwickelt haben, war ihr unerträglich. Noch dazu ihre eigene Tochter.

Der Arzt setzte sich auf und schaltete das Tonband ein. »Ich glaube nicht, dass du schon schwanger warst, als du entführt wurdest. Immerhin warst du erst dreizehn.«

»Wie war es dann möglich?« Sie war verwirrt.

»Nun. Die eigentliche Frage ist nicht, wie das Mädchen in das Labyrinth gekommen ist, sondern wie sie in dich hineingekommen ist … Du verstehst den Unterschied, oder, Sam?«

Natürlich verstand sie ihn, sie war schließlich nicht mehr

acht. »Ich weiß, wie Kinder entstehen … Jemand hat seinen Samen in mich eingeführt.«

»Und hast du auch eine Ahnung, wer dieser ›Jemand‹ sein könnte?«

Sie überlegte. »Jemand, der mit mir im Labyrinth war«, antwortete sie, weil es am logischsten erschien. Doch sofort war ihr klar, dass Doktor Green diese Antwort nicht reichte.

»Könntest du bitte ein bisschen genauer sein?«

Sie versuchte es. »Vielleicht ein weiterer Gefangener.«

»Sam, abgesehen von dem kleinen Mädchen, von dem du mir erzählt hast, glaube ich nicht, dass dort noch andere Gefangene waren.«

»Und wie können Sie da so sicher sein?«

Sie sah, wie Green nach den richtigen Worten suchte, und wurde wütend. *Ich bin nicht blöd,* hätte sie ihm am liebsten gesagt.

»Schau mal, Sam, der Mann, der dich entführt hat, hat dich auch ausgesucht.«

»Was soll das heißen?«

»Dass du seinem Beuteschema entsprachst … Mit anderen Worten, wir alle wissen ziemlich gut, was uns gefällt und was das Beste für uns ist. Stimmst du mir zu?«

»Ja«, antwortete sie, ohne zu wissen, worauf er hinauswollte.

»Denk zum Beispiel an Eiscreme. Hast du Lieblingssorten?«

»Stracciatella und Karamell«, sagte sie, ohne zu wissen, woher diese Erinnerung stammte.

»Schön. Wenn dir vor allem ›Stracciatella und Karamell‹ schmecken, wirst du dir wohl nicht Schokolade oder Vanille kaufen.«

Sie nickte, auch wenn ihr diese Unterhaltung dumm vorkam.

»Es ist höchst unwahrscheinlich, dass wir uns etwas aussuchen, das uns nicht zufriedenstellt, meinst du nicht?«, fuhr Green fort. »Deshalb neigen wir dazu, an unseren Vorlieben festzuhalten, weil wir uns kennen. Und das Verhalten des Entführers legt nahe, dass er sich auf Mädchen konzentriert. Er nimmt sich junge Mädchen, Sam. Mädchen, nicht Jungen«, wiederholte er noch einmal.

Wozu dieses ganze Gerede? »Was wollen Sie damit sagen?«

Green atmete tief durch. »Dass der einzige Mann im Labyrinth dein Entführer war, Sam. Und es ist unwahrscheinlich, dass du ihm nie ins Gesicht gesehen hast, wenn er der Vater deines Kindes ist.«

Wieso ritt Green auf dieser Geschichte herum? Wieso versuchte er so hartnäckig, ihr wehzutun?

»Das ist nicht wahr«, sagte sie unwirsch. »So war es nicht. Es muss eine andere Erklärung geben.« Doch ihr fiel keine ein.

»Sam, ich will dir helfen.« Green beugte sich vor und nahm ihre Hand. »Das will ich wirklich«, wiederholte er und sah ihr in die Augen. »Aber wenn du diese Wirklichkeit nicht akzeptierst, werde ich dich nie dazu bringen können, dich zu erinnern, was aus deiner Tochter geworden ist.«

Sie spürte, wie sich ihre Augen mit heißen, schweren Tränen füllten. »Das ist nicht wahr«, flüsterte sie erneut, und ihre Stimme brach.

»Wieso versuchen wir es nicht noch einmal mit der Methode von vorhin? Du könntest dich wieder auf einen Punkt im Zimmer konzentrieren und dich entspannen, vorhin hat das gut funktioniert«, beharrte der Arzt. »Vielleicht ist deine Tochter noch da unten, Sam. Und wartet auf dich ... Sie wartet nur darauf, dass ihre Mama kommt und sie befreit.«

Wieder starrte sie auf den hellen Feuchtigkeitsfleck an der Wand, der an ein Herz erinnerte – an ein pochendes Herz, das

Herz ihrer Tochter. *Habe ich sie im Stich gelassen?*, fragte sie sich. *Bin ich abgehauen und habe sie zurückgelassen, um mich zu retten?*

»Komm schon, Sam«, drängte Green. »Erzähl mir davon, wie er zu dir ins Labyrinth gekommen ist ...«

»Die Dunkelheit«, sagte sie und brach ab.

»Gut, Sam. Sprich weiter ...«

»Ich habe es das Spiel der Dunkelheit genannt ...«

Die Neonlichter fangen an zu flackern. Sie weiß, was das bedeutet. Es ist schon einmal passiert. Und es wird wieder passieren.

Es ist ein Signal, das Spiel der Dunkelheit beginnt.

Wenn sie sich retten will, muss sie sich an den Ablauf halten. Mit der Zeit hat sie ihn perfektioniert. Es funktioniert nicht immer, aber manchmal. Vor allem ist es sinnlos, sich verstecken zu wollen. Das Labyrinth hat keine Nischen oder Ecken, in die man sich verkriechen kann. Der Trick besteht darin, mit ihm zu verschmelzen. Man muss eins mit seiner Umgebung werden. Doch um das zu schaffen, muss sie bis zur letzten Sekunde warten.

Sie geht in den Flur hinaus und fängt an, von einer Richtung in die andere zu laufen. Dabei behält sie die Neonlampen im Blick. Sie knistern immer stärker. Gleich passiert es, es fehlt nicht mehr viel. Sie zählt: »Drei, zwei, eins ...«

Dunkel.

Sie schlüpft in ein Zimmer und drückt sich gegen die Wand. Ihr Atem geht heftig, das Herz hämmert, doch ihr genügen wenige Sekunden, um sich zu beruhigen. Sie fängt an, ihren Atem zu regulieren, der Herzschlag wird langsamer. Sie rührt sich nicht.

Und wartet.

Im Labyrinth herrscht trügerischer Frieden. Ihre Ohren

nehmen nur ein anhaltendes Pfeifen wahr – das Geräusch der Stille. Dann meint sie etwas zu hören. Es ähnelt einem Schlurfen, gemischt mit einem metallischen Geräusch. Es könnte auch nur Einbildung sein, doch sie weiß genau, dass es nicht so ist.

Er ist da. Er ist herabgekommen, um sie zu besuchen.

Sie weiß nicht, woher er jedes Mal kommt. Doch nun ist er da, er ist hier bei ihr. Jetzt kann sie seine Schritte hören – langsam, beharrlich. Er sucht nach ihr.

Auch er kann nichts sehen, und genau darin besteht das Spiel. Deshalb geht er mit vorgestreckten Armen, mit denen er seine Umgebung erkundet – sie kann das Streifen seiner Hände hören, die die grauen Wände abtasten, es klingt wie ein kriechendes Wesen. Sie weiß, dass er darauf lauert, ein Geräusch zu hören, irgendeines, das ihm verrät, wo sich seine Gefangene versteckt.

Er ist nicht mehr weit, er kommt näher.

Sie hört ihn. Er geht an der Zimmertür vorbei. Nicht stehen bleiben, nicht stehen bleiben. Ja, er geht daran vorbei. Doch dann bleibt er stehen.

Was tut er? Wieso geht er nicht weiter?

Stattdessen kommt er zurück. Er ist dort, vor der offenen Tür, und überlegt. Fragt sich, ob er hereinkommen soll oder nicht.

Geh weg. Hau ab.

Er übertritt die Schwelle. Sie kann seinen Atem hören – den Atem des Monsters. Doch sie rührt sich nicht und bleibt, wo sie ist. Sie versucht nicht zu fliehen, weil es schon vorgekommen ist, dass er kurz vor seinem Ziel stand und dann aus irgendeinem rätselhaften Grund doch davon abgelassen oder es sich anders überlegt hat. Doch dieses Mal ahnt sie, dass sie nicht so viel Glück haben wird. Diesmal steht das Schicksal

auf der Seite ihres Gegners. Sie hört ihn vorsichtig auf sie zu-
kommen.

Er bleibt stehen, als würde er sie durch die Dunkelheit se-
hen.

Sie weiß, dass gleich etwas passieren wird, doch sie bleibt
reglos. Sein Gesicht nähert sich dem ihren – es ist nur wenige
Zentimeter von ihrem entfernt, sie spürt die Wärme und kann
seinen Atem riechen. Der Atem des Monsters ist süß und bitter.

Dann legt sich eine Hand sacht auf ihre Wange. Das ist
keine Zuneigung, sagt sie sich und wird starr – sie will sich
nicht geschlagen geben. Die Hand wandert sanft über ihren
Hals, die Schulter, verharrt auf einer der kleinen Brüste. Glei-
tet hinunter zu ihrem Bauch, schiebt sich unter den Gummi-
bund ihrer Unterhose. Die Finger befühlen das Schamhaar.
Verharren, als sie lebendiges Fleisch berühren.

Sie schließt ihre Augen nicht – sie will die Dunkelheit nicht
mit Dunkelheit überdecken. Sie will ihm ins Gesicht sehen,
selbst in der Finsternis. Ich bin kein Opfer, sagt sie sich immer
wieder. Ich gehöre dir nicht. Doch zugleich überlegt sie fieber-
haft, wie sie sich dort unten wappnen kann. Denn das letzte
Mal, als er sich genommen hat, was er haben will, hat er ihr
wehgetan ...

»Wollten Sie das wissen, Doktor Green? Bitte, so ist es gelaufen«, sagte sie unwirsch. »Bist du jetzt zufrieden, Arschloch?«

»Nein, natürlich nicht.«

Sie spürte, dass es ihm ehrlich leidtat. Und das nicht nur,
weil er nicht das erfahren hatte, worauf er aus gewesen war.
Er schien sich einzufühlen in das, was sie erlitten hatte – die
perversen Spiele eines unsichtbaren Monsters. Sie bereute, ihn
beschimpft zu haben.

»In Ordnung, Sam. Wir werden einen anderen Weg finden,

um in deinem Gedächtnis nach Erinnerungen an den Entführer zu suchen«, versprach er und schaltete das Aufnahmegerät ab. Er drehte sich zu dem Spiegel und griff an den Karabinerhaken mit den Schlüsseln an seinem Gürtel. Es schien ein verabredetes Zeichen zu sein, eine Art Signal für den, der sie beobachtete.

29

Meg Formans Zeichnung – das vom ruhigen Meer geschaukelte Schiff, die warme Sonne. Das perfekte Paradies im Kopf eines kleinen Mädchens.

Der Ort, an dem Genko sein wollte, wenn alles vorbei war.

Dieser imaginäre Ort war die ersehnte Zuflucht, doch noch konnte er nicht dorthin. *Ich muss sehen, was auf diesem Film ist,* sagte er sich. *Auch wenn es sicher nicht paradiesisch ist.*

Er stellte den Projektor von Hausmeister Bunny auf den Hocker, richtete ihn auf die Wand, legte die Filmspule ein und schaltete die Lampe aus. In den wenigen Sekunden Dunkelheit atmete er tief durch.

Dann ließ er die Show beginnen.

Die ersten Bilder waren leer, doch schon bald war etwas zu sehen.

Ein Innenraum: ein elegantes Wohnzimmer mit Ledersesseln, Parkett und dunkler Holzvertäfelung. Das sepiafarbene Licht fängt vor allem die Mitte des Bildausschnitts ein, während der obere und der untere Teil im Schatten liegen. Deshalb sind die Personen auf den Bildern nur von den Knien bis zum Kinn zu sehen.

Die Super-8-Aufnahme war amateurhaft, dem Filmer gelang es nicht, richtig scharf zu stellen. Erst allmählich wurde das Bild klarer.

Männer in eleganten Anzügen – Nadelstreifen mit Weste, Taschentuch in der Westentasche oder eine Nelke im Knopfloch am Revers. Fast alle halten einen Drink in der Hand oder rauchen Zigarre. Sie plaudern zugewandt miteinander und lächeln, während weiß livrierte Kellner Tabletts mit Gläsern und Kanapees zwischen ihnen hindurchbalancieren.

Es war wie eine Szene aus früheren Zeiten. Ein von angesehenen, hochgestellten Leuten frequentierter Club.

Bruno hatte sich vor dem Inhalt der Filmrolle gefürchtet und mit irgendwelchen finsteren Aufnahmen gerechnet. Er wollte sich gerade erleichtert zurücklehnen, als sich die Szenerie änderte.

Eine Außenaufnahme. Dichtes Unterholz. Das Objektiv sucht etwas zwischen der Vegetation. Und findet es, versteckt im Gesträuch. Ein kleines Mädchen mit blondem Haar, barfuß. Das hellblaue Kleid zerrissen, Arme und Beine von den Zweigen zerkratzt. Nur seine Schritte auf dem welken Laub sind zu hören. Dann ein Geräusch, das Mädchen dreht sich verängstigt um. Jemand lacht.

Genko beugte sich vor, um sich das Mädchen genauer anzusehen, doch wieder änderte sich die Szene.

Wieder ein Wald, diesmal eine Trickfilmaufnahme, die aus den Vierzigerjahren zu stammen schien. Ein großer Hase mit Herzaugen auf einer weiten Wiese. Bunny sitzt auf einem Stamm und redet mit zwei Kindern, die sich auf seine großen Hinterläufe gesetzt haben. Ein Schmetterling flattert über ihre Köpfe hinweg, der Wind bewegt die Blätter eines Baumes.

Ein plötzlicher Schnitt. Stöhnen.

Eine nackte Frau beim Sex mit zwei vermummten Männern. Sie liegt auf einem großen Marmoraltar, der in einem Kreis aus Kerzen und Messern steht. Das offene Haar fällt ihr über die Schultern, ihre Haut ist mit einem feinen Schweißfilm bedeckt. Sie hält die Augen geschlossen, während die beiden Männer abwechselnd gewaltsam in sie eindringen. Unverständliche Worte mischen sich in ihre lustvollen Schreie. Eine Art Anrufung oder Gebet.

Wieder ein Schnitt, ein anderer Ort.

Ein taghellen Raum, ein leerer Stuhl. An der Wand der Schriftzug »Liebe«. Die Kamera verharrt unerklärlicherweise auf der Szenerie. Dann wird das Zimmer plötzlich dunkel. Ein nackter Mann mit hängendem Kopf ist jetzt an den Stuhl gefesselt. Der Schriftzug hinter ihm ist kaum mehr zu sehen. Der Filmende springt auf den Gefangenen zu, er hält etwas in der Hand, vielleicht eine Klinge. Der Mann hebt den Kopf und schreit.

Genko fuhr zurück, als wäre er der Betroffene. Doch dann wechselt die Szene wieder ins Tageslicht. Der Stuhl ist wieder leer. Alles ist ruhig.

Ein weiterer Schnitt.

Ein Schulhof. Kinder in kurzen Hosen und Kniestrümpfen, die Fangen spielen. Der Filmende folgt ihnen aus der Entfernung, versteckt hinter einem Gitter. Er nimmt einen kleinen Jungen ins Visier. Der Junge ist anders als die anderen. Ein Albino. Der Kleine bleibt stehen, als würde ein sechster Sinn ihn vor einer Gefahr warnen. Er blickt sich um, doch dann spielt er weiter, als wäre nichts.

Ein wilder Zusammenschnitt unterschiedlicher Szenen. Eine alte Frau, die ein Neugeborenes stillt. Ein Zirkuszelt inmitten einer trostlosen, leeren Brache. Das Wort »Rot«. Ein Mann ohne Beine, der sich singend voranschleppt. Ein Fernseher, der eine alte Waschmittelreklame zeigt. Das Wort »Orgasmus«. Eine Beerdigung bei Regen. Wieder Pornografie. Blut. Todessymbole. Der unablässige Szenenwechsel war verwirrend. Und zutiefst verstörend. Genko fragte sich, was genau er da eigentlich sah und weshalb der Hausmeister einer Pfarrgemeinde diesen Film besaß.

Noch eine Szene.

Ein undefinierbarer Ort, tiefe Dunkelheit, vom staubigen Strahl einer Taschenlampe durchschnitten. Der Filmende läuft über holperiges Terrain, nur das Geräusch seiner knirschenden, schweren Schritte ist zu hören, deren Echo sich in einem großen, leeren Raum verliert. Er sucht etwas, doch um ihn herum ist nichts. Er bleibt stehen und lauscht. Fernes Stimmengemurmel ist zu hören. Die Kamera schwenkt nach rechts, die Taschenlampe bewegt sich hektisch und tastet die Umgebung ab. Während das Lichtbündel über eine Ziegelwand wandert, taucht plötzlich etwas Wimmelndes auf. Die Taschenlampe hält inne und wandert zurück. In einer Ecke entdeckt sie ein Grüppchen verängstigter Augenpaare. Kleine Jungen drängen sich mit nackten Oberkörpern aneinander und versuchen, ihrem Verfolger zu entkommen. Sieben, vielleicht acht Jungen, um die zehn Jahre alt. Ruhig geht der Filmende auf sie zu. Doch diesmal ist er nicht allein.

Hinter ihm tauchen dunkle Schatten auf. Menschliche Figuren, die ihn überholen und sich auf die Jungen zubewegen ...

Der Projektor verschluckte das letzte Stück Film, und die Bilder verschwanden von der Wand und ließen Genko mit einem Haufen Fragen und einem unguten Gefühl zurück.

Das, was er gesehen hatte, wirkte, gelinde gesagt, surreal. Und böse – durch und durch böse. Welcher kranke Verstand hatte sich so etwas ausgedacht?

Bruno saß im dunklen Kirchenkeller und bereute es, sich auf die Ermittlungen eingelassen und in den Kopf gesetzt zu haben, eine vor fünfzehn Jahren mit Samantha Andrettis Eltern getroffene Vereinbarung einzuhalten. So hatte er sein Leben nicht beenden wollen. Warum hatte er nicht auf Linda gehört? Er hätte sich in seinen letzten Tagen auf dieser Erde auf schöne, erbauliche Dinge konzentrieren sollen. Seine Hans-Arp-

Collage ansehen, Bach-Fugen hören, mit einem Glas Whiskey auf das Ende warten – warum hatte er sich stattdessen dazu entschlossen, noch einmal in die ekelerregenden Abgründe der Menschheit zu blicken?

Aber nun hatte er diesen Weg eingeschlagen. Und Bruno Genko war keiner, der aufgab, wenn er ein Ziel vor Augen hatte. Dieser Hausmeister lag im Sterben wie er selbst. Doch ehe die schwarze Göttin sie beide holen kam, musste Genko ein Schwätzchen mit Bunny halten.

30

Der Ort, zu dem er unterwegs war, befand sich im hintersten Winkel des Viertels.

Den Graffiti an den Häusern entnahm Genko, dass die Straßengangs jeden Zentimeter dieser Enklave unter sich aufgeteilt hatten. Kaum hatte er die Kreuzung mit der verlassenen Schule überquert, war ihm, als hätte er eine unsichtbare Grenze überschritten. Ein Auto mit drei jungen Typen mit Bandanas und Sonnenbrillen hängte sich an den Saab. *Die Wachen haben das Eindringen eines Fremden gemeldet*, dachte Genko. Die drei hatten die Aufgabe, ihm zu folgen und ihn im Auge zu behalten.

Das war kein Wunder. Vor einem Jahr hatte zwischen den Banden dieses Viertels ein Straßenkrieg geherrscht, der in kaum mehr als einer Woche fast zwanzig Tote gefordert hatte. Drogen- oder Territorialkämpfe – wer wusste das schon. Die Opfer waren immer blutjung, kaum zwanzig Jahre alt. In dieser Gegend war das Leben so wenig wert, dass die Mütter schon bei der Geburt ihrer Söhne wussten, dass sie sie überleben würden.

Bald geht dich das alles nichts mehr an, sagte er sich. Die Welt der Lebenden mit ihren verdammten Widersprüchen konnte ihm getrost am Arsch vorbei gehen.

Genko hatte die Hände gut sichtbar aufs Lenkrad gelegt, damit seine Bewacher wussten, dass er keine feindlichen Absichten hegte. Auf dem Beifahrersitz lag eine Flasche Whiskey, die er in einem Schnapsladen gekauft hatte. Auf dem Armaturenbrett die provisorische Karte, die ihm der junge Priester der Heiligen Barmherzigkeit auf einen Zettel gezeichnet hatte, um ihm den Weg zu seinem Ziel zu erklären. In dieser Gegend wussten die satellitengesteuerten Navigationssysteme nicht mehr weiter, und auf den Internetkarten war statt des Viertels nur ein großer weißer Fleck zu sehen.

Er näherte sich dem gesuchten Mietshaus, stellte den Wagen bei einer Parkbank ab, nahm den Whiskey vom Beifahrersitz und stieg aus. Die Mittagssonne brannte, Bruno spürte sie wie Blei auf dem Schädel. Er blickte sich um, um seinen Bewachern die Gelegenheit zu geben, ihn eingehend in Augenschein zu nehmen. Dann schlenderte er gelassen auf den Hauseingang zu.

Kaum übertrat er die Schwelle, schlug ihm der Geruch nach Essen und Desinfektionsmittel entgegen. Im Eingang standen ein paar zusammengewürfelte Plastikstühle und ein Tischchen, auf dem gesundheitsmedizinische Informationsblätter auslagen – von der Prävention von Geschlechtskrankheiten bis zu Tipps zur Zahnhygiene. Bis auf einen Obdachlosen, der auf dem Boden lag und schlief, war der wartezimmerähnliche Raum leer. Womöglich hatte der Mann Zuflucht vor der Hitze gesucht, und niemand hatte ihn fortgeschickt.

Der Ort erinnerte an eine Beratungsstelle, doch laut dem Pfarrer, der ihn hierhergeschickt hatte, war er sehr viel mehr als das.

Sie nannten ihn »den Hafen«, weil die Leute vor allem zum Sterben hierherkamen. Arme, Penner und solche, die niemanden auf der Welt hatten, der sich um sie kümmerte. Die Angehörigen wollten sie nicht, und einen Krankenhausaufenthalt konnten sie sich nicht leisten.

Weil Genko niemanden antraf, an den er sich hätte wenden

können, versteckte er die Whiskeyflasche unter der Jacke und stieg die Treppe zu den oberen Stockwerken hinauf. Die Stufen wirkten nicht besonders verlässlich, und das Geländer wackelte beängstigend. Kaum war er durch eine Glastür getreten, wurde ihm klar, dass sein unmittelbar bevorstehender Tod im Grunde alles andere als ein Unglück war, wenn man ihn mit dem verglich, was die menschlichen Wracks erwartete, die es hierher verschlagen hatte. Statt die Luft erträglich zu machen, verteilten die Deckenventilatoren den herrschenden Gestank nur. Die Betten reichten nicht für alle, weshalb man sich mit Klappliegen behalf, und manche mussten sich mit Rollstühlen zufriedengeben.

Doch das Auffälligste war, dass niemand sich beklagte.

In den Krankensälen herrschte fast vollkommene Stille. Als hätten all diese Menschen ihr Ende schon seit Langem mit Würde hingenommen. *Oder mit geduldiger Resignation,* korrigierte Genko sich.

Endlich entdeckte er jemanden. Es war eine gedrungene Frau mittleren Alters mit kurzem, grauem Haar und ausladenden Hüften. Sie trug abgetragene rote Turnschuhe, einen knielangen Rock und ein mindestens zwei Nummern zu großes T-Shirt mit einer Rolling-Stones-Zunge darauf. Um ihren Hals baumelte ein roter Plastik-Rosenkranz.

Als die Frau den fremden Besucher bemerkte, schenkte sie ihm ein strahlendes Lächeln und kam ihm entgegen.

»Guten Tag«, sagte sie herzlich.

Sie musterte ihn mit ihren leuchtend blauen Augen, und sofort verspürte Bruno ein ungekanntes Wohlgefühl.

»Ihnen auch einen guten Tag«, versuchte er ihre heitere Begrüßung zu erwidern. »Ich suche einen Mann, der hier untergebracht ist, den Hausmeister der Kirche zur Heiligen Barmherzigkeit. Er heißt William, genannt Bunny.«

Ein Schatten huschte über ihren Blick. »Ja, natürlich«, erwiderte sie. »Sind Sie ein Freund?«

»Ja«, bestätigte Bruno. »Ich habe gehört, Bunny geht es nicht gut, und ich wollte mal bei ihm vorbeischauen.«

Sofort hatte er den Eindruck, dass die Frau ihm nicht glaubte. Vielleicht hatte sie auch die Whiskeyflasche unter seiner Jacke bemerkt, doch sie sagte nichts.

»Der Mann hat keine Freunde«, sagte sie stattdessen in kaum hörbarem Flüsterton, als sollten die anderen sie nicht hören.

»Schwester Nicla, könnten Sie mal kurz kommen?«, rief jemand vom Eingang der Abteilung.

Die Frau drehte sich zu einem bildhübschen jungen Mädchen um, das einen Wäschekorb voller Handtücher trug. Bruno war erstaunt, eine Krankenschwester vor sich zu haben.

»Ich bin gleich da«, antwortete Schwester Nicla und wandte sich wieder an ihn. »Sie sollten nicht hier sein.« Sie klang sehr einfühlsam. Dann hob sie unvermittelt die Hand und streichelte ihm über die stoppelige Wange.

Die zärtliche Geste machte ihn sprachlos. Es schien, als spürte die Frau, dass ihm nur noch wenig Zeit blieb, und als wollte sie ihm zu verstehen geben, dass alles gut sei und er sich nicht fürchten müsse.

»Sie sind wohl nicht gläubig?«, fragte sie ihn.

»Ich habe gelernt, dass die Welt schlecht ist«, sagte Genko, denn es war sinnlos, ihr noch etwas vorzumachen. »Und wenn Gott die Welt erschaffen hat, dann ist er es ebenfalls. Man muss sich nur anschauen, was er mit seinen Lieblingskindern macht.« Er deutete in den Saal.

Schwester Nicla ließ den Blick mitleidig über diejenigen wandern, die hier auf ihr Ende warteten. »Ich habe diesen Ort nicht den ›Hafen‹ genannt, weil er die letzte Station ist. In

Wirklichkeit hat ihre Reise noch gar nicht begonnen, und der Ort, zu dem sie unterwegs sind, gleicht einem riesigen, warmen Ozean.«

Bruno dachte an das Bild von Meg Forman, und ihm war, als hätte die Frau in sein Herz geschaut.

»Gemalt von einem Kind«, sagte er, ohne zu wissen, warum.

Schwester Nicla gefiel die Beschreibung. »Gott ist ein Kind, wussten Sie das nicht? Wenn er uns wehtut, ist ihm das nicht bewusst.«

Diesmal musste Bruno lächeln, und er beneidete sie um ihren unerschütterlichen Glauben.

Die Schwester wurde wieder ernst. »Der Mann, den Sie suchen, ist im letzten Raum am Ende des Flurs.« Sie wies in die Richtung und sah ihn besorgt an. »Seien Sie vorsichtig.«

31

Genko öffnete die angelehnte Tür. Obwohl der »Hafen« aus allen Nähten platzte, lag der Mann allein in dem Zimmer.

Mattes Licht sickerte durch die geschlossenen Fensterläden und legte sich auf das weiße Laken, das die knochigen Gliedmaßen des Patienten wie ein Leichentuch umhüllte. Nur der Kopf und die abgemagerten Arme waren zu sehen.

Dem Geruch nach zu urteilen, verweste William, der Hausmeister, bei lebendigem Leibe.

Der Alte hatte die Augen geschlossen und atmete mühsam. Doch dann schreckte er auf und versuchte zu begreifen, wer der Fremde war, der seine Ruhe störte.

»Hallo, Bunny«, sagte Genko.

Der Alte musterte ihn schweigend. »Wer bist du?«

Bruno zog die Whiskeyflasche hervor. »Der Todesengel.«

Der Mann zögerte einen Moment, dann bleckte er seine gelben Zähne zu einem Grinsen.

»Komm näher«, forderte er ihn auf und streckte ihm seine knochige Hand entgegen.

Bruno griff sich den einzigen Stuhl, der an einer Wand stand, und zog ihn ans Bett.

»Hast du was dagegen, wenn wir uns ein bisschen unterhalten?«, fragte er und setzte sich.

»Überhaupt nicht«, sagte der Alte krächzend. Dann hustete er, und ein Schleimklumpen löste sich in seiner Kehle. »Bist du ein Bulle?«

»Nein. Aber ich habe trotzdem ein paar Fragen an dich.«
Er bemerkte, dass der Alte den Whiskey anstarrte wie ein Verdurstender eine Wüstenoase. »Wenn ich bekomme, was ich will, lasse ich dich mit der hier allein«, versprach er.

Bunny lachte genüsslich. »Ich weiß schon, was du mich fragen willst.«

»Wieso schießt du dann nicht einfach los? Je eher wir fertig sind, desto besser für alle.«

Der Alte ließ den Blick zur Wand wandern, als überlegte er, wie er anfangen sollte.

»Wärst du erstaunt, wenn ich dir sagen würde, dass ich nicht William heiße?«

»Kein bisschen.«

»Vierzig Jahre lang bin ich Hausmeister in der Heiligen Barmherzigkeit gewesen, aber nur, weil mich keiner gefunden hat.«

»Wer hätte dich finden sollen?«

»Die Polizei. Oder Leute wie du.« Ein weiterer heftiger Hustenanfall erschütterte seine Brust. »Aber ich habe euch alle verarscht.« Er lachte krächzend.

»Wieso hätten wir dich suchen sollen?«

»Weil ich für euch der Teufel bin.«

Vielleicht sagte er das aus Selbstmitleid, doch Genko meinte, einen Anflug von Stolz herauszuhören. »Aber das bist du nicht?«

»In Wirklichkeit bin ich nur ein Diener, mein Freund.«

»Und wem dienst du?«

Einen Moment lang hing der Alte seinen Gedanken nach.

»Was war deine Aufgabe?«, drängte Genko. »Kleine Jungen mit diesen Comics ködern? Sie einer Gehirnwäsche unterziehen? Übrigens, ich habe den Film gesehen.«

»Du verstehst gar nichts«, sagte der Alte abfällig. »Genau wie alle anderen.«

Plötzlich verschwand das Sonnenlicht. Jenseits der Fensterläden brauten sich dunkle Wolken zusammen. Das Zimmer versank in fahlem Zwielicht.

»Dann erklär es mir.«

»Das wäre zwecklos.«

»Versuch es.«

»Lass gut sein, im Ernst.« Noch ein Lachen, noch ein Hustenanfall. »Leb dein erbärmliches Leben weiter, wie du es bis heute getan hast, glaub mir, es ist besser so.«

Wut kochte in Genko hoch, doch er wollte es sich nicht anmerken lassen. »Wen deckst du?«

»Niemanden.«

Genko spürte, dass er log. »Was hast du dafür bekommen, Bunny?«, fragte er höhnisch. »Abgesehen von der erbärmlichen Behausung in einem Kellerloch ...«

»Als ich vor die Wahl gestellt wurde, habe ich gewählt«, sagte der Alte unvermittelt.

Von draußen war Donnergrollen zu hören, das ein Gewitter ankündigte.

»Was soll das heißen, ›du hast gewählt‹?«, bohrte Bruno.

Der Alte musterte ihn mit seinem wässrigen, ungerührten Blick. »Statt zu hinterfragen, wer ich bin, solltest du dich lieber fragen, *was* ich bin.«

Bruno überlegte einen Moment, dann begriff er. »Auch du bist ein Kind der Dunkelheit.«

Der Mann nickte.

Trotz seiner scheinbaren Reserviertheit hatte Bunny offensichtlich Lust, zu reden und mit einer Geschichte herauszurücken, die er, wer weiß wie lange, mit sich herumgeschleppt hatte. Bruno musste nur warten, dann würden die Antworten von ganz allein kommen.

Tatsächlich fing der Alte kurz darauf an zu erzählen.

»Eines Tages, als ich auf der Straße spiele, kommt ein Mann vorbei. Er ruft mich zu sich und sagt, er will mir etwas schenken. Dann zeigt er mir ein Comicheft. Die Hauptfigur ist ein Häschen, aber er sagt, es gebe ein Geheimnis. Er erklärt mir, was ich tun muss, um es herauszufinden ... ›Du nimmst einen Spiegel‹, sagt er. ›Wenn dir gefällt, was du siehst, kommst du wieder zu mir.‹«

»Und was ist dann passiert?«

»Ich gehe wieder zu ihm, aber nur, weil ich neugierig bin ... Er nimmt mich mit und sperrt mich in eine Art schwarzes Loch. Lässt mich dort im Dunkeln. Ich war nur ein zu Tode verängstigter kleiner Junge. Ich weiß nicht, wie sehr ich geschrien habe, ich weiß noch nicht mal, wie viel Zeit vergangen ist. Tage oder vielleicht Monate. Doch dann ist das Türchen aufgegangen, und jemand hat mir eine Hand hingestreckt. Es war ein Polizist. ›Du bist gerettet‹, hat er gesagt ... Doch er wusste nicht, dass ich nicht mehr zu retten war – nie mehr. Niemand ahnte, dass ein Fluch auf mir lag. Nicht einmal ich wusste das. Aber die Dunkelheit hatte mich schon gezeichnet.«

»Wie hieß der Mann, der dich entführt hat?«

Der Alte sah weg. »Bunny natürlich ... Zumindest hat er mir das gesagt. Die anderen kannten ihn unter einem anderen Namen. Zwanzig Jahre lang war er Nachtwächter in einem Lager für Düngemittel. Tagsüber schlief er, deshalb hatte er keinerlei menschlichen Kontakt. Als er verhaftet wurde, wusste keiner der Nachbarn, wer in dem Haus wohnte. Vor Gericht hat er nicht ein Wort gesagt, nicht einmal, als der Richter ihn dazu verurteilt hat, den Rest seines Lebens hinter Gittern zu verbringen.«

Genko konnte heraushören, dass der Alte eine Art Bewunderung für seinen Peiniger hegte. Er wollte den Rest der Geschichte hören. »Aber das war noch nicht alles, richtig?«

»Ich war dreizehn Jahre alt ... Eines Morgens steht bei uns ein Vollzugsbeamter vor der Tür. Er sagt, Bunny sei gestorben, aber er sagt auch, vorher habe er sein Testament geschrieben und mich zu seinem Alleinerben gemacht.« Er fuhr sich mit den Handrücken über die trockenen Lippen und schluckte die zähe Spucke hinunter, die ihm den Mund verklebte. »Meine Mutter wollte von diesem Kerl keinen Cent, doch wir waren sehr arm und konnten uns nicht erlauben, es auszuschlagen. Dann ist nicht nur Geld gekommen, sondern sein ganzes Zeug wurde bei uns abgeladen. Ein paar Anziehsachen, ein Super-8-Projektor, ein Karton mit identischen Comics und einem seltsamen Film.«

»Du hast ihn dir angesehen ...«

»Und begriffen. Es war wie eine Botschaft ... ›Gib den Staffelstab weiter‹ oder etwas in der Art ...«

»Wer hat mit der ganzen Sache angefangen?«

»Ich weiß es nicht. Aber ich habe meine Aufgabe erfüllt, ich war gut«, lobte er sich selbst.

So, wie er es darstellte, hatte William nur seinen Job gemacht. »Willst du mir weismachen, du wüsstest nicht, wer dahintersteckt? Wem du so hingebungsvoll gedient hast?«, fragte Genko abermals.

»Der Dunkelheit«, antwortete der Alte, diesmal ohne zu zögern.

Ein weiterer Donner, doch noch war kein Regenrauschen zu hören.

Genko schauderte. »Und das, was du Robin Sullivan angetan hast, als er noch ein Kind war?«

Bei dem Namen fuhr der Alte zusammen.

»Du hast ihn entführt und drei Tage lang gefangen gehalten ... in der Dunkelheit?«

»Ich habe den Staffelstab weitergegeben«, rechtfertigte sich der Alte grinsend.

»Wie viele hat es vorher und nachher gegeben? Außer Robin, wie viele?«

»Ich weiß es nicht, ich habe den Überblick verloren. Aber die anderen sind nicht wichtig … Es braucht viele Anläufe, um den richtigen Jungen zu finden. Nach Robin habe ich noch ein Weilchen weitergemacht, aber ich wusste bald, dass er seine Entscheidung getroffen hatte. Genau wie ich, als ich mehr oder weniger in seinem Alter war.«

Genko kramte in seiner Tasche und holte das Foto aus der Limbus-Akte hervor, auf dem Robin Sullivan zusammen mit seinem lockigen Freund zu sehen war. Er zeigte es dem Alten.

»Da bist du ja, mein Junge«, sagte der sofort. »Lang ists her …« Seine Augen leuchteten.

»Wer ist der andere Junge auf dem Foto? Der mit den Locken und der Zahnlücke?«

Der Alte sah ihn verwirrt an.

»Komm schon. Ich bin mir sicher, dass du ihn kennst.« Zur Ermutigung schwenkte er die Whiskeyflasche vor seinem Gesicht.

Der Hausmeister leckte sich die spröden Lippen. »Paul, glaube ich … Er wohnte in dem grünen Haus zwei Blocks von der Kirche entfernt.«

Nach der anfänglichen Verwirrung zeigte sich der Hausmeister erstaunlich kooperativ. Genko hatte keine Erklärung dafür. Tischte William ihm etwa ein Märchen auf, um ihn loszuwerden? Die einzige Möglichkeit, das herauszufinden, war, der Sache auf den Grund zu gehen und bei dem grünen Haus anzuklopfen. Doch zuerst überreichte er dem Sterbenden die versprochene Belohnung. »Leb wohl, Bunny.«

»Bis bald«, entgegnete der Alte.

Der Gedanke, dass sie womöglich beide zu demselben Ort

unterwegs waren, bereitete Bruno Gänsehaut. Doch es stimmte: Er musste sich den Frieden von Meg Formans Bild noch verdienen, und es blieb nicht viel Zeit.

Noch ein Donner, das Gewitter war nah.

32

Das grüne Haus stand hinter einer dichten Regenwand.

Genko stieg aus dem Saab und lief auf den Eingang zu. Unter dem Vordach klappte er den Jackenkragen herunter. Das Gewitter hatte ihn beim Verlassen des »Hafens« erwischt und noch immer nicht nachgelassen, sein Haar und der Leinenanzug waren tropfnass. Er lehnte sich an die Hauswand und legte sich eine Hand an die Stirn. Er hatte Fieber. Doch sein Herz schlug unvermindert in seiner Brust und strafte die Vorhersage der Ärzte Lügen. *Das wird nicht so bleiben,* dachte er. Es war sinnlos, sich etwas vorzumachen. Sein Herzschlag war wie das Ticken einer Uhr, die rückwärtslief.

Er strich sich die Kleider glatt, um vorzeigbarer auszusehen, und las den Namen auf dem Briefkasten.

»Paul Macinsky«, murmelte er. Paul, wie der Hausmeister gesagt hatte.

Irgendetwas kam ihm dennoch merkwürdig vor.

Die Klingel funktionierte nicht. Vielleicht war wegen der Blitze der Strom ausgefallen. Er klopfte an die Tür. Wartete einige Sekunden. Er versuchte es abermals, vielleicht hatte der Regen das Klopfen übertönt. Wieder passierte nichts.

Also ging er zu einem Fenster, um hineinzuspähen.

Ein Wohnzimmer mit einem von Zeitungen übersäten Sofa vor einem alten Fernseher, ein durchgesessener Sessel. Daneben ein Tischchen, auf dem mindestens zehn leere Bierflaschen und ein überquellender Aschenbecher standen.

Aus der junggesellenhaften Unordnung schloss Genko, dass Paul Macinsky der einzige Hausbewohner war. Und aus der Reglosigkeit, dass er augenblicklich offenbar nicht zu Hause war.

Er wollte Robin Sullivans alten Kumpel aus der Fußballmannschaft des Gemeindezentrums aus einem ganz bestimmten Grund treffen. Wenn das Monster einen sicheren Unterschlupf in dem Viertel seiner Kindheit gesucht hatte, hatte er sich womöglich an Macinsky gewandt, um ihn um einen Gefallen zu bitten und von ihm gedeckt zu werden. Vielleicht wusste Paul sogar, wo sich Bunny versteckte.

Er ist noch hier – ich weiß es.

Genko wusste, dass er sich schnell entscheiden musste. Er hätte im Auto oder unter dem Vordach auf die Rückkehr des Hausbesitzers warten oder hineingehen und sich umsehen können.

Normalerweise zog er die zweite Option vor.

Wenn er eine Quelle oder einen Zeugen befragen musste, versuchte er stets, vorbereitet zu sein. Schließlich brachte man jemanden nur zum Singen, wenn man möglichst viel über ihn wusste.

Einmal hatte er einer Frau mittleren Alters entlocken müssen, wo sich ihre Bekannte befand. Wäre er einfach zu ihr gegangen und hätte sie rundheraus gefragt, wäre sie misstrauisch geworden und hätte nichts erzählt. Die Leute misstrauten Fremden, die Fragen stellten. Selbst wenn es darum ging, jemanden zu schützen, den sie kaum kannten, war ihr Solidaritätsgefühl automatisch geweckt. Da er keine Zeit gehabt hatte, sich im Voraus mit ihr anzufreunden, hatte Genko die Frau ein paar Stunden lang beobachtet. Er fand heraus, dass sie einen Großteil des Tages damit zubrachte, Fernsehsoaps zu sehen. Also ging er zu ihr und fragte sie, wo ihre Freundin sei, in die er sich unsterblich verliebt habe. Gerührt von seiner Geschichte verriet ihm die Frau sofort alles, was er wissen wollte.

Also untersuchte Genko jetzt das Türschloss des grünen Hauses, um diesen Paul ein wenig kennenzulernen. Und nachdem er festgestellt hatte, wie einfach die Sache war, versetzte er der Tür ein paar Ellenbogenstöße und öffnete sie.

Kaum war er im Haus, wurde ihm einiges über Paul Macinsky klar. Allem voran, dass der einstige Junge mit dem kaputten Schneidezahn ein alles andere als glückliches Erwachsenenleben führte. Die Möbel sahen aus, als stammten sie vom Sperrmüll. Auf dem Boden lag ein Teppich, der vielleicht einmal beige gewesen und nun von Fettflecken übersät war. Überall Staub und Dreck. In einer Ecke lag eine Decke mit zwei Fressnäpfen und einer Leine, doch zum Glück war kein Hund zu sehen.

Genko schob die Tür hinter sich zu. Das Rauschen des Regens wurde leiser. Das Haus war zweistöckig. Genko beschloss, sich zuerst oben umzusehen.

Die Treppe mündete in einen kurzen Flur, von dem drei Zimmer abgingen. Er näherte sich der ersten Tür mit Riffelglas, hinter der vermutlich das Badezimmer lag, öffnete sie wenige Zentimeter und wurde von dem wütenden Gebell eines großen schwarzen Hundes empfangen. Er konnte die Tür gerade noch rechtzeitig schließen, ehe sich das Biest auf ihn stürzte. Er verfluchte den Köter, sich selbst und sein wummerndes Herz. Er hatte Angst, doch dann musste er lachen. Eine dämlichere Art, einen tödlichen Herzinfarkt zu erleiden, konnte man sich kaum vorstellen.

Er setzte seine Erkundung fort. Im zweiten Zimmer stand nur ein rostiges Ehebett. Auf dem Boden hatte sich eine Pfütze aus Regenwasser gebildet, das irgendwo durchs Dach sickerte.

Im Schrank hingen nach Mottenkugeln riechende Frauenkleider. Bruno vermutete, dass sie Pauls Mutter gehörten und dass Frau Macinsky schon vor einer ganzen Weile gestorben war.

Das dritte Zimmer wurde offenbar regelmäßig genutzt. Pauls Bett bestand aus einer Matratze am Boden. An den schwarz gestrichenen Wänden hingen ein paar Poster von Heavy-Metal-Bands, es sah aus wie in einem Teenagerzimmer aus den Achtzigern. Nur dass der Mann, der in diesem Zimmer schlief, knapp fünfzig war. Neben einem Plattenspieler stand eine ansehnliche Vinylplattensammlung. Auf einem Bord prangte ein kleiner Pokal. »Gemeindeturnier 1983 – Dritter Platz« stand auf der Messingplakette am Fuß der Trophäe. Womöglich der einzige ruhmvolle Moment in Pauls Leben.

Unter einem Stapel Pornozeitschriften neben der Matratze lag ein Tondöschen mit allem, was man brauchte, um sich einen Joint zu bauen. Genko sah, dass ein Stück der Fußleiste ein wenig von der Wand abstand. Es ließ sich mühelos abnehmen. In dem Hohlraum dahinter verbarg sich ein Päckchen Hasch. Er wog es in der Hand, etwas mehr als Eigenbedarf. Er steckte das Päckchen wieder in sein Versteck zurück.

Bruno musste konstatieren, dass ihm der erste Gang durch das Haus keinerlei nützliche Informationen gebracht hatte, um zu Paul einen freundschaftlichen Draht aufzubauen. Es war schwierig, mit jemandem, der sich am liebsten zukiffte und Schundhefte las, einen gemeinsamen Nenner zu finden. Er würde einen anderen Weg finden müssen, um Pauls Vertrauen zu gewinnen und ihn zu knacken. Von allen Menschen, die er bisher hatte ausfindig machen können, stand Paul Macinsky Robin Sullivan am nächsten.

Wenn er weiß, wo Bunny ist, könnte ich ihn dazu bringen, sich zu verplappern. Aber wie?

Der Hund im Badezimmer bellte noch immer und ließ Genko keinen klaren Gedanken fassen. Eine Migräne kündigte sich an. Ihn schauderte, er begann mit den Zähnen zu klappern. Das Fieber stieg.

Er ging zur Treppe und kehrte nach unten zurück. Er hätte das Haus sofort verlassen und im Saab auf Paul Macinskys Rückkehr warten sollen. Doch am Fuß der Treppe wurde er von einem jähen Schwindel gepackt. Er konnte unmöglich dort hinausgehen und noch mehr Regen abkriegen. Er schob die Zeitungen vom Sofa, entschied sich dann aber für den Sessel vor dem ausgeschalteten Fernseher, der offenbar Pauls Lieblingsplatz war. Da lag auch eine verdreckte, zerlöcherte Wolldecke, die Genko sich widerstrebend um die Schultern legte. Der Schüttelfrost wollte einfach nicht nachlassen. Er hatte Angst und wusste zugleich, dass er sich die Vorstellung, im nächsten Moment zu sterben, sofort aus dem Kopf schlagen musste. Um sich zu beruhigen, versuchte er, seine Ermittlungsergebnisse zu sortieren.

Wieder kam ihm der alte Hausmeister in den Sinn und wie wenig Mühe es ihn gekostet hatte, ihm den Namen des kleinen lockigen Jungen mit dem kaputten Zahn zu verraten.

Als Genko ihn damit konfrontiert hatte, ein armes, wehrloses Kind in die Dunkelheit verschleppt zu haben, hatte William sich mit einer absurden Begründung verteidigt.

»Ich habe den Staffelstab weitergegeben.«

Robin war sein würdiger Schüler gewesen, und es kam Bruno merkwürdig vor, dass er so bereitwillig Auskunft über ihn gegeben hatte. Wenn der alte Bunny Robin für seinen Erben hielt – für den neuen Bunny –, wieso hatte er einem Fremden geholfen, ihn ausfindig zu machen? Er hätte die Identität des Freundes aus Kindertagen, der nützliche Informationen zur Ergreifung seines Schützlings verraten konnte, doch einfach verschweigen können.

Stattdessen war er beinahe sofort mit Pauls Namen herausgerückt.

Bruno konnte sich keinen Reim darauf machen. Doch wenigstens hatte das Zittern nachgelassen. Auch der Hund im oberen Stockwerk hatte sich beruhigt. Eingelullt von der Stille und versunken in dem alten Sessel starrte Genko auf sein Spiegelbild in der schwarzen Fernsehmattscheibe. Er beglückwünschte sich, noch da und nicht bereits tot zu sein. Wieder einmal war er davongekommen. Solange noch Luft in seinen Lungen war. Er empfand Dankbarkeit und Erleichterung.

Und dann glitt er in tiefen Schlaf.

33

Ein würgender Griff an der Kehle, ein weit aufgerissener Rachen, der verzweifelt nach Sauerstoff giert. Die schlimmste Art, um aus todesähnlich tiefem Schlaf zu erwachen: festzustellen, dass man am Leben ist, um doch zu sterben – und zwar qualvoll.

Der Berserker hinter Genkos Rücken dachte nicht daran, seinen Griff zu lockern. Bruno spürte den kräftigen Unterarm, der ihn unerbittlich in der Zange hatte. Er versuchte, ihn von seiner Kehle wegzureißen, doch immer wieder rutschten seine Finger an der regennassen Haut seines Angreifers ab. Gern hätte er die Chance gehabt, Paul Macinsky zu erklären, weshalb er wie ein Dieb in sein Haus eingedrungen war. Ihm gesagt, dass er seine Reaktion verstand, aber dass sie angesichts der Situation übertrieben war. Doch dann erblickte er dessen Spiegelbild im abgeschalteten Fernseher.

Auf der rechten Gesichtshälfte des Mannes prangte ein dunkler Fleck.

Das war nicht Paul Macinsky. Es war Robin Sullivan.

Deshalb hat der Alte mir geholfen. Er hat mich hierhergeschickt und es irgendwie geschafft, seinem Schüler Bescheid zu geben. Er hat mich in die Falle gelockt.

Hier brauchte Bunny seine Hasenmaske nicht, endlich sahen sie einander ins Gesicht. Er starrte ihn in der Mattscheibe an. Es lag kein Hass in seinen murmelblanken Augen, und auch keine Wut. Eher Erschrecken, stellte Genko verwundert fest.

Meg Formans Zeichnung – *der warme Ozean, das Schiff,*

die Sonne. Das Fantasieparadies eines kleinen Mädchens. *Ich habe es verdient, es steht mir zu, da will ich hin,* wiederholte Genko mantrenhaft in seinem Kopf. »Gott ist ein Kind, wussten Sie das nicht?«, hatte die Schwester im »Hafen« gesagt. »Wenn er uns wehtut, ist ihm das nicht bewusst.«

Allmählich ergab sich Genko dem Schmerz des Endes.

Gleißende Schlieren begannen wie anmutige kleine Feen vor seinen Augen zu tanzen. Seine Lungen leerten sich rasch, er röchelte. *Der warme Ozean, das Schiff, die Sonne* – er meinte sie fast zu sehen. *Ich komme,* dachte er. Er spürte, wie er mit einem Ruck hochgezogen wurde, und warf den Kopf zurück. Es war eine Art instinktiver Reflex, mit dem er der Nase seines Angreifers dennoch einen Stoß versetzte.

Verblüfft von der unerwarteten Reaktion lockerte Robin Sullivan seinen Griff. Blitzschnell wand sich Bruno heraus und stemmte sich mit einem Satz aus dem Sessel. Er stürzte nach vorn und landete mit den Handflächen auf dem verdreckten Teppich. Er versuchte zu atmen, doch es brauchte drei Anläufe, bis es ihm halbwegs gelang. Er drehte sich zu seinem Angreifer um, Bunny blutete aus der Nase, Tränen verschleierten ihm die Sicht. Dennoch stürzte er sich abermals auf Bruno und packte ihn beim Knöchel. Bruno schüttelte ihn ab und tat einen Satz, weg von dem Monster, aber auch von der Eingangstür. Er hatte keine Ahnung, wohin, er kam sich vor wie eine Fliege, die den Spalt eines geöffneten Fensters nicht findet und in ihrer eigenen Dummheit gefangen ist.

Taumelnd fand er sich in der Küche wieder, dem einzigen Raum im Haus, den er nicht untersucht hatte.

Erleichtert stellte er fest, dass es neben dem alten Kühlschrank mit der von Magneten übersäten Tür einen Ausgang zum Hinterhof gab.

Unterdessen hatte sich Bunny erholt und war hinter ihm her.

Mit den wenigen verbleibenden Kräften schleppte Genko sich zur Tür und hoffte, dass sie nicht verschlossen war wie die auf der Wilson-Farm einige Nächte zuvor, als Bunny ihm genau wie jetzt auf den Fersen gewesen war.

Er packte die Klinke und zog daran. Die Tür war offen. Er wollte hinausstürzen, doch etwas hielt ihn zurück. Es war, als spielte sich alles in Zeitlupe ab. Er spürte, wie sich die Kugel in seinen Rücken bohrte, direkt zwischen die Schulterblätter. Ein glühendes Stück Metall, das ihm das Fleisch zerriss.

Doch er hatte keinen Schuss gehört. Wie war das möglich?

Ihm war, als hätte die Kugel ihn durchdrungen, doch als er an sich hinuntersah, konnte er auf seiner Brust kein Austrittsloch entdecken. Kein Blut. Ehe er sich einen Reim darauf machen konnte, gaben seine Beine unter ihm nach. Er sank auf die Knie. Ein tiefes, stotterndes Wummern erfüllte seine Ohren – sein Herz geriet aus dem Takt.

Das war kein Schuss gewesen.

Es war der tödliche Infarkt, auf den er seit Tagen gewartet hatte.

Bruno Genko ließ die Klinke los, vollführte eine kleine Pirouette auf den Knien, sank mit dem Rücken gegen die Kühlschranktür und riss eine Kaskade bunter Magnete mit zu Boden.

Schwebend zwischen Leben und Tod blieb sein Blick an einem Magnet hängen, eine Südseepalme. Darunter eine Zeichnung.

Der Stil und die Farben ließen keinen Zweifel. Sie stammte von einem Kind.

Sie zeigte einen großen Hasen mit Herzaugen, der ein kleines blondes Mädchen an der Hand hielt.

Doch das, was Genko am meisten verblüffte, war die Signatur.

»Meg.«

34

Wirklich verrückt, wie schnell das Hirn eines sterbenden Mannes arbeitet, dachte Genko. Seines jedenfalls arbeitete gerade doppelt so schnell wie sonst.

Wie kann es sein, dass die kleine Forman-Tochter Bunny, den Hasen, kennt?

Bruno sah auf, erkannte verschwommen Sullivan, der sich über ihn beugte, und rechnete damit, dass er zum Schlag ausholen würde. Doch der starrte ihn nur reglos an. Vielleicht wartete er ab, bis er von allein krepierte.

Doch obwohl ihm alles Mögliche durch den Kopf schoss, hatte er jetzt Zweifel, dass er wirklich Robin Sullivan vor sich hatte. Sein Herz stach. Er holte tief Luft. Vielleicht blieb ihm noch genug Zeit, die Wahrheit zu erfahren. Unter großer Mühe schob er eine Hand in die Jackentasche. Er zog das Foto aus dem Limbus hervor und hielt es dem Mann mit dem dunklen Muttermal hin.

Der griff nach kurzem Zögern danach.

Seinem Gesichtsausdruck nach zu urteilen, hatte Bruno richtiggelegen. »Du bist Paul Macinsky, stimmts?«

Der Mann schwieg, dann reagierte er. »Woher hast du dieses Foto?«, fragte er nervös. »Wer bist du? Und was hast du in meinem Haus zu suchen?«

Der letzte Satz genügte, und Bruno wusste, dass er nicht Robin Sullivan vor sich hatte.

Der alte Hausmeister hat mich verarscht, dachte er. *Deshalb hat er so verwirrt gewirkt, als ich ihn nach dem Namen des Lockenkopfes gefragt habe. Er hat begriffen, dass ich den Falschen suche. Weil ich geglaubt habe, Robin sei der traurige Junge mit dem Muttermal im Gesicht. Doch das stimmt nicht.*

Robin Sullivan ist der andere – der fröhliche.

Der alte Bunny hatte ihn auf die falsche Fährte gelockt, doch die Verwechslung war schon viel früher eingeleitet worden. Der Fehler lag in der Zeugenaussage des Zahnarztes. Peter Forman hatte die Stimme des Mannes mit der Hasenmaske beschrieben, der ihn *seiner Aussage nach* zum Mord an Linda gezwungen hatte. Der Zahnarzt war der Erste gewesen, der den Gärtner beschuldigt hatte.

Wie kann es sein, dass die kleine Forman-Tochter Bunny, den Hasen, kennt?

»Erzähl mir von Robin«, raunte Genko kaum hörbar.

»Vielleicht sollte ich erst mal einen Krankenwagen rufen, Freundchen.«

Macinsky schien sich ernsthaft Sorgen zu machen, doch Genko schüttelte den Kopf.

»Robin Sullivan«, wiederholte er.

»Er heißt nicht mehr so, er hat seinen Namen geändert. Als Kinder waren wir viel zusammen, doch dann habe ich nichts mehr von ihm gehört … Vielleicht glaubte er, ich würde ihn nicht wiedererkennen, als er mich auf dem Parkplatz angesprochen hat, weil er jemanden für seinen Garten suchte, aber mir war sofort klar, dass er es ist.«

»Wie heißt er jetzt?«, fragte Bruno. »Bitte, sags mir.« Er musste es aus Pauls Mund hören.

»Robin Sullivan … Er hat ein schönes Haus, eine schöne Frau, zwei niedliche Töchter. Er nennt sich Peter Forman und ist Zahnarzt.«

*Wie kann es sein, dass die kleine Forman-Tochter Bunny,
den Hasen, kennt?*

»Und jetzt erzähl mir hiervon …« Genko deutete auf die
Zeichnung unter dem Palmenmagnet.

»Ich rufe den Notarzt«, sagte Macinsky und kramte sein
Handy hervor.

»Ich bitte dich, die Zeichnung.«

Der Mann hatte die Nummern getippt und hielt inne. »Die
hat mir Robins Tochter geschenkt, die kleinere. Vor einer Woche.«

Das Mädchen hatte Mitleid mit dem einsamen Mann empfunden, der auf dem Kindheitsfoto eine Traurigkeit zeigte,
die ihn sein ganzes Leben lang begleiten sollte. Bruno Genko
schämte sich, ihn mit einem Monster verwechselt zu haben.

»Hat Meg dir erklärt, was die Zeichnung zu bedeuten hat?«

»Nein.«

*Wie ist es möglich, dass die kleine Forman-Tochter Bunny,
den Hasen, kennt? Weil sie den Mann unter der Maske kennt,*
verstand Genko. *Er ist ihr Vater.*

Wieder sah er die Szene in Lindas Wohnung vor sich, als er
den schwer verletzten Peter Forman im Bad gefunden hatte. In
dem Moment hatte das Monster mit seiner Farce begonnen.

Doch wieso hatte er seine eigene Familie mit hineingezo-
gen und eine Geiselnahme vorgetäuscht? »Er ist in unser Haus
eingedrungen«, hatte der Zahnarzt unter Tränen gesagt, dabei
war er es gewesen, der mit Bunnys Maske Frau und Töchter in
den Keller gesperrt hatte. »Er sagte, wenn ich nicht täte, was
er verlangte, würde er sie umbringen«, hatte er geschluchzt.
Doch wieso hatte er auch ihnen etwas vorgemacht? Wieso war
er nicht einfach zu Linda gefahren und hatte sie umgebracht?

Weil auch das ein schmutziger Trick war, dachte Genko.
»Er trug eine Maske, aber ich kenne ihn … Ich weiß, wer er

ist.« Das war nicht nur der Anfang einer gerissenen Show, um alle auf die falsche Fährte zu locken und den Verdacht auf den unschuldigen Gärtner zu lenken.

Nein, er hatte einen präzisen Plan.

Als er den Mann mit der Hasenmaske zusammengekrümmt, nackt und blutend auf dem Badezimmerfußboden angetroffen hatte, hatte Bruno geglaubt, Linda hätte sich gewehrt und ihren Angreifer schwer verletzt. Und er war stolz auf sie gewesen.

Aber nicht Linda hatte ihn mit dem Messer verletzt, verstand er jetzt. Bunny hatte es selbst getan.

Bruno hatte sich gewundert, als Bauer und Delacroix ihm mitgeteilt hatten, Forman liege im Saint Catherine. »Das ist der sicherste Ort, schließlich wird es eh schon bewacht«, hatte Bauer mit seiner üblichen Schnöseligkeit gesagt.

Und jetzt war Bunny bei Samantha Andretti im Krankenhaus.

Er will sie sich zurückholen, dachte Bruno. *Dieses Dreckschwein will sie zurück in die Dunkelheit bringen.*

Doch kaum hatte er Bunnys Plan durchschaut, starb Privatermittler Bruno Genko.

35

Doktor Green kam ins Zimmer zurück und schloss hastig die Tür. Er versteckte etwas hinter seinem Rücken.

»Hier«, sagte er und hielt eine Papiertüte hoch. »Ich dachte, du hättest vielleicht Hunger.«

Sie sah zu, wie er auf dem üblichen Stuhl Platz nahm.

»Das hier ist entschieden besser als der widerliche Krankenhausfraß.« Er zog zwei in Frischhaltefolie eingewickelte Sandwiches aus der Tüte. »Hühnchen oder Thunfisch?«, fragte er.

»Hühnchen.«

Er hielt ihr eines der Sandwiches hin. »Exzellente Wahl. Der Hühnchensalat meiner Frau ist unschlagbar.«

Sie griff danach und musterte es.

»Was ist los, keinen Appetit?«, fragte er und biss in sein Thunfischsandwich.

»Doch, entschuldigen Sie. Mir ist da nur etwas eingefallen ... Wie hat es der Entführer angestellt, mir die Medikamente zu geben, um mich ruhigzustellen?«

»Du meinst die Psychotika.« Green überlegte kurz. »Ich glaube, die hat er in dein Essen gemischt.«

Sie drehte das Sandwich in den Händen, seit Ewigkeiten hatte sie nicht mehr etwas so liebevoll Zubereitetes gegessen. »Ihre Frau muss Sie sehr lieben.«

»Wir haben unsere Hochs und Tiefs«, gestand Green. »Aber ich glaube, das geht allen Paaren so, wenn sie lange zusammen sind.«

Sie schaute zum Spiegel. »Ist mein Vater immer noch nicht da?«

»Es dauert noch ein bisschen, aber dann holen wir ihn sofort hierher.«

»Ich weiß nicht …« Sie fühlte sich noch nicht zu einem Wiedersehen bereit.

»Keiner zwingt dich, Sam. Du kannst dir alle Zeit der Welt nehmen.«

»Es ist nur so, dass ich mich nicht einmal mehr daran erinnere, wie er aussieht.«

»Ich kann dir ein Foto von ihm mitbringen, wenn du willst. Vielleicht fällt dir dann wieder etwas ein.«

Seine Worte erleichterten sie. Sie befreite das Sandwich von der Frischhaltefolie und biss gierig hinein. Green hatte recht, es war köstlich.

»Dienstag«, sagte sie, ohne darüber nachzudenken.

»Wie bitte?«

Sie konzentrierte sich wieder auf den feuchten Fleck an der Wand – das pochende Herz.

»Dienstag ist Pizzatag«, wiederholte sie.

In Wirklichkeit weiß sie nicht, ob es Dienstag ist. Und ebenso wenig, ob es Tag oder Nacht ist. Es ist sogar gut möglich, dass das, was sie »Pizzadienstag« nennt, nur einmal im Monat stattfindet. Aber sie hat es so für sich beschlossen. Das ist eine der kleinen Regeln, die sie der Routine des Labyrinths auferlegt hat.

Alles hat angefangen, als es ihr gelungen ist, die dritte Seite des Zauberwürfels fertigzustellen. Sie war stolz auf sich, so stolz auf ihre gute Arbeit, dass sie sofort wütend wurde. Weil sie das Gefühl hatte, eine Belohnung verdient zu haben. Also marschierte sie durch das Labyrinth, den Würfel wie eine Trophäe hochgereckt, und schrie: »Pizza! Ich will Pizza! Pizza!«

Sie wollte nicht nur einen angemessenen Lohn, sie wollte dem Mistkerl ordentlich auf die Nerven gehen, wenn er sie denn überhaupt hörte. Aber sie wusste, dass er sie hören konnte. Und es bereitete ihr sogar eine gewisse Genugtuung, sich daneben zu benehmen.

Am Ende hatte sie bekommen, was sie wollte.

In einem der Zimmer hatte sie eine Schachtel mit durchweichter Pizza Margherita gefunden, die schon ein paar Tage alt war. Der Drecksack glaubte, sie damit strafen zu können, doch sie hatte sie trotzdem genüsslich verspeist. Seitdem hat sich das Ritual wiederholt.

Jedes Mal, wenn eine dritte Seite des Würfels fertig ist, ist wieder Dienstag. Und dann gibt es alte Pizza.

Wer weiß, wo der Mistkerl sie holt. Die Schachtel ist schlicht und nichtssagend. Kein Hinweis auf das Restaurant. Sie stellt sich einen Ort vor, an dem es ständig nach Bratöl riecht, mit weißen, von einem glänzenden, schmierigen Fettfilm bedeckten Kacheln, den keine Seife der Welt mehr herunterkriegt.

Jedes Mal, wenn sie in das erste Stück Pizza beißt, fragt sie sich, wie der Mensch aussieht, der sie gemacht hat. Wer weiß, wieso sie sich einen jungen Mann mit kräftigen, bemehlten Armen und einem kleinen Bierbauch ausmalt. Ein fröhlicher Typ, der gern mit seinen Freunden zusammen ist und sich mit ihnen Actionfilme im Kino anschaut oder bowlen geht. Er hat keine feste Freundin, aber in seinem Leben gibt es eine schnuckelige Brünette, die als Kassiererin im Supermarkt arbeitet.

Der Junge fragt sich nie, für wen seine Pizzen sind – wieso sollte er? Er ahnt nicht einmal, dass die, die er gerade zubereitet, in einem Labyrinth landet, um eine unglückliche Gefangene satt zu machen. Er weiß nicht, dass er der einzige, wenn auch indirekte Kontakt ist, den sie zur Außenwelt hat. Doch er ist der Beweis, dass es etwas jenseits dieser Mauern gibt. Dass die Menschheit noch nicht von einer nuklearen Katastrophe oder einem Asteroiden ausgelöscht worden ist ...

»Ich habe immer gehofft, in den Schachteln, die ich an meinen eingebildeten Dienstagen bekam, eine Nachricht zu finden. Nur ein mit Tomatensoße geschriebenes Wort. Einen einfachen Gruß – ›ciao‹ zum Beispiel. Einmal lag eine kleine Artischocke auf der Pizza, die habe ich als Zeichen genommen. Doch es ist bei diesem einen Mal geblieben.«

»Was hat dich im Labyrinth am meisten gestört?«, fragte Green unvermittelt und biss ein letztes Mal in sein Thunfischsandwich.

»Die Farbe der Wände ... Dieses Grau war unerträglich.«

»Es gibt die Theorie, dass Farben einen bestimmten Einfluss auf die Psyche haben«, sagte Doktor Green und wischte sich den Mund mit einer Serviette ab. »Grün vermittelt Sicherheit, deshalb sind Spieltische fast immer grün, um die Spieler zum Risiko zu animieren ... Warme Farben stimulieren hingegen das Serotonin und machen die Menschen gesprächig oder promiskuitiv.«

»Und Grau?«

»Es hemmt die Endorphine«, sagte Green. »Die Räume in Irrenhäusern sind grau, und auch die Zellen in Hochsicherheitsgefängnissen. Auch Zookäfige ... Langfristig macht Grau duldsam.«

Grau macht duldsam, wiederholte sie in Gedanken. Er hatte sie wie ein Tier gehalten, dessen Instinkt gebändigt werden musste.

Offenbar merkte Green, dass das Thema sie bedrückte. Um sie abzulenken, knüllte er die Serviette zusammen, drehte sich zu dem Papierkorb um, der in einer Ecke stand, zielte und traf.

»Ich war Spielmacher in der Uni-Basketballmannschaft.«

Er entlockte ihr ein Lächeln.

Ihr entging nicht, dass Green ihre Ablenkung ausnutzte und sich wieder an den Schlüssel-Karabiner fasste, der an seinem Gürtel hing. *Schon wieder dieses Zeichen, um mit den Polizisten jenseits des Spiegels zu kommunizieren,* sagte sie sich. *Was bedeutete das bloß?*

Der Arzt bemerkte einen kleinen Thunfischfleck auf seinem blauen Hemd.

»Wenn das meine Frau sieht«, murmelte er und wischte hektisch mit dem Finger daran herum. »Scheiße.« Er stand auf. »Ich bin gleich wieder da.«

Umso besser, dachte sie. Sie musste dringend pinkeln, und obwohl sie einen Katheter hatte, schämte sie sich, es in Greens Gegenwart zu tun.

»Ich bringe dir auch was zu trinken mit«, versprach er im Hinausgehen. »Versuch, konzentriert zu bleiben, gleich machen wir uns an die Arbeit.«

Folgsam starrte sie auf das Herz an der Wand. Da begann das Telefon auf dem Nachttisch erneut zu klingeln.

Lähmende Angst überfiel sie.

Sicher hat Green recht, sagte sie sich, *es hat sich nur jemand verwählt. Meine Angst ist bestimmt albern.* Allerdings gab es nur eine Möglichkeit, das herauszufinden. Sie musste abheben.

Bedrohlich erfüllte das Klingeln das Zimmer, ihren Kopf. Sie wollte nur, dass es wieder aufhörte, doch das tat es nicht.

Also gab sie sich einen Ruck. Sie streckte die Hand zum Nachttisch aus. Trotz des hinderlichen Gipsbeins bekam sie den Hörer zu fassen, zog ihn zu sich heran und legte ihn ans Ohr. *Ich werde nur gähnendes Schweigen hören,* sagte sie sich. *Und darin ein gedämpftes Atmen.*

»Ja?«, sagte sie und horchte bang in den Hörer.

»Sie haben vergessen, mir die Adresse zu nennen«, sagte eine männliche Stimme.

Sie begriff nicht, im Hintergrund herrschte ziemlicher Radau. Green hatte recht gehabt, jemand hatte sich verwählt. Sie war erleichtert.

»Hallo?« Der Mann am anderen Ende der Leitung wurde ungeduldig.

»Entschuldigung, aber ich weiß nicht, wovon Sie reden.«

»Ich brauche die Adresse«, wiederholte der Mann. »Wegen der Bestellung.«

Sie riss die Augen auf, ein Schauder durchzuckte sie wie ein Stromschlag.

»Die Pizza«, schob der Mann am Telefon nach. »Wo sollen wir sie hinbringen?«

Sie warf den Hörer fort, als würde er glühen, und drehte sich abrupt zur Spiegelwand um. Es war sehr viel mehr als nur eine Ahnung. Während sie ihr eigenes Spiegelbild betrachtete, hatte sie das lebhafte Gefühl, dass sich dahinter ein böser Schatten verbarg, der sie belauscht hatte.

Und der ihr mit diesem Scherz zu verstehen geben wollte, dass er ganz in der Nähe war.

36

Ein gleichbleibendes, anhaltendes Grundgeräusch.

»Weg!«

Er hatte keine Kontrolle über seinen Körper mehr. Er war dort und zugleich auch nicht. Ein Gefangener in einer Fleischhülle. Doch er spürte keinen Schmerz. Eher ein seltsames Wohlgefühl.

Er konnte die Lider nicht schließen, deshalb hatte er die Augen weit aufgerissen und verfolgte die Szene der Sanitäter, die sich über ihm abmühten, aus der allerersten Reihe.

»Weg!«

Die Rettungshelfer waren ein Mann und eine Frau. Er war ein kräftiger Kerl um die dreißig, mit Bürstenhaarschnitt und dunklen Augen. Ein Kumpeltyp, mit dem man ein Bier trinken oder kicken geht. Er drückte ihm einen Beatmungsbeutel über Mund und Nase. Sie war zierlicher, aber nicht minder energisch. Zu einem Pferdeschwanz gebundenes blondes Haar, heller Teint, Sommersprossen und grüne Augen. In einem anderen Moment hätte er sie gern gefragt, ob sie mit ihm ausgehen wolle. Sie blaffte ein weiteres Kommando.

»Weg!«

Der kräftige Kerl trat einen Schritt zurück, und wieder platzierte die Frau die Elektroden auf seinem Brustkorb und versetzte ihm den nächsten Schlag. Jedes Mal war es, als legte jemand in seinem Inneren Feuer. Die Flammen loderten auf und verloschen gleich wieder.

Nach einer kurzen Pause veränderte sich das Hintergrundgeräusch und wurde rhythmisch.

»Hey«, rief die Blonde begeistert. »Wir haben ihn wieder. Jetzt ist er transportfähig.«

Niemand hat euch darum gebeten, mich zurückzuholen. Ihr hättet mich lassen sollen, wo ich war.

Sie hievten ihn auf eine Trage und schoben ihn über den holperigen Weg in einen Krankenwagen. Die Türen schlossen sich. Dann jaulte die Sirene auf.

»He, Kumpel, jetzt bleibst du bei uns, verstanden?«, sagte der Mann, um ihn wach zu halten. »Du hast Schwein gehabt. Dein Freund hat dir eine zehnminütige Herzmassage verpasst. Wenn er nicht gewesen wäre, hätten wir nichts mehr ausrichten können ... Du kannst dir also schon mal ein schönes Geschenk überlegen.«

Er konnte es nicht fassen: Paul Macinsky hatte ihm – fürs Erste – das Leben gerettet. Am liebsten hätte er den beiden Rettungskräften gesagt, dass der Mann unschuldig war, dass er nichts mit Samantha Andrettis Entführung zu tun hatte. Dass Bunny in Wirklichkeit ... Wer war Bunny? Er hatte es vergessen.

Dunkel.

Ein jäher Blitz – wie von einem altmodischen Fotoapparat –, der sich auflöste und einer völlig neuen Szenerie wich. Er war nicht mehr im Krankenwagen. Geräusche und Hektik. Um ihn herum geschäftiges Treiben. Er lag noch immer auf dem Rücken, ein grellweißes Licht strahlte auf ihn herab. Tausende Hände machten sich an ihm zu schaffen. Stimmengemurmel. Alle waren nackt.

»Wie ist der Blutsauerstoff?«, fragte eine recht kleine junge Frau mit riesigem Busen.

»Sinkt ... siebenundsechzig zu hundert«, antwortete ein schwer behaarter Bärtiger.

»Asystolie«, sagte ein anderer, von dem er nur den mächtigen Bauch sehen konnte.

»Ich bereite eine Atropininjektion vor«, sagte eine Frau, ehe sie sich umdrehte und ihren hübschen Hintern zeigte.

Sie haben nichts an, weil es so heiß ist, dachte Genko, der sich diese Absurdität nicht anders zu erklären wusste. Während alle ernste Gesichter machten, schüttete er sich aus vor Lachen.

»Wir gehen auf CPAP-Beatmung«, verordnete eine junge Ärztin mit schwarzem Haar, das ihr weich über die Schultern fiel. Sie war die Einzige, die einen weißen Kittel trug. Doch darunter hatte sie nichts an. O Gott, wie gern hätte er ihr diesen Kittel ausgezogen!

»Wie ist der Blutdruck?«

»Achtundachtzig zu fünfundneunzig.«

Du könntest diesen Kittel doch ausziehen, was meinst du? Ich bin sicher, dass ich dir gefallen würde, Baby ... Er hatte keine Kontrolle mehr über sich, doch im Grunde war sterben gar nicht so übel. Er war euphorisch.

Jemand redete am Telefon. »Hallo, hier die Kardiologie vom Saint Catherine. Wir brauchen Informationen zu einem Patienten ... Bruno Genko.«

Ich bin im Saint Catherine, registrierte er. In demselben Krankenhaus wie Samantha Andretti. Und hier war auch Bunny, fiel ihm ein – Bunny. Wer ist Bunny? Der Name sagte ihm nichts. Aber Samantha war in Gefahr. *He, hört ihr mich? Es wird etwas Entsetzliches passieren, ihr müsst sofort die Polizei alarmieren. Oder bringt mir einen Tequila und lasst uns feiern.*

»Was hält er in der rechten Hand?«, fragte jemand. Es war

der Bärtige, der ihm die Finger zu öffnen versuchte. »Sieht aus wie zusammengeknülltes Papier, aber er lässt es nicht los.«

»Lass gut sein, solange er sich oder uns damit nichts antun kann«, sagte die hübsche Ärztin. »Macht eine Adrenalinspritze fertig.«

Dunkel.

Wieder ein Blitz, doch diesmal eher wie ein Feuerwerk. Die Geräusche von vorhin waren verebbt, jetzt war wieder ein rhythmischer Ton zu hören, der ihn einlullte – die elektronische Version seines Herzschlags. Er lag noch immer auf dem Rücken und spürte den Druck einer großen Plastikmaske, die fast sein ganzes Gesicht bedeckte und ihm Sauerstoff in die Lungen pumpte.

Vor dem Bett standen die junge Ärztin mit den schwarzen Haaren und ein etwas älterer Arzt und unterhielten sich. Seltsamerweise waren sie beide angezogen.

»Wer hat euch genehmigt, ihn zu reanimieren?«, fragte der Arzt. Er war gereizt und hielt ein Blatt Papier in den Händen.

Das ist der Talisman, sagte sich Genko.

»Das Rettungsteam konnte es nicht wissen, und wir hatten keine Zeit, seine Taschen zu durchsuchen«, rechtfertigte sich die Ärztin. »Woher sollten wir ahnen, dass er im Endstadium ist?«

Es machte ihn fuchsteufelswild, dass sie über ihn redeten, als wäre er gar nicht da.

»Die Einheit verfügt über begrenzte Mittel, und du vergeudest sie für einen Patienten, der es höchstens bis morgen früh packt.«

Vielleicht ging es mir auch gegen den Strich, wieder ins Leben zurückgeholt zu werden – hast du daran schon mal gedacht, Arschloch? Wenn ich abgekratzt wäre, wäre mir deine Scheißvisage erspart geblieben. Doch eigentlich machte es Genko traurig, dass niemand sich um seinen Tod scherte. Das hatte er seinem einsamen Leben zu verdanken. Er hatte keine Familie gegründet und nicht einmal im Traum daran gedacht, Kinder zu kriegen. Das Projekt »Ich heirate und vermehre mich« hatte er nie in Erwägung gezogen.

Der alte Bunny hat den Staffelstab an den neuen Bunny übergeben, erinnerte er sich. Sogar das im »Hafen« liegende Monster hatte eine Nachkommenschaft, die die Erinnerung an ihn lebendig halten würde. Und der neue Bunny hatte eine Frau und zwei blonde Töchter. *Aber wie, zum Teufel, hieß er noch gleich?*

Forman, sagte er sich. *Peter Forman, und er ist Zahnarzt!*

Doch weil er sie niemandem mitteilen konnte, verpuffte die Begeisterung über seine Erleuchtung fast augenblicklich.

Nehmt mir die Sauerstoffmaske ab, ich muss euch was sagen!

»Du hast ein Gemüse wiederbelebt«, konstatierte der alte Arzt.

Ich bin kein Gemüse, Blödmann. Nehmt mir diese Scheißmaske ab, und ich werde es dir beweisen.

»Tut mir leid, Doktor«, sagte die hübsche Ärztin. »Wird nicht wieder vorkommen.«

Der Arzt musterte sie prüfend. Dann drückte er ihr den Talisman in die Hand und verschwand.

Die Ärztin schüttelte den Kopf und wollte den Zettel gerade wieder zusammenfalten, als sie plötzlich innehielt und ihn sich genauer ansah. Sie las nicht den Befund, bemerkte Genko. Sie betrachtete die Zeichnung auf der Rückseite.

Bunnys skizzenhaftes Porträt, das der Wilderer Tom Creedy angefertigt hatte.

In dem Moment geschah etwas. Er hörte eine leise Stimme in seinem Kopf. Linda – *seine* Linda – redete mit ihm. *Gib den Staffelstab weiter*. Doch das war nicht leicht. Bruno fing an, sich zu konzentrieren. Im Gegensatz zu seinem Hirn war sein Körper bereits so gut wie tot. Doch er musste es schaffen. Er stellte sich seine rechte Hand vor, die um das Papierknäuel gekrümmten Finger. *Gib den Staffelstab weiter*, wiederholte Linda sanft. Er begann mit dem Zeigefinger, der leicht zuckte. *Geh nicht fort*, sagte er der Ärztin in Gedanken. *Bleib noch einen Moment.* Jetzt war der Daumen dran – es war eine übermenschliche Anstrengung, als müsste er einen tonnenschweren Felsblock stemmen. *Gib den Staffelstab weiter!* Dann spürte er, wie Linda seine Hand nahm und ihm half. Mittelfinger, Ringfinger und dann der kleine Finger. Er wusste nicht, ob es wirklich passierte oder ob auch das nur in seinem Kopf stattfand. Lindas Stimme verschwand. Die Ärztin faltete den Talisman zusammen und steckte ihn in die Kitteltasche. Sie wollte gehen. *Nein, ich bitte dich. Nein!*

Das schwache Geräusch eines Aufpralls.

Die Ärztin hielt inne und drehte sich zum Bett um. Dann senkte sie den Blick. *Na los, komm und gucks dir an.* Und tatsächlich kam sie auf ihn zu. Sie bückte sich und hob den Papierball auf, der aus seiner Hand gefallen war. Sie faltete ihn auseinander. Sie wirkte verunsichert. Ihr Blick wanderte ein paarmal zwischen ihm und dem Zettel hin und her. Dann holte sie den Talisman aus der Tasche und verglich die beiden Zettel.

Die Zeichnung des Wilderers und die von der kleinen Forman-Tochter, die mit einem Magnet an Paul Macinskys Kühlschrank gehangen hatte.

Das gleiche Motiv. Ein Häschen mit herzförmigen Augen.

Die Ärztin wirkte verwirrt. Sie zog einen Stift aus der Brusttasche ihres Kittels. Nein, es war eine kleine Lampe. Sie näherte sich seinem Gesicht. Mit den Fingern hob sie sein rechtes

Lid und hielt ihm den gleißenden Strahl in die Iris. Dann tat sie das Gleiche bei seinem linken Auge.

Bruno versuchte, die Lippen zu bewegen, und hoffte, sie würde es trotz der riesigen Plastikmaske bemerken.

Sie bemerkte es.

Sie zögerte kurz, dann hob sie behutsam die Gummibänder und befreite den unteren Teil seines Gesichts. Sie kam noch ein Stückchen näher und hielt das Ohr dicht an seinen Mund.

Mit dem wenigen Atem, der ihm blieb, rang sich Genko einzelne Silben ab.

Die Ärztin wartete, dann richtete sie sich auf. Sie rückte die Sauerstoffmaske zurecht und blickte ihn sprachlos an.

Er war sich nicht sicher, ob es ihm gelungen war zu kommunizieren. Womöglich hatte er gar nichts gesagt, denn der Verstand spielte ihm seltsame Streiche – die Halluzination, in der alle nackt gewesen waren, hatte ihm allerdings gefallen.

Dann ging die Frau zur Tür.

Nein, verdammt, nein …

Aber statt das Zimmer zu verlassen, griff sie zum Hörer eines Wandtelefons und wählte eine Nummer.

»Ja, ich bins«, sagte sie.

Komm schon, Schöne, gib den Staffelstab weiter.

»Der Patient aus der 318 könnte einen Angehörigen haben … Wir müssen ihn verständigen, er hat mir gerade seinen Namen genannt.«

37

An jenem Spätnachmittag Mitte Juni lag der Sommer bereits in der Luft.

Verschwitzt und glücklich, wie man es nur mit zehn Jahren sein kann, kehrten Paul und er von ihrem Fußballspiel auf dem Gemeindebolzplatz nach Hause zurück. Die Sonne stand als rote Scheibe am Ende der Straße, und aus den geöffneten Fenstern der Häuser drangen Stimmen, die sich mit Gelächter und dem Gemurmel der Fernseher mischten, während die Menschen das Abendessen vorbereiteten.

Paul Macinsky war sein bester Freund. Zumindest hatte Pater Edward das beschlossen. Er hatte sie beide zur Seite genommen und gesagt: »Ab heute seid ihr dickste Freunde.« Paul war nicht besonders helle, deshalb hatte er nur genickt und keine Fragen gestellt. Robin hingegen wusste, weshalb der Priester sie zusammengesteckt hatte. Es gab da eine gewisse Kategorie kleiner Jungen wie Paul und ihn, die zwar keinen Namen hatte, doch der Unterschied zwischen denen, die dazugehörten, und denen, die außen vor waren, war offensichtlich. Nur selten richtete jemand ein Wort an sie, sie wurden nie zu Partys eingeladen, waren immer die Letzten, die bei der Aufstellung von Fußballmannschaften ausgewählt wurden, und vor allem kannte niemand ihren Vornamen, weshalb sie nur beim Nachnamen angesprochen wurden.

Sullivan und Macinsky.

Nicht einmal von den Angebern wurden sie aufs Korn genommen wie die Streber oder die Schwuchteln. Sie existierten einfach nicht.

Pater Edward, der genau wusste, wie grausam Kinder miteinander sein können, hatte sie in die Sakristei gerufen. Indem er sie zur Freundschaft verdonnerte, konnte er ihnen vielleicht die Schmach der Einsamkeit ersparen.

Trotz des riesigen Muttermals in seinem Gesicht, das auch der Hauptgrund für seine extreme Schüchternheit war, war Paul gar nicht übel. Klar, es war schwer, ihm ein paar Worte zu entlocken. Robin hatte mitbekommen, dass er bei seiner Mutter wohnte und den Vater nie kennengelernt hatte. Um ihn nicht in Verlegenheit zu bringen, hatte er nie danach gefragt. Doch es hieß, Pauls Mutter hätte eine Affäre mit einem verheirateten Mann gehabt, deshalb hätte ihre Familie sie fallen gelassen und sie mitsamt dem Bastard in ihrem Bauch vor die Tür gesetzt.

Obwohl Paul den Nachnamen seiner Mutter trug und als Kind der Schande galt, beneidete Robin ihn. Bei ihm zu Hause liefen die Dinge nicht besonders gut, und es verging kein Tag ohne Streit. Die Eltern hingen beide an der Flasche und machten sich gegenseitig fertig. Einmal hatte die Mutter ihrem schlafenden Mann ein Messer in den Bauch gerammt. Er war durchgekommen, aber kaum war er aus dem Krankenhaus zurück, hatte er versucht, ihr den Schädel mit dem Bügeleisen einzuschlagen. Hin und wieder geriet Robin beim Streit der Eltern zwischen die Fronten, aber Paul fragte nie, woher er seine blauen Flecken hatte.

Bei den anderen Jungs im Viertel war die Lage zu Hause auch nicht viel besser, aber im Gegensatz zu ihnen beiden kamen die anderen in der Welt zurecht. Es war, als hätte der liebe Gott Rüstungen ausgeteilt und Paul und ihn dabei vergessen.

Vielleicht war dies das Einzige, was sie verband. Aber reichte das für eine Freundschaft? Robin bezweifelte es, und Pater Edward war allzu optimistisch gewesen zu hoffen, sie könnten einander eine Stütze sein. Sie hatten nichts gemeinsam und vertrieben sich die Zeit damit, Steine auf leere Blechdosen zu werfen oder räudige Katzen zu jagen.

Doch eines Tages war etwas passiert.

Sie waren in derselben Fußballmannschaft gelandet, wenn auch nur als Reservespieler, und dann war auf dem Platz eine Art Wunder geschehen, weil sie völlig unerwartet ein großartiges Verteidigergespann gebildet hatten. Sie waren wie eine unüberwindliche Mauer für die gegnerischen Angreifer. Daraufhin hatten sich die Dinge ein wenig gebessert. Außerhalb des Bolzplatzes redeten die anderen Jungen sie zwar immer noch stur mit Nachnamen an und wechselten kaum ein Wort mit ihnen, aber während des Spiels zollten sie ihnen Respekt.

Während sie an jenem Nachmittag im Juni 1983 auf dem Heimweg das soeben gemachte Spiel kommentierten, waren Robin Sullivan und Paul Macinsky einander fast wieder fremd geworden; auch für sie wurde ihre Freundschaft nur auf dem Spielfeld real. Als sie um die Ecke des Gemeindezentrums bogen, stand plötzlich Bunny vor ihnen, der Hausmeister, der gerade eine Mülltonne herausbrachte.

»Na, Jungs, wie gehts?«

Sie drosselten ihre Schritte, ohne den Gruß zu erwidern. Damals fand Robin diesen Typen einfach nur schräg. Wenn er grinste, zeigte er seine von zu vielen Zigaretten vergilbten Zähne und legte den älteren Ladys gegenüber, die den Gottesdienst besuchten, eine honigsüße Freundlichkeit an den Tag. Selbst Pater Edward behandelte ihn distanziert, als traute er ihm nicht über den Weg. Meistens blieb der Hausmeister für sich. Sobald jemand ihn erwähnte, tauchte vor Robins innerem Auge das Bild von Bunny auf, der mit einem Besen in der

Hand auf dem Kirchplatz stand. Einmal war er mit dem Fahrrad an der Heiligen Barmherzigkeit vorbeigefahren, und als er sich zu der Fassade umgedreht hatte, hatte der Hausmeister aufgehört zu fegen und ihm nachgestarrt. In diesem Blick, der ihn bis zum Ende des Blocks verfolgt hatte, lag etwas, das ihm Gänsehaut bereitete.

»Wie ist das Spiel gelaufen?«, fragte der Hausmeister und stellte die Mülltonne ab.

»Wie immer.« Seltsamerweise hatte Paul geantwortet. Erst viele Jahre später sollte Robin begreifen, dass die Courage seines Freundes der Tatsache geschuldet war, dass er Bunny so schnell wie möglich loswerden wollte, weil er sich vor ihm fürchtete.

»Ich hab euch oft zugesehen. Ihr beide seid ja wie Pech und Schwefel«, sagte Bunny scheinbar beiläufig. »Ich sehe, wie die anderen Jungs euch behandeln. Aber ihr beide gefallt mir, und ich hätte nicht schlecht Lust, euch etwas anzuvertrauen, was niemand weiß …« Der Hausmeister brach ab, hustete und spuckte einen Schleimklumpen auf den Gehsteig. »Ihr könnt doch ein Geheimnis bewahren, oder?« Sie schwiegen, und der Mann redete unverdrossen weiter. »Es gibt da so einen Comic, ich glaube, der würde euch mächtig gefallen. Aber der ist nicht wie die, die Pater Edward kauft … Der Comic, von dem ich rede, ist was Besonderes.« Seine Augen funkelten.

»Was meinst du mit besonders?«, fragte Robin neugierig.

Bunny blickte sich um und zog ein zusammengerolltes Heft aus der Gesäßtasche.

»Ein Hase? Das ist doch was für Babys«, sagte Robin abfällig, als er das Umschlagbild sah.

»Und wenn ich dir sage, dass es nicht so ist?«, sagte der Mann herausfordernd. »Wenn du es mit einem Spiegel liest, passiert was, das du dir nicht mal im Traum vorstellst.«

Paul zupfte ihn am Ärmel. »Wir kommen zu spät zum Abendessen.«

Doch Robin ignorierte ihn. »Glaub ich nicht«, widersprach er dem Hausmeister.

»Tja, dann kommt mit zu mir, damit ihr es mit eigenen Augen sehen könnt.«

»Wieso müssen wir zu dir gehen?«, fragte Paul argwöhnisch.

»Müssen wir nicht. Wenn ihr einen Spiegel dabei habt, zeige ich es euch gleich hier.«

Der Mann wollte sie provozieren. Aber Robin hielt sich für cleverer. »Dann geh doch den Spiegel holen, und wir warten hier.«

Bunny stutzte. Dann grinste er. »Tut mir leid, Jungs, ich dachte, es würde euch interessieren. Aber dann zeige ich es eben jemand anderem, der schlauer ist als ihr ...« Er wandte sich zum Gehen.

Paul wollte sich wieder in Bewegung setzen, doch Robin blieb stehen und starrte dem Hausmeister nach.

»Kommst du?«, fragte sein Freund.

Unwillig folgte er ihm.

An der nächsten Straßenecke mussten sie sich trennen. Paul würde nach rechts gehen. »Alles klar bei dir?«, fragte er Robin, der nachdenklich aussah.

»Ja.«

»Wir sind doch immer noch Freunde, oder?«, fragte Paul bang.

»Klar sind wir das«, versicherte Robin.

Schweigend blickten sie einander an.

»Na dann, tschüss«, sagte Paul und ging davon.

Robin sah ihm nach. Ein böses Stimmchen raunte ihm zu, dass Paul es in dieser Welt nie schaffen würde. Er kannte dieses Stimmchen, es gehörte seinem Vater. Solange Fred Sullivan trank, gab es keine Probleme. Doch kaum ließ der Rausch nach, wurde er grausam. Wenn er Robin nicht schlug, hackte er grundlos auf ihm herum, bis ihm plötzlich wieder einfiel, dass er Vater war, und er seinen Sohn mit seinen erzieherischen »Perlen« bedachte. Zum Beispiel: »Frauen können nur eins.« Oder: »Lass dich nicht von den Negern verarschen.« Sein Lieblingsmotto lautete: »Halt dich an die, die besser sind als du.« Für Robin war es nicht schwer auszumachen, wen er damit meinte, schließlich waren so gut wie alle besser als er. Viel schwieriger war es, irgendjemanden dazu zu bringen, sich an ihn zu halten. Wenn er weiterhin mit Monstergesicht-Paul unterwegs war, würde er es selbst auch nirgendwohin bringen.

Während jener Juninachmittag um ihn herum verglühte, kam er einfach nicht darüber hinweg, dass sich Bunny, der Hausmeister, über sie lustig gemacht und sie wie Hosenscheißer hatte dastehen lassen. Vielleicht war der Moment gekommen zu zeigen, dass zwischen ihm und Paul ein großer Unterschied bestand.

Er wartete, bis sein Freund um die Ecke verschwunden war. Dann machte er kehrt.

Zurück bei der Kirche klopfte er an die Tür, die in den Keller führte. Er wollte dem Hausmeister einen Denkzettel verpassen, ihm etwas klauen und dann abhauen. Dann würde er seine Beute zur Schau tragen und mit seiner verwegenen Tat vor den anderen Jungen prahlen. Wie sein Vater sagte: Um es mit den Stärkeren aufzunehmen, musste man sich zuerst immer einen Schwächeren suchen.

»Wie ich sehe, hast du deine Meinung geändert«, sagte Bunny, als er ihm öffnete.

»Ja«, sagte Robin herausfordernd.

»Na dann, komm rein ...« Er deutete auf die Treppe hinter ihm.

Robin folgte ihm, doch kaum hatte sich die Holztür hinter ihm geschlossen, wurde ihm mulmig.

Sie stiegen in den Keller zu den Heizkesseln hinunter. Bunnys Höhle war ein durch ein Metallgitter abgetrenntes Kabuff. Es ähnelte einem Hühnerstall.

Robin blickte sich um.

Die Wohnstatt des Hausmeisters war ihm unheimlich. Kein Sonnenstrahl verirrte sich hierher, und ein scharfer Kerosingeruch hing in der Luft. Eine Pritsche, eine Ansammlung wertlosen Plunders auf einem Bord, eine Werkbank, ein kleiner Metallschrank. Bunny schaltete ein Transistorradio ein, das in eine Schuhschachtel montiert war und aus dem glasklar fröhlicher Blues ertönte, der überhaupt nicht zu diesem Ort passte.

Der Hausmeister setzte sich aufs Bett, öffnete die Nachttischschublade und holte einen kleinen Spiegel hervor, um ihm das Geheimnis des Comics zu zeigen.

»Komm und setz dich zu mir«, forderte er Robin auf und klopfte mit der Hand auf die Bettdecke. Seine Stimme klang plötzlich anders, ein unangenehm süßlicher Unterton schwang darin mit.

Plötzlich bekam Robin Angst. Er hätte auf Paul hören sollen, denn jetzt wollte er nichts wie weg. »Vielleicht sollte ich besser gehen«, stammelte er.

»Wieso denn, gefällts dir hier nicht?«, fragte der Hausmeister gespielt beleidigt. »Wir werden sicher gute Freunde.«

»Nein, im Ernst ... Meine Mutter wartet auf mich«, stotterte er. »Bestimmt steht schon das Abendessen auf dem Tisch.« Seine Mutter würde ihm höchstens ein mehrere Tage altes Brathähnchen vor die Nase setzen, das sie im Supermarkt abgegriffen hatte und nicht einmal aufwärmen würde. Doch in dem Moment hätte Robin selbst den übelsten Fraß gegessen, um von hier wegzukommen.

»Hast du Lust auf Milch und Kekse?«, fragte Bunny. Er holte einen Milchkarton aus dem Schrank und füllte ein dreckiges Glas.

Robin antwortete nicht.

Bunny schüttelte irritiert den Kopf. »Wieso seid ihr alle so? Zuerst markiert ihr die Draufgänger, und dann kneift ihr.«

»Ich kneife nicht, ich komme ein anderes Mal wieder«, sagte Robin und machte ein paar Schritte rückwärts.

Bunny blickte ihn ernst an. »Tut mir leid, mein Junge, aber ich fürchte, da wird nichts draus.« Er hielt ihm das Glas hin. »Na los, trink jetzt deine Milch.«

38

Obwohl seit jenem Tag, an dem er Bunny, dem Hausmeister, in den Keller gefolgt war, über dreißig Jahre vergangen waren, konnte sich Robin Sullivan alias Peter Forman noch an jede Kleinigkeit erinnern. Er hatte wieder die Gerüche in der Nase, spürte die Kälte des Kellers, hörte die gedämpften Geräusche. Selbst das Bluesstück hatte er noch im Kopf.

Die Erinnerung, die sein Gedächtnis gegen die weiße Decke des Krankenhauszimmers projizierte, verlosch, und der Schmerz der Bauchverletzung machte sich wieder bemerkbar. Die Nahtstiche spannten auf der Haut, doch er hatte den Messerstich gut platziert. Er wusste genau, wo er die Klinge versenken musste, denn genau dort hatte seine Mutter seinem Vater damals das Küchenmesser hineingerammt. Die Ärzte hatten gesagt, trotz des Blutverlustes habe sein Vater Glück gehabt, weil keine lebenswichtigen Organe getroffen worden waren.

Seine gesamte Kindheit über hatten Robins Eltern ein erbärmliches Vorbild abgegeben, doch Bunny, der Hausmeister, war ein guter Lehrer gewesen. In den drei Tagen seiner Gefangenschaft hatte sich der Dreckskerl zwar an ihm vergriffen, aber ihm zugleich auch beigebracht, dass die Angst eines anderen einen geheimnisvollen Kitzel barg.

Genau darauf war der alte Bunny aus gewesen. Die Angst der Kinder war seine Nahrung, seine Leidenschaft.

Zweiundsiebzig Stunden Folter, Misshandlung und Psychoterror. Robin hatte aus reinem Zufall fliehen können, weil sein

Folterknecht in der dritten Nacht besoffen eingeschlafen war und vergessen hatte, ihn an das Kopfende des Bettes zu fesseln. Er war seinem Gefängnis entkommen und hatte eine Frau auf der Straße um Hilfe gebeten, die ihn sofort zur Polizei gebracht hatte.

Doch wieso hatte er auf seiner Flucht den Hasencomic mitgenommen?

Und warum hatte er entschieden, sich über seine Erlebnisse auszuschweigen?

Anfangs glaubte er, es sei Scham oder die Furcht vor der Rache des Monsters. Doch das war es nicht. Es lag vielmehr an dem, was der alte Bunny ihm mit dem Comic und einem seltsamen Filmchen in den Kopf gepflanzt hatte.

Während der kurzen Gefangenschaft hatte das Grauen in ihm einen gähnenden Schlund gegraben. Einen abseitigen, unbekannten Ort freigelegt, an dem der erwachsene Robin unsagbare Sehnsüchte, obskure Triebe und schlummernde Gewalt angehäuft hatte. Doch mit zehn Jahren konnte er noch nicht ahnen, was in diesem Abgrund heranreifte.

Etwas hatte sich in ihm eingenistet. Das konnte er in den Blicken seiner Eltern lesen, als er nach Hause zurückgekehrt war. In den Augen seiner Mutter spiegelte sich ein böses Häschen. Plötzlich hatten sie und sein Vater Angst vor ihm. Deshalb hatten sie ihn weggegeben.

Auf der Wilson-Farm hatte er eine neue Art von Zuneigung kennengelernt, die er mit anderen Kindern teilte. Auch sie waren skrupellosen Männern und Frauen zum Opfer gefallen, die sie mit Gewalt oder mit List ihrer kindlichen Unschuld beraubt hatten. Doch Robin fühlte sich anders, er wollte sich nicht damit abfinden, Opfer zu sein. Vielleicht hatte Tamitria Wilson deshalb ihr Herz an ihn gehängt, weil sie glaubte, Robin wolle seine entsetzlichen Erfahrungen hinter sich lassen und sich nicht damit abfinden, für den Rest seines Lebens von ihnen gezeichnet zu sein. Sie hatte ihm geholfen, eine andere Identität anzunehmen und die Hochschulreife zu erlangen.

Tamitria hatte den Privatermittler außer Gefecht gesetzt und ihn eingesperrt, als er bei ihr aufgekreuzt war, um sich nach einem Jungen namens Robin Sullivan zu erkundigen. Wie eine fürsorgliche Mutter wollte sie ihren Sohn namens Peter Forman schützen, der seine grauenvolle Vergangenheit überwunden hatte.

Er mochte seine Ziehmutter von der Wilson-Farm, doch er hatte sie trotzdem umlegen müssen, weil sie die einfachste Wahrheit nicht hatte begreifen wollen: Robin Sullivan weigerte sich, Opfer zu sein, weil er auf die Seite der Henker gewechselt war.

Das Comicheft, das er ständig mit sich herumschleppte, hatte Tamitria zu denken gegeben, doch seine wahre Bedeutung hatte sie nie durchschaut. Als er die Farm verlassen hatte, hatte er sie gebeten, es für ihn aufzubewahren; er brachte es nicht über sich, es ein für alle Male loszuwerden, außerdem hatte er sowieso bereits beschlossen, dass Bunny es verdient hatte, den Seiten zu entsteigen.

Heimlich dachte er bereits damals über eine geeignete Maskerade nach. Sie durfte nichts Menschliches haben. Bunny musste eine Art Gottheit sein.

Auch in der Nacht, in der Tamitria ihn zur Farm gerufen und ihm von dem Schnüffler erzählt hatte, hatte er sie bei sich gehabt. Er hatte die Leiche der Alten hinter der Scheune verscharrt, doch er hatte sie nur ungern kaltgemacht. Er konnte ihre Fürsorge einfach nicht mehr ertragen. Er brauchte keinen Schutz, von niemandem. Er regelte seine Sachen selbst. Aber es verschaffte ihm keine Befriedigung, jemandem das Leben zu nehmen, auch wenn er häufig dazu gezwungen war.

Im Gegensatz zum alten Bunny stand er auf kleine Mädchen. Um seine Fantasien zu füttern, ließ er sich im Darknet inspirieren. Doch die, die er sich dann herauspickte, um sie zu entführen und in seinen geheimen Bau zu bringen, hielten nie lange durch. Sie waren wie Hamster oder Kanarienvögel, die nach höchstens einem Jahr eingingen. Statt einem traurigen, qualvollen Ende beizuwohnen, sorgte er dafür, dass die Mädchen nicht mehr litten. Im Grunde war das Töten ein Gnadenakt.

Doch mit Samantha war es anders gelaufen.

Sehr schnell war ihm klar gewesen, dass sie nicht wie die anderen war. Das Schicksal hatte es gewollt, dass sie sich auf ihrem Schulweg an einem stinknormalen Februarmorgen von selbst seinem verspiegelten Transporter näherte. Wie eine vom glitzernden Gespinst des Spinnennetzes angelockte Fliege hatte Samantha Andretti für ihre Eitelkeit bezahlt.

Dieses zierliche Mädchen würde keinen Monat Gefangenschaft überleben, da war er sich sicher. Doch dann hatte sie ihn stolz gemacht. Sam hatte nicht nur fünfzehn Jahre lang durchgehalten, sondern ihm auch einen triftigen Grund geliefert, Bunny mit einer ausgefeilten Strategie vor der Welt geheim zu halten.

Wenn Peter Forman geheiratet und zwei entzückende Töchter in die Welt gesetzt hatte, dann nur um Samantha Andrettis willen.

Gut versteckt in der geruhsamen Welt einer ganz normalen Familie konnte der Zahnarzt zwei perfekte Leben führen. Seine Frau hatte nicht die leiseste Ahnung, dass in ihm ein anderes Wesen wohnte. Zugegebenermaßen hatte es ihm sogar Spaß gemacht, sie in der vergangenen Nacht zu Tode zu erschrecken, als er sie mit der Bunnymaske überrumpelt und zusammen mit den Mädchen in den Keller gesperrt hatte. Ausgerechnet dort hatte Meg ihn einmal mit der Hasenmaske überrascht, doch er hatte sie davon überzeugen können, dieses kleine Geheimnis zwischen Vater und Tochter für sich zu behalten.

Zu Hause gab er sich stets freundlich und ausgeglichen. Doch bei Samantha war ihm allzu oft die Sicherung durchgebrannt, was bestimmt an seiner überbordenden Liebe lag.

Da war diese Geschichte mit der Kleinen gewesen. Er hatte beim Sex mit ihr immer aufgepasst. Außerdem hatte Sam ihre Tage seit Jahren nicht mehr bekommen, und er glaubte, sie könne gar nicht schwanger werden. Und doch war sie es geworden. Er hätte sie sofort umbringen sollen, doch das hatte er nicht über sich gebracht. Bestimmt würde sie spätestens bei der Geburt sterben. Aber als es dann so weit war, hatte er ihr geholfen, die kleine Göre auf die Welt zu bringen. Dank seiner medizinischen Kenntnisse hatte er einen notdürftigen Kaiserschnitt vornehmen können. Dann war er abgehauen und hatte sich fast eine Woche lang nicht mehr im Bau blicken lassen. Er war überzeugt, bei seiner Rückkehr zwei Leichen vorzufinden. Doch diese erstaunliche kleine Nutte hatte es fertiggebracht, nicht an Blutverlust hopszugehen.

Ihr die Kleine wegzunehmen, war am schwersten gewesen. Aber was war ihm anderes übrig geblieben?

Sie war drei Jahre alt, sah aber aus wie höchstens anderthalb. Sie wuchs nicht und litt an verschiedenen der Gefangenschaft geschuldeten Defiziten. Sie hätte eh nicht mehr lange durchgehalten.

Sam hatte ihm das nicht verziehen. Im Laufe der Zeit hatte sie ihm stets die Stirn geboten, doch nachdem er ihr den einzigen Lebensgrund genommen hatte, hatte sie sich auf die denkbar übelste Weise gerächt. Sie hatte begonnen, ihn zu ignorieren. Sie hegte keine Wut mehr gegen ihn, ihre ständige Furcht war verflogen.

Bunny machte ihr keine Angst mehr.

Ehe er sie sterben ließ, hatte er ihr die Gelegenheit geben wollen, ihr Schicksal selbst in die Hand zu nehmen.

Noch ein Spiel. Ein letztes.

Er hatte sie in den Kofferraum seines Autos gesteckt und sie in die Sümpfe gebracht. Dort hatte er sie nackt ausgezogen, um sie ein letztes Mal in all ihrer tierhaften Schönheit betrachten zu können.

Dann hatte er sie laufen lassen.

Er hatte eine Stunde lang gewartet und war sie suchen gegangen.

Als er sie fand, hockte sie verletzt am Straßenrand.

Und dann war der verdammte Pick-up aufgetaucht. Ein junger Typ war hinter dem Steuer hervorgestürzt, um ihr zu helfen. Versteckt hinter einem Baumstamm hatte Robin die Szene beobachtet.

Sam hatte dem Fremden die Arme um den Hals geschlungen.

Und dann war Robin eine Sicherung durchgebrannt. Zu sehen, wie sie einen Anderen umarmte, hatte ihn vor Eifersucht schier durchdrehen lassen. Jetzt hatte er Gewissheit: Er liebte sie, hatte sie immer geliebt. Deshalb hatte er diesen Anblick nicht länger ertragen und war aus der Deckung gekommen.

Als der junge Mann, der Samantha – seine Sam – in den Armen hielt, ihn gesehen hatte, hatte er kurz gezögert und dann das Weite gesucht.

Schwein gehabt, Junge. Schwein gehabt.

Während der Pick-up davonbrauste, hatte Sam zu schreien angefangen. Er war zu ihr gelaufen, um sie zu trösten und ihr zu sagen, dass er sie liebte. Doch sie hatte etwas gesagt, das ihn zutiefst getroffen hatte.

Mit kaum hörbarer Stimme hatte sie geflüstert: »Töte mich.«

Nach all den gemeinsam verbrachten Jahren, in denen sie Eltern einer Tochter geworden waren und er ihr gesagt hatte, was er für sie empfand, wollte dieses feige Dreckstück lieber sterben, als zuzugeben, was für ein tiefes Gefühl sie vereinte.

Das konnte er nicht akzeptieren. Und da ihr Bein ganz offensichtlich gebrochen war, hatte er beschlossen, sie ihrem Schicksal zu überlassen. Dann sollte sie hier krepieren.

»Wenn es das ist, was du willst, dann sollst du es haben«, hatte er gesagt und war davongegangen.

Er hatte sich nicht mehr nach ihr umgedreht. Doch unter der Bunnymaske flossen heiße Tränen.

Als er nach Hause gekommen war, berichteten die Fernsehnachrichten bereits von ihr. Die Menschen konnten es nicht fassen, dass Samantha Andretti nach fünfzehn Jahren wieder aufgetaucht war, und strömten feiernd auf die Straßen. Die Sache hätte ihm Sorgen bereiten sollen, denn immerhin hatte die Polizei Samantha Andretti und somit auch ihn schon lange vergessen und würde jetzt wieder Jagd auf ihn machen. Doch seltsamerweise war ihm das egal.

In den folgenden Stunden hatte er Mühe gehabt, seiner Familie den harmlosen Zahnarzt vorzuspielen. Ständig musste er fürchten, dass seine Verzweiflung über die hartnäckig errichteten Dämme trat und Bunnys schmerzvolles Wehklagen vom Grund der Dunkelheit emporhallen würde.

Doch noch ehe die Sonne untergegangen war, hatte er eine Erleuchtung.

Sie liebt mich auch, aber wie bei allen Paaren gibt es hin und wieder Streit. Das war es, eine ganz normale Auseinandersetzung zwischen Verliebten. Und nur wegen seiner absurden Eifersucht waren sie sich in die Haare geraten. Sein törichter Stolz hatte ihn beleidigt abziehen lassen, doch er würde versuchen, die Sache wieder geradezurücken.

Genau das musste er tun.

Er müsste nur zu ihr ins Krankenhaus gelangen. Wenn er noch einmal mit ihr reden könnte, würde sich alles aufklären, und die Dinge würden wieder werden wie vorher. Nicht einmal die Vorstellung, sich dafür selbst verletzen zu müssen, hielt ihn zurück. Es war ein Liebesbeweis, Sam würde die Geste zu schätzen wissen.

Es war ihm sogar gelungen, den alten Paul Macinsky in seinen Plan einzuspannen. Wenige Wochen zuvor hatte er auf dem Parkplatz des Einkaufszentrums nach einem Gärtner gesucht und seinen Freund aus Kindertagen am Muttermal erkannt. Zwar war es ein Risiko, sich ihm zu zeigen, doch er wollte zu gern wissen, ob Paul ihn ebenfalls wiedererkannte.

Nein, das tat er nicht.

Wie durch eine Fügung hatte sich diese zufällige Wiederbegegnung als nützlich erwiesen, um die Polizei und den dämlichen Privatschnüffler auf eine falsche Fährte zu locken. Während sich alle auf Paul Macinsky stürzten, hatte Robin in aller Seelenruhe sein Ding machen können.

Seit er in der chirurgischen Abteilung des Saint Catherine lag, hatte er für sich und Samantha Pläne geschmiedet. Wären sie erst einmal aus dem Krankenhaus geflohen, würden sie für ein Weilchen untertauchen. Vielleicht in der alten Höhle. Schließlich war sie ihr Liebesnest. Vorausgesetzt, die Polizei hatte sie im Keller seines Elternhauses nicht inzwischen gefunden. Es war das einzige Erbe, das ihm die an Leberzirrhose gestorbenen Alten hinterlassen hatten.

Lange bleiben konnten sie dort sicher nicht. Also würde er ein Sümmchen von seinem Bankkonto abheben, einen Gebrauchtwagen kaufen und mit ihr verschwinden. Sie würden ein bisschen durchs Land fahren, um die eigenen Spuren zu verwischen, sich eines Tages in einem verschlafenen Nest in den Bergen niederlassen und dort für den Rest ihres Lebens bleiben. Unter falschem Namen würden sie ein Haus finden, sich anständige Jobs suchen und vielleicht noch einmal Kinder bekommen – eines oder zwei.

Ja, das würde herrlich werden. Zwei Liebende auf der Flucht.

Er musste nur mit Samantha reden, ihr von seinem Traum erzählen und sie bitten, ihn gemeinsam wahr werden zu lassen. Zuallererst würde er sie natürlich um Verzeihung bitten müssen. Doch Sam war klug und verständnisvoll. Sie hatte ihm schon so Vieles verziehen und würde es auch diesmal tun.

Erneut blickte Robin an die Decke seines Krankenzimmers. Die süße Sam war ganz in seiner Nähe. Nur zwei Stockwerke trennten sie. Kaum zu glauben, dass er der Versuchung, sofort zu ihr zu gehen, so lange widerstanden hatte. Mühsam und unter Schmerzen wegen der genähten Wunde setzte er sich auf. Er frohlockte.

Schon bald würde er die Frau, die er liebte, endlich wieder in den Armen halten.

39

Die Feuertür, die zur Fluchttreppe führte, war nur angelehnt.

Robin behielt sie bereits seit einer Weile im Auge und hatte das gelegentliche Kommen und Gehen der Polizisten beobachtet. Als er sich der Tür näherte, stieg ihm der unverwechselbare Geruch von Nikotin in die Nase. Er schob sie auf und stand vor zwei Bullen, die plaudernd eine Zigarette rauchten. Als sie ihn bemerkten, hielten sie inne und nahmen ihn prüfend ins Visier. Er trug nur ein dünnes Krankenhausnachthemd und ein Paar Schaumstoffpantoffeln. Er nickte ihnen grüßend zu, und die beiden redeten weiter, als wäre nichts.

Er lehnte sich an das Geländer. Eine leichte Brise machte die Hitze erträglicher, und der Himmel war sternenklar und wunderschön. Ja, es war die perfekte Nacht. Er atmete tief durch und lauschte auf das, was hinter seinem Rücken geschah. Einer der beiden Bullen drückte den Zigarettenstummel an der Wand aus, schnippte ihn ins Leere, verabschiedete sich von seinem Kollegen und kehrte auf seinen Posten zurück. Als er mit dem anderen allein war, schob Robin eine Hand in die Tasche.

Auch der zweite Polizist war mit seiner Kippe fertig und wollte es seinem Kollegen gleichtun, doch als er sich zur Wand umdrehte, um den Stummel auszudrücken, zog Robin eine kurz zuvor im Schwesternzimmer vorbereitete Spritze hervor, rammte sie ihm blitzschnell in den Hals und wich zurück. Der Bulle fuhr sich mit der Hand an die Kehle und drehte sich mit ungläubig geweiteten Augen um. Er streckte die andere Hand nach ihm aus, doch das direkt in die Halsschlagader injizierte Barbiturat hatte bereits das zentrale Nervensystem erreicht. Taumelnd sank der Bulle auf die Knie.

Robin vergewisserte sich, dass er das Bewusstsein verloren hatte. Dann zog er ihm die Uniform aus.

Die Station für Brandverletzungen lag im obersten Stock des Krankenhauses. Die innen liegenden Patientenzimmer waren fensterlos, weil Sonnenlicht und Hitze der Haut der Patienten schadeten. Es war klug gewesen, Samantha dort unterzubringen, dachte er. So konnte man sie besser überwachen.

Mit dem Dienstaufzug fuhr er nach oben. Als sich die Türen öffneten, kamen ihm zwei Polizistinnen entgegen, doch er senkte den Kopf und verbarg sein Gesicht hinter dem Schirm seiner Mütze. Sie gingen weiter, ohne ihn eines Blickes zu würdigen.

Auf dem Flur waren nur Ärzte und Pfleger unterwegs. Die meisten Polizeibeamten waren um das Krankenhaus verteilt, auf den Stationen gab es nur einzelne Streifengänge, um die Krankenräume möglichst steril zu halten.

Auf der Suche nach Sam ging er von Zimmer zu Zimmer. Es tat ihm leid, mit leeren Händen bei ihr aufzutauchen. Er hätte ihr gern etwas mitgebracht, Blumen vielleicht, aber dann wäre er zu sehr aufgefallen. Er wusste, was er tun würde. Er würde vor ihr niederknien und sie um Verzeihung bitten.

Er erkannte ihre Zimmertür daran, dass ein Wachpolizist davorsaß. Er ging auf ihn zu.

Der Polizist blickte auf und musterte ihn prüfend.

»Was gibts?«

»Ich wurde zur Ablösung hier raufgeschickt«, antwortete Robin.

Der Beamte sah auf die Uhr. »Komisch, eigentlich soll ich erst um zwei abgelöst werden.«

Robin zuckte die Schultern.

Der Polizist griff nach dem Funkgerät an seinem Gürtel. »Wir fragen den Sergeant.«

»Muss wohl ein Irrtum sein. Ich gehe wieder runter und sage Bescheid.«

»In Ordnung.«

»Wie läufts da drinnen?«, fragte Robin und zeigte mit gespielter Neugier auf die Tür.

»Dr. Green hat eine Pause gemacht, ich glaube, das Mädchen schläft gerade.«

Robin nickte und wandte sich zum Gehen. Dann drehte er sich noch einmal um. »Wo ich schon mal hier bin: Wenn du eine rauchen oder ein paar Tropfen ablassen willst, ich kann fünf Minuten bleiben.«

»O ja, verdammt«, sagte der Bulle sofort. »Danke, Kumpel, echt nett von dir.«

Robin blickte ihm nach, bis er am Ende des Flurs um die Ecke bog. Dann wartete er noch ein paar Sekunden, lehnte sich mit dem Rücken gegen die Tür und streckte die Hand nach der Klinke aus. Nachdem er sich vergewissert hatte, dass niemand ihn beobachtete, schlüpfte er blitzschnell in das Zimmer.

Es war dunkel. Nur die Lämpchen der medizinischen Geräte neben dem Bett leuchteten matt. Er wartete, bis seine Augen sich an das Zwielicht gewöhnt hatten, und allmählich begannen die Gegenstände Gestalt anzunehmen. Vom Bett waren Atemgeräusche zu hören – gleichmäßig und ruhig.

Meine Geliebte schläft, dachte er. *Wer weiß, wie glücklich sie sein wird, mich zu sehen. Im Grunde sind fünfzehn gemeinsame Jahre wie eine Ehe.*

Er schlich zu ihr. Wollte sie mit einem Kuss wecken.

Am Bett blieb er lächelnd stehen und streckte die Hand aus, um sie zu streicheln, doch da war nichts.

»Hallo, Bunny.«

Die Männerstimme war hinter ihm. Instinktiv wollte er herumfahren.

»Rühr dich nicht«, warnte die Stimme.

Schwere Stiefelschritte erfüllten das Zimmer, während die Polizisten ihre Zielperson umzingelten. Er stellte sich die auf ihn gerichteten Gewehre vor, die Nachtsichtgeräte. *Eine Spezialeinheit*, überlegte er. Die massive Aufmerksamkeit schmeichelte ihm. Ungläubig darüber, dass dies bereits das Ende sein sollte, schüttelte er den Kopf, dann hob er langsam die Hände.

»Auf die Knie«, sagte die Stimme.

Sie klang nicht drohend. Eher ruhig und geduldig. Das tröstete ihn.

»Hände in den Nacken.«

Er gehorchte und hörte, wie sein Herz brach. Eine Träne rann ihm über die Wange. Die Vorstellung, dass es vorbei war, war weit weniger schmerzlich als der Gedanke, seine Geliebte niemals wiederzusehen. Sie packten ihn und legten ihm Handschellen an.

»Darf ich wenigstens erfahren, wer mich festnimmt?«, fragte er.

»Sonderermittler Simon Berish«, stellte sich die Stimme vor.

40

Kaum hatten sie festgestellt, dass Sullivans Bett leer war, wussten sie, dass das Monster ungestört im Krankenhaus unterwegs war. Weil eine Razzia zu viele unschuldige Menschen gefährdet hätte, war Berishs Idee sofort gutgeheißen worden.

Es war nicht nötig gewesen, Samantha Andretti zu verlegen. Sie mussten nur einen Wachmann vor der Tür eines anderen Zimmers postieren und drinnen warten, bis die Falle zuschnappte.

Während sie Sullivan wegbrachten, weinte er wie ein Kind. Seine erste Bitte war recht ungewöhnlich gewesen: Milch und Kekse.

Berish dachte noch immer darüber nach, als er zum Camper der Spezialeinheit ging. Er hatte Hitchcock auf dem Vorplatz zurücklassen müssen. Zum Glück hatte ihm jemand eine Schüssel Wasser hingestellt. Obwohl es erst drei Uhr morgens war, herrschte mittägliche Hitze, und es war offensichtlich, dass der Hund besonders heftig unter dem durchgedrehten Klima litt.

»Bald fahren wir nach Hause, in Ordnung?«, sagte der Polizist und kraulte dem Hovawart die Schnauze. Ohne sich große Hoffnungen zu machen, rief er bei Mila an. Und tatsächlich war das Handy der Limbus-Leiterin noch immer abgeschaltet.

Wo, zum Teufel, bist du, Vasquez?

Er hatte keine Ahnung, um welchen Fall sie sich gerade kümmerte oder weshalb sie schon seit Wochen verschwunden war. Das letzte Mal, dass er von ihr gehört hatte, hatte sie von einer sehr vielversprechenden Spur geredet. Doch als er Näheres erfahren wollte, hatte sie ihn brüsk abblitzen lassen.

»Lass mich in Ruhe, Berish.«

Das war bei Mila nichts Neues, doch diesmal hatte er sich geschworen, sie damit nicht davonkommen zu lassen. Zu oft vergaß seine Freundin ihre Mutterpflichten. Alice war noch klein, sie brauchte sie. Sobald sie von ihrer gottverdammten Mission wieder zurück wäre, würde er ihr die Meinung geigen, und zwar klipp und klar.

»Ihr Anruf wurde auf die Mailbox umgeleitet«, verkündete eine automatische Stimme. Berish wollte gerade eine Nachricht hinterlassen, als Bauer und Delacroix auf ihn zukamen.

»Kannst du uns das mal erklären?«, fragte der Blonde. »Was hast du mit Bruno Genko zu tun?«

»Er ist gestern Abend in den Limbus gekommen, da haben wir uns kennengelernt. Er suchte nach Informationen über das Verschwinden von Robin Sullivan.«

»Und du hast sie ihm gegeben?« Ungläubig riss Bauer die Arme auseinander. »Du arbeitest fröhlich mit jedem zusammen, der dich darum bittet, oder was?«

Bauer gab mal wieder den Kotzbrocken. »Hört mal, Jungs, klärt mich auf. Sucht ihr zufällig jemanden, an dem ihr euren Frust über euer desaströses Versagen ablassen könnt?«

Der Blonde wollte etwas erwidern, doch Delacroix kam ihm zuvor. »Wir wollen nur wissen, wie die Dinge gelaufen sind.«

Berish überlegte, ehe er antwortete.

»Genko hat mir erzählt, was er herausgefunden hatte. Der Comic, Bunny und der Mann mit dem Muttermal im Gesicht … Ich glaube, er brauchte dringend jemanden zum Reden.« Er musste an das fahle Gesicht des Privatermittlers denken und daran, wie viel ihm diese Geschichte ganz offensichtlich abverlangte. »Und so bin ganz zufällig in den Besitz sämtlicher Schlüssel des Falls gelangt.«

»Und was hast du ihm dafür gegeben?«, fragte Bauer ungehalten.

»Ein Foto«, erwiderte Berish ohne Zögern. »Genko wollte wissen, wie Robin Sullivan als Kind aussah … Der Schnappschuss in der Limbus-Akte zeigte ihn neben einem Spielkameraden.«

»Das ist ja alles sehr rührend«, spottete der weiße Polizist.

Berish ignorierte ihn und wandte sich an Delacroix. »Vor ein paar Stunden hat mich eine Ärztin des Saint Catherine angerufen. Sie berichtete, dass einer ihrer Patienten in äußerst kritischem Zustand meinen Namen genannt hat – sie glaubte, ich sei ein Angehöriger oder ein Freund. Als ich hingekommen bin, sagte man mir, ein gewisser Paul Macinsky habe bei Genko erste Hilfe geleistet und ihn ins Krankenhaus begleitet. Als ich Macinsky daraufhin befragte, ist mir klar geworden, dass eine Verwechslung vorlag und der Junge mit dem Muttermal gar nicht Robin Sullivan war. Der Zahnarzt hatte gelogen.«

Delacroix starrte ihn mit bohrender Skepsis an.

Berish wusste, dass die Kollegen ihn nicht besonders schätzten. Vielleicht hatte er sich deshalb so gut mit Bruno Genko verstanden.

»Ihr solltet dem Privatermittler danken«, sagte er. »Ohne ihn wäre Samantha Andretti in ernsthafter Gefahr gewesen.«

»Er ist vor zwanzig Minuten gestorben«, sagte Bauer schroff. Dann drehte er sich um und ging davon.

Die Neuigkeit traf Berish wie ein Schlag. Obwohl er den Mann kaum gekannt hatte, tat es ihm leid. »Er sagte mir, wenn alles vorbei wäre, würde er Samantha gern treffen; ich glaube, er wollte sich wegen irgendetwas bei ihr entschuldigen …«

Delacroix legte ihm eine Hand auf die Schulter. »Das hätte sowieso nichts gebracht.«

Berish sah ihn verblüfft an. »Wieso nicht?«

»In einer halben Stunde will der Chef eine Pressekonferenz einberufen.« Wovon, zum Henker, redete Delacroix? »Es gibt da eine Neuigkeit Samantha Andretti betreffend, die wir noch nicht publik gemacht haben.«

41

Sie hatte sich das Laken über den Kopf gezogen, sie wollte nicht mehr vom Spiegel beobachtet werden. Und sie wollte das Klingeln des verdammten Telefons auf dem Nachttisch nicht mehr hören.

Er weiß, dass ich hier bin, er kommt, um mich zu holen und zurück ins Labyrinth zu bringen. Sie dachte an das unentrinnbare Gefängnis mit den grauen Wänden.

»Die Räume in Irrenhäusern sind grau, und auch die Zellen in Hochsicherheitsgefängnissen. Auch Zookäfige …«, hatte Green gesagt. »Langfristig macht Grau duldsam.«

Wo war Doktor Green denn hin? Seit er das Zimmer verlassen hatte, um sich den Sandwichfleck aus dem Hemd zu waschen, war mindestens eine Stunde vergangen. Er hatte gesagt, er wäre sofort zurück, stattdessen hatte er sie alleingelassen.

Das Laken war ein Kokon, der letzte Schutz, der ihr blieb.

Anfangs hatte es funktioniert, es hatte gereicht, um sie zu beruhigen. Doch dann hatte sich etwas in ihren Unterschlupf gestohlen. Zusammen mit den vertrauten Krankenhausgeräuschen war auch das Pochen des Herzens an der Wand zurückgekehrt.

Das Herz des in Gefangenschaft geborenen Mädchens, von dem sie nichts mehr wusste. Das Herz ihrer Tochter. Die auch die Tochter des Monsters war.

Hör auf zu schlagen. Ich bitte dich, hör auf. Doch es hörte nicht auf.

Das quälende Pochen würde sie noch in den Wahnsinn treiben. Sie begriff, dass sie etwas unternehmen musste, sonst würde es sie nie mehr in Ruhe lassen. Sie nahm all ihren Mut zusammen und zog den Kopf unter dem Laken hervor.

Man hatte ihm erklärt, dass er die Frau durch den falschen Spiegel hindurch beobachten könne. Und so war Simon Berish jetzt nur noch durch eine dünne Glasscheibe von Samantha Andretti getrennt.

Abgesehen von dem Wilderer, der sie gerettet hatte, den Polizisten, dem Profiler, der sich um sie kümmerte, und natürlich dem Monster, das sie gefangen gehalten hatte, wusste dort draußen niemand, wie sie als Erwachsene aussah. Für den Rest der Welt war Sam ein kleines Mädchen geblieben.

Berish gehörte zu denen, die die Wahrheit erfahren durften.

Das, was der Sonderermittler sah, war nur eine zerbrechliche, wehrlose Kreatur. Delacroix hatte ihm gesagt, Samantha habe sich auf ihrer Flucht ein Bein gebrochen, weil die Gefangenschaft ihre Knochen so stark geschwächt habe. Auch das Immunsystem war geschädigt, deshalb hatten sie sie in einer sterilen Umgebung untergebracht.

Gab es wirklich Menschen, die einem unschuldigen Mädchen so etwas antun konnten?

Das Herz an der Wand war riesig geworden und wuchs weiter.

Es ist nur ein Feuchtigkeitsfleck auf einer weißen Wand, sagte sie sich immer wieder. *Es ist Einbildung. Das sind die Psychopharmaka, die der Dreckskerl mir verabreicht hat. Sobald das Gegenmittel aus dem Tropf mir das Blut und den Verstand gereinigt hat, geht das vorbei.*

Das Pochen war wie Trommelschläge. Es rief nach ihr.

Das ist mein Kind, es will nur von seiner Mutter gestreichelt werden. Von der Mutter, die es im Stich gelassen hat. Ihr kamen die Tränen. *Lass dich nicht täuschen, sie ist die Tochter des Monsters und will dich nur ins Labyrinth zurücklocken. Du weißt, dass sie noch dort ist und auf dich wartet. Wenn du nicht wieder dorthin zurückwillst, musst du sie ignorieren.*

Nein, das kann ich nicht. Ich bin ihre Mutter, ich kann nicht.

Entschlossen riss sie das Laken weg und setzte sich auf. Sie spreizte die Beine, zog sich den Katheter heraus und warf ihn fort – eine Urinpfütze breitete sich auf dem Boden aus. Dann betrachtete sie den Tropf und entfernte behutsam die Nadel in ihrer Vene – sie würde sie später wieder einstecken. Sie war sich nicht sicher, ob sie genügend Kraft zum Aufstehen hatte, und musste daran denken, wie sie bei ihrem ersten Versuch zusammengebrochen war – Doktor Green war ihr sofort zu Hilfe gekommen, er roch nach Eau de Cologne.

Zuerst bewegte sie das rechte Bein und stellte den Fuß auf den Boden, dann umklammerte sie das Gipsbein mit beiden Händen, hob es an und bewegte es zur Bettkante – ganz langsam, Stück für Stück. Als sie es geschafft hatte, gab sie ihrem Becken einen Ruck und ließ den Fuß behutsam zu Boden sinken. Dann stützte sie sich mit den Armen auf die Matratze, atmete tief durch und stemmte sich hoch.

Zuerst drehte sich das ganze Zimmer, doch es gelang ihr, das Gleichgewicht nicht zu verlieren. *Gut,* sagte sie sich. Sie nahm das Herz an der Wand ins Visier.

Sie musste ihrem Verstand beweisen, dass es nicht wirklich existierte, dass es Trug war, eine falsche Wahrnehmung. Sie bewegte den rechten Fuß, beugte den Oberkörper vor und zog das Gipsbein nach. Bis zu ihrem Ziel waren es nur ein paar Meter, das würde sie schaffen.

Schritt für Schritt schleppte sie sich voran. Beim vierten

Schritt blieb sie stehen, um zu Atem zu kommen. Der Herzschlag an der Wand schien sich beschleunigt zu haben. *Ich muss es dorthin schaffen. Ihn stoppen.*

Als sie sich bis auf einen knappen Meter genähert hatte, lächelte sie. Bis zum Ziel ihres kleinen Abenteuers fehlte nur noch ein winziges Stück. *Ein letzter Ruck, komm schon.*

Als sie die Wand fast erreicht hatte, konnte sie der Versuchung nicht widerstehen und streckte die Hand aus. Behutsam legte sie die Finger auf das Herz. Es hörte auf zu schlagen.

Endlich hatte es sich beruhigt.

Die Wand fühlte sich feucht an. *Na bitte, ich hatte recht, es ist nur ein verdammter Wasserfleck.*

Doch als sie die Hand von der weißen Wand wegzog, setzte auch ihr Herzschlag aus.

Berish betrachtete das Mädchen, das dort im Krankenhausbett lag, und empfand unendliches Mitleid mit ihm.

»Es gibt da eine Neuigkeit Samantha Andretti betreffend, die wir noch nicht publik gemacht haben«, hatte Delacroix gesagt.

Berish begriff, warum die Behörde nichts nach außen dringen ließ, denn kaum hätten die Leute da draußen die Wahrheit erfahren, hätten sie sich auf die Polizei gestürzt, die in fünfzehn langen Jahren nicht in der Lage gewesen war, Samantha Andretti zu retten.

»Ich weiß, was Sie denken«, sagte eine Frauenstimme hinter ihm.

Berish drehte sich um und blickte in das Gesicht einer hinreißenden und äußerst eleganten Farbigen um die vierzig.

»Stimmt das, was man hört? Liegt sie im Koma?«, fragte er.

»Nicht wirklich«, sagte die Frau. »Aber beinahe. Sie befindet sich in einer Art katatonischem Zustand, in dem sie teilweise wach und orientierungslos und teilweise vollkommen abwesend ist.«

»Weiß sie, was ihr widerfahren ist?«

Die Frau seufzte. »Wir hatten gehofft, sie könnte uns nützliche Hinweise zur Ergreifung ihres Entführers geben oder uns das Gefängnis beschreiben, in dem sie fünfzehn Jahre lang festgehalten wurde, aber jeder Versuch war fruchtlos.« Sie schüttelte den Kopf. »Sie ist in ihrem Kopf gefangen, Gespräche mit ihr sind nicht möglich, sie ist kaum bei klarem Verstand. Sie wird vermutlich nie wieder vollständig in diese Welt zurückkehren.«

Er sah die Enttäuschung in ihrem Gesicht und fragte sich, welche Rolle diese Frau im Fall Samantha Andretti gespielt hatte. »Ich bin Sonderermittler Simon Berish«, sagte er und hielt ihr die Hand hin.

Sie erwiderte den Händedruck mit einem matten Lächeln. »Ich bin die Profilerin, die mit diesem Fall beauftragt ist, mein Name ist Clara Green.«

Die Wand unter dem feuchten Fleck war grau.

Ihre Handfläche war voller weißer Farbe. *Das kann nicht sein,* sagte sie sich. Eine Welle des Grauens erfasste sie. *Das passiert nicht wirklich. Nicht mir.*

Sie musste sofort jemandem Bescheid geben. *Das Telefon,* dachte sie. Jetzt war es nicht mehr feindselig, sondern ein Freund.

So schnell sie konnte, humpelte sie auf den Nachttisch zu und schleifte das sperrige Gipsbein achtlos hinter sich her. Kaum hatte sie den Apparat erreicht, griff sie nach dem Hörer und presste ihn ans Ohr. Sie wählte die Neun, wie Doktor Green es ihr erklärt hatte … Doch die Leitung blieb tot.

Am liebsten hätte sie geschrien, doch sie riss sich zusammen.

Sie drehte sich zur Tür, um nach Hilfe zu rufen. Doch wenn das, was passierte, wirklich war, gab es keinerlei Hoffnung, dass irgendjemand ihr helfen würde.

Dennoch humpelte sie zur Tür, begierig und zugleich voller Furcht, zu erfahren, was los war. Als sie die Tür erreicht hatte, drückte sie probehalber auf die Klinke. Sie war nicht abgeschlossen. Ein gutes Zeichen.

Als sie sie öffnete, erblickte sie den Rücken des Wachpolizisten und wäre ihm vor Freude beinahe um den Hals gefallen. Doch die Erleichterung währte nur kurz, denn ihr dämmerte, dass sie einen leblosen Gegenstand vor sich hatte.

Eine lächelnde Kaufhaus-Schaufensterpuppe in Uniform.

Auf einem mit Spritzen und Medikamenten übersäten Tischchen stand eine alte, tragbare Stereoanlage. Krankenhausgeräusche drangen aus den Lautsprechern. Da war der Fernseher, auf dem Green ihr die Direktübertragung von den Menschen vor dem Krankenhaus gezeigt hatte, doch erst jetzt bemerkte sie den angeschlossenen Videorekorder.

Dann ein Stapel vergilbter Zeitungen, auf dem Titelblatt der obersten ein Artikel über ihr unverhofftes Wiederauftauchen. Auf einem Stuhl lagen eine rotblonde Perücke und ein Schwesternkittel. »Ruh dich aus, Liebes, ruh dich aus ...«, hatte die Frau mit mütterlicher Stimme gesagt, während sie den Tropf wechselte.

Sie blickte sich um und erkannte die grauen Wände und die Eisentüren der Zimmer wieder, die sich auf dem Flur aneinanderreihten. Die letzte Hoffnung auf einen Irrtum wurde von der Wirklichkeit zunichtegemacht.

Jetzt wusste sie genau, was los war.

Es war ein Spiel.

Sie hatte das Labyrinth überhaupt nicht verlassen.

»Ich habe das von Ihrem Freund gehört, dem Privatermittler, es tut mir leid«, sagte Doktor Green.

»Wir waren nicht befreundet«, sagte Berish und hätte am liebsten hinzugefügt, dass er Bruno Genko gern besser gekannt hätte. »Trotzdem danke.«

»Haben Sie Lust auf eine Tasse Kaffee?«, schlug die Frau vor.

»Sehr gern.« Er warf einen letzten Blick durch den falschen Spiegel. Wer weiß, wie viele Samantha Andrettis in der Welt gefangen waren, ohne dass irgendjemand davon wusste, ohne dass irgendjemand sie retten konnte.

Berish dachte an den Comic von dem Häschen mit den Herzchenaugen. Wer weiß, wie viele Kinder die Dunkelheit verseucht und zu ausgewachsenen Monstern gemacht hatte.

Wer weiß, wie viele Bunnys da draußen herumliefen.

42

Ich bin nicht Samantha Andretti.

Die Erkenntnis war unerträglich. Sie musste fort von hier. Sie wusste, dass das unmöglich war, doch ihr dummes Hirn weigerte sich anzuerkennen, dass alles nur eine Illusion gewesen war.

Das sadistische Spiel eines Monsters.

Sie irrte weiter durch die Flure und schleppte das Gipsbein wie eine tote Last hinter sich her. Womöglich war auch der Bruch gelogen, überlegte sie. *Um mich ans Bett zu fesseln und daran zu hindern, herumzulaufen und die Wahrheit herauszufinden. Und hinter dem Spiegel, vor dem ich solche Angst hatte, verbarg sich vermutlich kein bedrohlicher Blick, sondern nur eine verdammte Wand.*

Nach rund zwanzig Metern blieb sie abrupt stehen. Ein schwaches Geräusch hatte sie hellhörig werden lassen. Es kam aus dem dritten Zimmer auf der rechten Seite.

Es klang wie ein Radio.

Sie folgte dem Geräusch und hielt kurz vor der Tür inne. Sie lauscht gespannt. Da unterhielt sich jemand.

Sie beschloss hineinzuspähen.

Doktor Green stand mit dem Rücken zur Tür. Vor sich das Gerät, mit dem er ihre Unterhaltungen aufgezeichnet hatte. Er trug Kopfhörer. Aber die Aufnahme war so laut gestellt, dass sie aus den Kopfhörern drang.

»Ich weiß nicht, ob ich das schaffe.«

Sie erkannte ihre Stimme. Dann erklang die von Doktor Green.

»Hör zu, Sam: Du willst doch, dass dieser Kerl für das bezahlt, was er dir angetan hat, oder? Und vor allem möchtest du auf keinen Fall, dass er anderen das Gleiche antut ...« Das waren die Worte, die er zu ihr gesagt hatte, als sie ohne die leiseste Erinnerung aufgewacht war und er ihr den Handzettel mit einem Foto der dreizehnjährigen Samantha Andretti gezeigt hatte. *»Ich sagte dir ja, ich bin kein Arzt, aber ich bin auch kein Polizist. Ich habe keine Pistole, und es ist auch nicht meine Aufgabe, Verbrechern nachzurennen oder mir eine Kugel auf den Pelz brennen zu lassen. Ehrlich gesagt bin ich ein ziemlicher Schisser.«* Wie er sich ausgeschüttet hatte über seinen eigenen Witz. *»Aber eines kann ich dir versichern: Zusammen schnappen wir ihn, du und ich. Denn es gibt einen Ort, von dem er nicht entkommen kann, auch wenn er das nicht ahnt. Und genau dort jagen wir ihn, nicht da draußen, sondern in deinem Kopf.«*

Der letzte Satz ließ sie erschaudern wie beim ersten Mal.

»Was meinst du, Sam, kannst du mir vertrauen?«

Sie erinnerte sich, dass sie die Hand ausgestreckt hatte, um sich das Flugblatt mit dem Foto zurückgeben zu lassen. Ohne es zu ahnen, hatte sie das Spiel damit beginnen lassen.

»Gut gemacht, meine Kleine.«

Ich bin nicht deine Kleine. Und ich habe gar nichts gut gemacht.

Du bist kein Arzt. Und du willst mir nicht helfen.

Du bist er.

Sie war komplett hereingefallen auf seine Maskerade. Auf den vertrauenerweckenden Doktor Green. Der Gedanke, dass ein ganz gewöhnlicher Durchschnittsmensch etwas derart Grausiges in sich trug, war schlimmer als jeder Albtraum.

Monster in Märchen waren abscheulich, damit ihre Opfer sich einbilden konnten, sie besiegen zu können. Doch bei einer derart banalen Erscheinung war jede Hoffnung auf Rettung vergeblich.

Vielleicht hatte das Sandwich mit Hähnchensalat, das er ihr angeboten hatte, tatsächlich seine Frau gemacht. Und wenn er nach Hause ging, legte er sich unter dem Dach eines x-beliebigen Hauses zu ihr ins warme Bett. Vielleicht hatte er Kinder oder Enkel und bestimmt Freunde oder Klassenkameraden, die ihn zu kennen glaubten und nichts von ihm wussten.

Nur ich weiß, wer er ist.

Ihr Blick fiel auf den Karabiner mit den Schlüsseln, der an seinem Gürtel hing.

Sie sah auf ihren Bauch hinab und tastete nach der langen Narbe. *Wenn ich bis jetzt überlebt habe, heißt das, ich bin stärker, als ich je geahnt habe.* Sie beschloss, dass dies der Moment war, um sich der Frage zu stellen, die sie bisher verdrängt hatte.

Wer bin ich?

43

»Ich habe eine großartige Neuigkeit«, verkündete Green, als er ins Zimmer zurückkehrte. »Wir haben ihn geschnappt. Dein Entführer ist verhaftet!«

Sie mimte sprachlose Verblüffung. In Wirklichkeit war es die Angst, die sie lähmte. Sie betete, dass er nichts bemerkte.

»Wie ist das passiert?«

»Leider darf ich dir noch keine Einzelheiten verraten, aber sei gewiss, dass wir es ohne deine Hilfe niemals geschafft hätten.« Er wirkte euphorisch. »Du kannst stolz auf dich sein.«

»Dann sind wir fertig?«

»Ja, meine Liebe«, sagte er und nahm seine Jacke von der Stuhllehne. »Dein Vater ist im Krankenhaus eingetroffen«, fügte er hinzu. »Wir haben uns ein bisschen unterhalten. Ich habe ihm erklärt, dass es dir nicht leichtfällt, ihn sofort zu sehen, aber er sagte, er würde warten, bis du bereit bist, mit ihm zu sprechen.«

»Und wo gehen Sie hin, Doktor Green?«

Er lächelte sie an. »Nach Hause, aber ich verspreche dir, dass ich dich bald besuchen komme.«

»Haben Sie ein hübsches Haus?«

»Und auch einen hübschen Kredit.«

»Wie heißt denn Ihre Frau?«

Sie merkte sofort, dass er mit der Frage nicht gerechnet hatte.

»Adriana«, antwortete er nach kurzem Zögern.

Wer weiß, ob das stimmt, dachte sie. »Haben Sie Kinder?«

Er sah sie verdattert an. »Ja«, sagte er knapp.

»Und wie heißen die?«

»Wieso interessierst du dich plötzlich für mein Leben?« Er lachte, doch es war ihm anzusehen, dass er sich unwohl fühlte. »Ich bin nämlich gar nicht so interessant, weißt du?«

»Ich wills halt wissen«, sagte sie forsch.

Der Mann hängte die Jacke wieder über die Rückenlehne und setzte sich auf seinen Platz. Plötzlich hatte er keine Eile mehr, fortzukommen. »Johanna ist die Größere, sie ist sechsunddreißig. Dann kommt George, er ist vierunddreißig. Und dann Marco, der Jüngste, er ist dreiundzwanzig.«

Sie nickte. Doch das reichte ihr nicht. »Was machen die?«

»Marco studiert Jura, er steht kurz vor seinem Abschluss. George hat mit ein paar Freunden ein kleines IT-Unternehmen gegründet. Johanna hat letztes Jahr geheiratet, sie ist Immobilienmaklerin.«

Sie musterte das Gesicht des Mannes, um zu begreifen, ob er schauspielerte. Nein. Er sagte die Wahrheit.

»Wie haben Sie Ihre Frau kennengelernt?«

»Auf dem Gymnasium«, sagte er ungerührt. »Wir sind seit über vierzig Jahren zusammen.«

»War es schwer, sie zu erobern?«

»Ich machte ihrer besten Freundin den Hof, die uns einander vorstellte. Nach unserer allerersten Begegnung habe ich sie nicht mehr in Ruhe gelassen, bis sie endlich mit mir ausgegangen ist.«

Er sah sie durchdringend an, doch sie hielt seinem Blick stand. »Haben Sie sofort um ihre Hand angehalten?«

»Nach einem Monat.«

»Mit einem Ring?«

»Den konnte ich mir nicht leisten, ich habe sie gefragt und basta.«

»Was ist in meinem Tropf?«

»Ein Psychopharmakon.«

»Sind meine Erinnerungen real?«

»Manche schon, die anderen sind induzierte Halluzinationen.«

»Wie lange bin ich schon hier?«

»Schon ziemlich lange.«

»Wieso haben Sie mich glauben lassen, ich sei Samantha Andretti?«

»Es ist ein Spiel.«

»Wer sind Sie?«

Er antwortete nicht.

Sie starrte ihn herausfordernd an. »Wer bin ich?«

Der Mann lächelte, doch seine Miene hatte sich verändert. Der sanfte Doktor Green war verschwunden.

»Tut mir leid«, sagte sie. »Diesmal habe ich gewonnen.«

Das Monster atmete tief durch. »Gratuliere, du warst fabelhaft.«

»Was passiert jetzt?«

»Das, was immer passiert«, sagte der Mann, wühlte in seiner Tasche und holte eine bereits aufgezogene kleine Spritze hervor. »Ich spritze dir ein wenig von dem hier, dann kannst du ruhig schlafen. Wenn du wieder aufwachst, erinnerst du dich an nichts mehr.«

»Wie oft haben wir dieses Spiel schon gespielt?«

»Unzählige Male«, sagte er und lächelte. »Es ist unser Lieblingsspiel.«

Er trat ans Bett. Sie streckte ihm den rechten Arm hin, um ihm zu zeigen, dass sie bereit war. »Bringen wir es zu Ende.«

Er ist nur eine arme Sau, sonst nichts, sagte sie sich.

Während er sich daranmachte, ihr die Spritze zu setzen, streckte sie die linke Hand aus, packte den Tropfständer und zog ihn mit aller Wucht zu sich herunter. Die Flasche traf den falschen Profiler im Nacken und zerbarst in tausend Stücke.

Der Mann ließ ihren Arm los und sackte vom Bett auf den Boden. Er war benommen, aber nicht gänzlich bewusstlos. Sie begriff, dass ihr nur wenig Zeit blieb, ehe das Monster wieder zu sich kommen und erneut zum Angriff übergehen würde.

Sie ließ sich auf ihn fallen und zog den Karabiner mit den Labyrinthschlüsseln vom Gürtel. Dann stieg sie über ihn hinweg und stürzte atemlos und mit brennender Kehle auf die Tür zu. Ihr Gipsbein war eine Last. Doch sie musste es schaffen – *sie musste*. Einen Schritt nach dem anderen, doch mit diesem Gewicht schien die Türschwelle in immer weitere Ferne zu rücken.

Immer wieder blickte sie sich angstvoll um.

Der Feigling kam wieder zu sich. Anfangs tastete er nur nach seinem Kopf. Dann bemerkte er, dass die Schlüssel fehlten. Der freundliche Doktor Green war verschwunden, Hass troff ihm wie Wachs vom Gesicht.

Sie sah, wie er sich hochrappelte, bereit, sich wie ein wildes Tier auf sie zu stürzen. Er tat einen Satz. Seine Handflächen streiften sie, bekamen ihr Nachthemd jedoch nicht zu fassen. Beim zweiten Versuch würde sie weniger Glück haben.

Sie erreichte die Eisentür, die er weiß gestrichen hatte, um sie nach Krankenhaus aussehen zu lassen, und riss sie so schnell sie konnte auf.

Sie trat über die Schwelle und zog die Klinke zu sich heran.

Der winzige Sekundenbruchteil, in dem die Tür sich schloss, dehnte sich aus und verlangsamte jede Bewegung. Sie meinte, ein Déjà-vu mit dem Mädchen zu erleben, das er geschickt hatte, um sie zu töten – wer weiß, ob das stimmte oder ob es nur eine weitere Wahnvorstellung war. Während der Türspalt immer kleiner wurde, wechselte das Mienenspiel des Monsters von Wut über Verachtung bis zu sprachlosem Staunen.

Mit zitternden Fingern suchte sie nach dem Schlüssel. Verzweifelt probierte sie einen nach dem anderen, doch es waren mindestens zwanzig. Fast wäre ihr der Karabiner aus den Händen gerutscht. Beim vierten Versuch merkte sie, wie der Schlüssel sich drehte.

Eine, zwei, drei Umdrehungen.

Von innen wummerte es gegen die Tür. Er versuchte, sich zu befreien. Brüllend rüttelte er an der Eisentür, als könnte er sie im nächsten Moment aus den Angeln reißen, doch sie zwang sich, ihre Angst zu ignorieren und sich auf die Suche nach Rettung zu machen, die bestimmt die ganze Zeit über in greifbarer Nähe gewesen war.

Mit dem Schlüsselbund probierte sie sämtliche Türschlösser und stieß nach mehreren leeren Zimmern auf eine rostige Wendeltreppe, die zu einer Falltür führte.

Um dort hinaufzukommen, musste sie erst den Gips loswerden. Mit aller Wucht schlug sie das Bein mehrmals gegen die Eisentür, bis der Gips barst. Sie bog ihn mit den Fingern auf und riss ihn Stück für Stück herunter.

Ohne zu wissen, was sie auf der anderen Seite erwartete, kletterte sie die Stufen empor. Vielleicht lag dort nur ein weiteres Labyrinth?

Auf der obersten Stufe angelangt, packte sie mit beiden Händen das Sicherheitsventil, das die Luke verschloss, und drehte es auf. Es brauchte eine Menge Kraft, um die Klappe ein wenig anzuheben. Doch kaum hatte sie es geschafft, wurde sie mit einem Stoß kalter Luft und einem blassen Strahl Tageslicht belohnt. Mit aller Kraft stemmte sie sich gegen die Luke, die mit einem scheppernden Klirren zur Seite fiel.

Sie hievte sich aus der Öffnung und versuchte zu begreifen, wo sie war. Über ihr die verkohlten Ruinen einer verlassenen Mühle. Um sie herum nichts als verschneite Wälder.

Kein Laut, kein Mensch, kein Tier. Kein Anhaltspunkt. Dieser Ort konnte überall sein. Wie kam das Monster jedes Mal hierher? Sie hatte damit gerechnet, ein Auto vorzufinden. *Aber nein. Er parkt weit weg – er ist vorsichtig.* Unmöglich zu sagen, ob es hier irgendwo eine Straße gab. Sie trug nur ein dünnes Nachthemd und war barfuß. *Bei den Temperaturen werde ich nicht lange überleben*, dachte sie. *Wenn ich vor Einbruch der Nacht keine Hilfe finde, erfriere ich.* Vielleicht sollte sie wieder hinunterklettern, sich besser auf die Flucht vorbereiten oder sie sogar verschieben, bis sie wieder bei Kräften war.

Doch sie wollte so schnell wie möglich fort von hier. Egal, was es kostete.

Ehe sie sich auf den Weg machte, zog sie den Eisendeckel wieder über die Öffnung. Von unten waren die Schreie des Mannes im Labyrinth zu hören. Schwer schlug der Deckel auf die Luke. Das Geräusch verhallte in der eisigen Luft. Das Monster hatte bekommen, was es verdiente.

Es war lebendig begraben.

Sie begann, durch den Schnee zu stapfen, der ihr bis zu den Waden reichte. Sie fror, doch sie war frei. Ihr ging auf, dass die widrige Witterung ihrem Verstand guttat, jähe Erinnerungssplitter glommen auf.

Die Narbe auf ihrem Bauch. Ich bin die Mutter eines Mädchens, doch ich habe es nicht im Labyrinth bekommen. Es ist zu Hause, in Sicherheit.

Das Monster hat mich nicht entführt. Ich bin zu ihm gekommen.

Ich bin Polizistin und arbeite im Limbus. Mein Name ist María Elena Vasquez.

Doch alle nennen mich Mila.

DANKSAGUNG

Stefano Mauri, Verleger – und Freund. Und mit ihm allen Verlegerinnen und Verlegern, die mich in der Welt veröffentlichen.

Fabrizio Cocco, Giuseppe Strazzeri, Raffaella Roncato, Elena Pavanetto, Giuseppe Somenzi, Graziella Cerutti, Alessia Ugolotti, Tommaso Gobbi, Diana Volonté und natürlich Cristina Foschini. Ihr seid meine Mannschaft.

Andrew Nurnberg, Sarah Nundy, Barbara Barbieri und den großartigen Mitarbeiterinnen der Londoner Agentur.

Tiffany Gassouk, Anais Bakobza, Ailah Ahmed.

Vito, Ottavio, Michele. Achille.

Gianni Antonangeli.

Alessandro Usai und Maurizio Totti.

Antonio und Fiettina, meinen Eltern. Chiara, meiner Schwester.

Sara, meiner »heutigen Ewigkeit«.

Ungekürzte Taschenbuchausgabe
1. Auflage 2019
© Atrium Verlag AG, Zürich, 2019
Alle Rechte vorbehalten
Die Originalausgabe erschien 2017 unter dem Titel
L'uomo del Labirinto bei Longanesi & C., Mailand
© Donato Carrisi, 2017

Aus dem Italienischen von Verena von Koskull
Lektorat: Johanna Schwering, Berlin
Umschlaggestaltung und Motiv:
Hauptmann & Kompanie Werbeagentur, Zürich,
unter Verwendung zweier Fotos von @ SensorSpot / Getty Images and
© Sathees Kumar Kandasamy / EyeEm / Getty Images
Satz: Greiner & Reichel, Köln
Druck und Bindung: GGP Media GmbH, Pößneck
Printed in Germany
ISBN 978-3-03882-112-0

www.atrium-verlag.com